蒋赧

图书在版编目（ＣＩＰ）数据

你好，安娜 / 蒋韵著. -- 广州 ：花城出版社，
2020.7
ISBN 978-7-5360-9182-5

Ⅰ．①你… Ⅱ．①蒋… Ⅲ．①长篇小说－中国－当代
Ⅳ．①I247.5

中国版本图书馆CIP数据核字(2020)第116812号

出 版 人：肖延兵
策划编辑：朱燕玲
责任编辑：朱燕玲　　胡百慧　　杜小烨
营销统筹：蔡　彬
技术编辑：薛伟民　　凌春梅
装帧设计：介　桑

书　　名　你好，安娜
　　　　　NIHAO，ANNA
出版发行　花城出版社
　　　　　（广州市环市东路水荫路 11 号）
经　　销　全国新华书店
印　　刷　恒美印务（广州）有限公司
　　　　　（广州南沙经济技术开发区环市大道南路 334 号）
开　　本　880 毫米 × 1230 毫米　32 开
印　　张　11.25　　2 插页
字　　数　220,000 字
版　　次　2020 年 7 月第 1 版　2020 年 7 月第 1 次印刷
定　　价　78.00 元

如发现印装质量问题，请直接与印刷厂联系调换。
购书热线：020-37604658　37602954
花城出版社网站：http://www.fcph.com.cn

献给我的母亲

蒋韵.

　　蒋韵，女，1954年3月生于山西太原，河南开封人氏。1979年开始发表小说，著有长篇小说《栎树的囚徒》《我的内陆》《隐秘盛开》《闪烁在你的枝头》《行走的年代》等，中短篇小说《心爱的树》《想象一个歌手》《完美的旅行》《朗霞的西街》《晚祷》《水岸云庐》等。曾获"赵树理文学奖""老舍文学奖"以及第四届"鲁迅文学奖"等奖项，部分作品被译为英、法、日、韩等文字在海外发表或出版。

目 录

上篇

...

天国的葡萄园

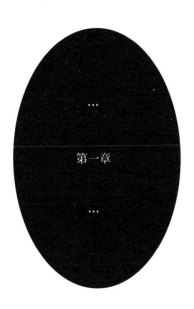

第一章

/ 一 /

素心、三美和安娜一起乘火车去看在乡下插队的凌子美。凌子美是三美的姐姐，也是安娜的同学和闺密，而素心，则是三美的好友。

凌子美插队的地方，叫洪善，是富庶的河谷平原上的一个大村庄。河是汾河，从北部山区一路流来，流到河谷平原，就有了从容的迹象。称这一片土地为"河谷平原"，其实，是不确切的，在现代的地理书上，它确切的称呼应该是"太原盆地"，往南，则叫作"黄河谷地"。可不知为什么，她们，当年的安娜和凌子美们，在频频的鱼雁传书之中，固执地，一厢情愿地，称这里为"河谷平原"，没人知道原因。或许，她们只是觉得"平原"比"盆地"更有诗意。

那是一个仲夏的季节。

四十年前的夏天，还有着水洗般明净澄澈的天空，她们选择了一个好天气出行。平原上，大片大片的玉米和高粱、甜菜和胡麻，拔节、灌浆，生长着，成熟着，原野上有一种生机勃勃壮阔的安静。远处，几乎看不见的地方，汾河在流，偶尔，车窗外会闪过明亮亮安静的一条。那时，她们不知道，这是终将消逝的风景：这亘古长存的锦绣和安静。

她们乘坐的，自然是绿皮火车，那是一列慢车，逢站必停。一路上，她们一直在听素心讲故事。素心是个文艺女青年，喜欢写诗，喜欢读书，当然，某种程度上，她们几个都是女文青，只不过，在她们中间，素心最有才情。

那天，素心讲的是她刚读过不久的小说《安娜·卡列尼娜》。

素心有着超凡的记忆力，读书过目不忘，她可以大段大段地复述原著，关键之处，几乎一字不落。她的讲述，从容、安静、波澜不惊、不动声色，却处处暗藏诱惑，就像她这个人。三美和安娜，听得十分痴迷。尤其是安娜，听着这和自己重名女人的故事，觉得有种说不出的震撼。列车走走停停，乘客吵吵嚷嚷上上下下，一切，都没能中断这个俄罗斯女人的故事，这个始于冰天雪地中莫斯科火车站的悲剧故事。

"素心！"

有人叫。

车停在了一个叫"太谷"的地方。那是个小城。很多年前，这小城曾经是晋商的发祥地之一，富可敌国，慈禧太后还向这里的富商们借过钱呢。也是孔祥熙传奇般发迹的地方，小城中，东寺的白塔下，还有着蒋介石、宋美龄曾经下榻过的孔祥熙家的花园。总之是一个传奇出没的地方。但当年的素心她们，并不知道这些，她们只知道，这里出产一种点心，叫"太谷饼"，还知道，有许多来自京城名校的知青们，在小城周边的村庄插队。有不少关于他们的传闻和流言，就像鸟群一样，在汾河两岸到处栖息、飞翔。

有人叫素心。

素心一抬头，她们都抬起了头，就这样，她们遇见了彭承畴。她们的故事，猝不及防地，开始了。

"嗨！彭——"素心惊喜地笑了，"好巧啊，你要去哪里？"

"好巧！"彭承畴回答，"怎么会在这儿碰上？"他说，"你们这是要去哪儿？"

四十多年前，行驶在中国大地的绿皮火车上，你经常可以看到彭承畴这样的知青。他们身穿洗得发白的蓝学生装，或者是旧军装，斜挎一只同样洗得发白的军绿帆布书包，书包里，不一定有牙刷或者换洗内衣，却往往有一本笔记本，上面摘抄着查良铮翻译的普希金诗歌：《假如生活欺骗了你》《致大海》《自由颂》等。也许不是普希金，是莱蒙托夫，是屠格涅夫的某段小说或者是契诃夫的戏剧，总之，这样的东西，是他们的食粮。

此刻，站在她们面前的彭承畴，就背着这样一只书包，一身打了补丁的蓝布裤褂，洗得很干净。他笑着，洁白的牙齿在阳光下闪烁着，晃着素心们的眼睛。列车突然变得安静了，天地突然变得安静了。一切嘈杂，人声喧嚣，退到了很远很远的地方，留下一个明亮的、静如处子的舞台，供传奇登场。

片刻，三美第一个说话了：

"噢！你就是那个大名鼎鼎的彭——啊！素心天天向我们炫耀，说你才华盖世——"

"我哪有那么夸张？"素心脸红了。

"怎么？难道我不是才华盖世？"彭笑着问素心。

都笑了。

只有安娜没有笑。

没有空座。她们挤挤，想请彭坐下，但他没有。他说他也是在找人。他们几个插队的同学约好了，分别从不同的小站出发，乘坐这一辆车，要去一个什么地方。

"去哪儿？"三美快嘴快舌地问。

"华山。"回答的是安娜。她不动声色地这么说。

"咦？你怎么知道？"素心和三美奇怪地望着安娜问。

安娜没回答，她抬起眼睛望着彭，问道：

"我没猜错吧？"

彭承畴直视着她的眼睛。那是一双大而幽深的美目。阳光明亮的车厢里，那双眼睛闪烁着某种波光般魅惑的光芒。彭笑了，说：

"真想打击你一下。"

"错了？"三美问。

彭没说对错。他对她们挥挥手，说："我得去找人了，要不他们以为我没上车。再见再见——"

说完，他转身而去。

三美说："他们到底是不是去华山啊？"

安娜笑笑，说："当然是。"

"你怎么知道？"

"这辆列车的终点站是西安，途经华山。去华山的人都坐这辆车。"安娜回答。

"这辆车途经的车站多了去了，坐这辆车的人也多了去了。比如我们，我们去的是洪善，怎么他们就一定是去华山呢？"三美不服气。

"别人是别人，可他们不是别人。"安娜这样回答，"他把我们的故事打断了。素心，你接着讲啊。"

素心听着三美和安娜的争论，始终，没有说话。她沉默得似乎太久了些。听到安娜叫她，素心说：

"我忘了，我讲到哪儿了？"

"哦，讲到——"三美想了想，"讲到安娜从莫斯科回彼得堡，风雪的夜里，她一个人走下了列车……"

素心怔了一怔，说："真巧。"

"什么真巧？"三美问。

"她在风雪的站台上，看到了追随她而来的渥伦斯基。"素心这样回答。

/ 二 /

素心的母亲，多年前，曾经和彭承畴的姑妈做过同事，她们在同一所医院任职，是年轻时的闺密。后来，素心一家从北京调到了黄土高原上这个干旱多风的城市，素心的母亲和这个闺密，在很长一段时间鱼雁传书，保持着通信联系。后来，1966年之后，这联系渐渐中止了。她们彼此没有音讯地过了一些年。70年代某个夏天，一个暴雨后的傍晚，这城市的天空出现了一道美丽的彩虹，闺密就是在这城市最诗意的时刻，敲开了素心家的房门。

素心的母亲又惊又喜。"彭姐姐！"她叫了一声，声音因为激动远比平时要尖利，"你怎么来了？我不是做梦吧？"

但是，一分钟的惊喜之后，素心母亲怔了一下，放低了声音："彭姐，出什么事了吗？"

那是一个总是"出事"的年代。熟人或不熟的人中，张三出事了，李四出事了。素心从长辈之间压低声音的交谈中，一听到这个不祥的字眼，她就忍不住用指甲去抠自己的手心，似乎，要把这个险恶的字眼从她的生活中抠出去。

"没有没有，"闺密，母亲的"彭姐姐"慌忙回答，"我是路过，想你了——"她说，"我去看我侄子了，他在离你们这里不远的太谷插队。"

"哦——"母亲松了一口长气，放下心来，顿时眉开眼笑，高兴地在厨房打转，想张罗出一桌不太难堪的"无米之炊"。那是这个城市最困窘、最贫乏的年月，物质奇缺，一切都要凭票供应，素心母亲搜罗遍了橱柜，找出一盒收藏了好久的午餐肉、几根腊肠，都是外地的亲友赠送的礼品。于是，她用午餐肉烧了水萝卜，用腊肠炒了青蒜苗，焖了一锅只有过年过节才舍得吃的大米饭。素心父亲开了一瓶"青梅酒"，那是这个城市特有的一种露酒，价格低廉，但口感尚可，特别是它的颜色，碧绿如江南春水。素心父亲是江南人，所以，青梅酒是素心家餐桌上最常见的一种酒。

那一夜，酒足饭饱。父亲被母亲打发到了孩子们的房间里睡觉，母亲和她的彭姐，这一对闺密，占据了这间既是客厅、餐厅又是夫妻卧室的大房间。母亲泡了两杯绿茶，茶香和着酒香，氤氲缭绕，使这间杂乱、拥挤、灯光昏暗的屋子，难得地，有了一点静谧的温情，一点悠远的伤感。彭姐啜了一口清茶，感慨道："能见到你，真好！"她说："这些年，断了联系，也不知道你的地址变没变，心想，碰碰运气吧，还好，我运气不错。"

素心母亲默默地从桌上探出双手，握住了彭姐捧着茶杯的手。

"彭姐，"素心母亲慢慢开了口，"说吧，到底出什么事了？你一定有事，我知道。"

彭姐沉默了一会儿，笑了。

"真是想你了。就是想在死之前见你一面。"她淡淡地说，"我病了，肺癌，做了手术，做了化疗，以为好了，结果，还是转移了。"她又笑笑，"咱们都是资深的护士长，这辈子，见过太多的生生死死，我本来也不准备瞒你，只是，当着孩子们，不想说太多……"

"那，那你还喝那么多酒？"素心母亲心乱了，即使有准备，还是意外，还是惊心，她语无伦次，不知道该说些什么，只是更紧地，攥住了她的手。

她的彭姐姐，毕业于一所教会学校，早年间是教会医院的护士，受过洗，是天主教徒。一生未嫁，前半生许配给了上帝，后半生许配给了白衣天使这职业。攥在素心母亲手里的那双手，曾经，协助医生，不知把多少濒危的人从死神那里夺了回来，它灵动、纤巧、敏捷、自信、柔软而温暖，是天生的护士的手。可现在，这双手，皮包着骨头，它没有能力再去抢夺什么了。它束手待毙。

"姐——"素心母亲轻轻说，红了眼圈，"我能做点儿什么？"

她笑了。

"你当然能做点什么。我啊，托孤来了。我把我在这里插队的侄子托付给你了！他无父无母，只有我这个亲人，可是你看，现在，连我也背弃他了，抛下他了……"她的声音，微微地，有了一丝波动。

彭，就是这样猝不及防地出场了。这个孤儿，这个北插，以这种悲剧的姿态降临到了素心一家的生活中。他的姑妈，郑重地，把他介绍给了自己最信赖的女友，她说："也不需要别的，他已经长大成人了，就是，他来来往往，回北京，路过这里，或者，来这城市办事，有个落脚之处，有碗热饭吃。"

"你放心吧。"素心母亲回答，"告诉我他的地址，我去看他——"

"不不不，不需要，他不需要这个，"彭姐打断了她，"这孩子，很有些怪脾气，我回头把你们的地址给他，他认为需要的时候，自己会来找你们。"

素心母亲默默地点点头。那一夜，她的心，其实并没能放到那个孤儿那个侄子的身上。它一直在痛，为她的彭姐姐。往事汹涌如潮，她想起从前那些温暖的时刻。素心母亲从小失恃，而比她大五六岁的彭姐姐，奇怪地总是给她一种母亲的感觉，宽厚、慈爱、包容。那时她经常会任性地耍一点小脾气，闹一点小别扭，似乎是在考验彭姐姐作为一个朋友的耐心。离京前，她哭了。她知道，从此，她不能再小任性、小放纵，因为，她的生活中，没有彭姐姐了。

而现在，世界上，将没有彭姐姐了。

她们同床而眠。关了灯，却难以入睡。久久地，说着别后的种种闲话。聊京城的旧人旧事，"吐槽"这客居之所的闭塞、灰暗、物质的匮乏和精神的压抑。当然，"吐槽"这个词汇，要在若干年之后才会出现，所以，素心母亲是在抱怨。彭姐姐想：她在抱怨生活。这样想着，她宽厚地微笑了。就像有感应一样，素心母亲突然住了口，她想起了，就是这种被她百般抱怨的东西，这一切，将和她的朋友永诀。

她沉默了一会儿，终于，这样问道："姐，你害怕吗？"

黑暗中，彭姐姐握住了她的手。"你忘了，"她回答，"我有信仰。"

她真的忘了。但，握住她的那双骨瘦如柴的手，被病痛伤害和折磨的手，仍旧，有着对生的缠绵和依恋。她懂这个。

第二天，一大早，彭姐姐就告辞了。她固执地不让素心母亲送她去火车站。她平静而坚决地说："方，就此别过——"她像从前那样，这样简洁地称呼着素心的母亲。方，那是素心母亲的姓氏，这世上，只有彭姐姐一个人这样称呼她，瞬间，素心母亲泪水溢满眼睛。

于是，就真的别过了。她再无音讯。素心母亲给她写信，没有回音。素心母亲懂了。

　　她常常想起她们最后见面那天，想起天空中那一道绚烂的彩虹。她记得上帝说过，彩虹是他和人类永恒的约定。她想，原来，上帝见证了她们的道别。

　　第二年，仍旧是夏天，某一个傍晚，有人敲开了素心家的房门。开门的是妹妹尘生，只见，门外站着的，是一个陌生的、戴着眼镜的年轻男子，穿一身洗得发白的蓝布学生装。"你找谁？"尘生问。他还没有回答，就听见身后传来了母亲的声音："承畴？承承——"

　　"是我，阿姨。"彭承畴笑了。

　　"叫我姑姑。"母亲说。走上来，抱住了这孩子，这个子比她高出一头的孤儿，泪水夺眶而出。"叫我姑姑。"她泪流满面地说。

/ 三 /

　　那天，是在傍晚时分，素心才终于讲完了托翁的安娜。

　　落日把河谷平原染成了一片辉煌的金红。正在成长的庄稼，那些玉米和高粱、树、远处苍老的汾河、北方农舍、梁上归巢的燕子、田野里黑羽毛白胸脯的喜鹊，一切，都变得流光溢彩。但是，安娜死了。渥伦斯基也将要去战场上送死。她们很悲伤。

　　那时，她们总是为这些遥远的、另一个世界另一个时空中的人物悲伤着，或者欢喜着，那是她们的诗和远方，是她们精神的家乡。她们对那个世界的热爱，远胜过热爱她们自己真实暗淡的人生。

　　凌子美和安娜，十六岁那年，去了内蒙古建设兵团。五年后，安娜病退回城，而凌子美，则转插到了这个河谷平原上的村庄。

　　走时，她们意气风发，归来时，则是伤痕累累。

　　子美的同屋，是个天津知青，那几天，请了探亲假，回了天津。这样她们就拥有了一个自己的空间。那是一排红砖瓦房，盖在村边上，据说，是几年前特为下乡的知青盖起来的，它在青砖灰瓦的北方农舍中间显得另类，有一种掩盖不住的潦草和单薄。起初，天津来的学生们拆了火炕，搭了铺板。仅一个冬天下来，他们受了教训，又请队里找人重新盘了火炕。此刻，夏天，火炕自然不用烧，她们就在炕桌上包饺子。

没有肉，子美开了一瓶妹妹刚刚带来的红烧猪肉罐头，她用刀撬罐头时的动作野蛮而凶狠。她们把那肉罐头剁碎了，里面添加了胡萝卜和新割下来的韭菜。没想到味道居然出奇地好。她们还带来了酒，是素心买的青梅酒。村里人知道子美"锅舍"里来了客人，给她送来了几根黄瓜，刚摘下来的新黄瓜，顶花带刺，她们洗净了，一人一根，等不及开饭，迫不及待豪迈地咬着吃。安娜一边嚼一边举着黄瓜说：

"知道吗？我爸，就是让一根黄瓜送了命。"

子美知道，三美也知道，不知道的是素心。素心刚想问什么，还没开口，安娜又说话了。

"我们家里从来不吃黄瓜，我妈不让吃，那是我家的禁忌。我们只能在外面偷着吃。"她笑了笑，"好吃！"

饺子端上了桌。天也黑了下来。她们开了灯，一只十五烛光的灯泡，悬在头顶，灯光昏黄暗淡。没有酒杯，酒斟在了搪瓷缸和饭碗里，酒香绕梁。她们端碗的端碗，举缸的举缸，碰响了，几个人面面相觑，说："为什么干杯啊？"

安娜想了想，说："为我们和安娜相识。"

"好！"大家响应，"为安娜——"

她们各自喝了一大口。安娜喝得很猛，呛得咳起来。

子美说："你少喝点，你不能喝酒。"

"能不能不提醒我这事儿？"安娜说，"我都快憋死了，在家里，我时时刻刻都被提醒，你有病，有病，有病！我好不容易跑出来，能正常地喘口气，你让我当两天健康人行不？"

子美沉默了。片刻，举起了搪瓷茶缸，说："来，干杯！"

安娜说："这一次，为爱情！"

"砰"一声，又碰响了。这是一个神圣的理由。

"安娜姐，"三美放下酒碗后问了一声，"你？是不是恋爱了？"

"我哪有？"安娜笑了，"我现在这个样子，用我妈的话说，剩半条命了，哪里能奢谈爱情？"

"可贾宝玉就是只爱病骨支离的林妹妹啊。"说这话的，是许久没开口的素心。

这一晚，素心在讲完安娜的故事之后，就陷入了沉默。这样一个故事讲下来，她一定是心力交瘁，大家都这么以为。素心是一个敏感的人，伤春悲秋那一类型的，无端的，眼里会突然涌出泪水，大家见怪不怪。但，这句话说出口，大家不知为什么觉得有些刺耳。这是一句正确的话，一个常识，没有任何不妥，可它在此时此刻，就是让人感到了突兀和……别扭。屋子里突然安静下来，一只蚊子嗡嗡嗡绕着她们飞舞，"啪"一声，三美伸出巴掌把它拍死了。

"姐，"三美开口转移了话题，"你要的东西爸妈让我带来了，两瓶汾酒，两条牡丹烟，罐头，还有老'资诚号'的点心，爸妈让问够不够？"

三美是使者。那些珍贵的东西，装在帆布旅行袋里，此刻，安静地堆在炕头。大家心知肚明，它们肩负着重任，它们和一个人的命运息息相关。

"这次招工，都有哪些单位啊？"安娜正色地问。

"还不知道呢。"凌子美回答，"不会有太好的地方，太好的地方也轮不到推荐我。我不奢求。"

"那，要是县城招工，比如，供销社之类的地方，你也去？"

"去！"子美毫不犹豫回答，"当然去啊！哪儿都去，我想念城市已经想疯了。现在要是能在县城'站栏柜'当售货员，哪怕只站一天，让我第二天死都行！"

安娜笑了，说："别，你要这么说，那人家谁还敢招你？多不划算啊！才工作一天就得给你报丧葬费。"

凌子美也笑起来："哪能啊，我瞎说，我要是回城一天就死了，对不起这些东西啊，对不对，三美？"

"你对不起爸妈。"三美静静回答。

谁都听出了，那是一句有弦外之音的话。

"吃饺子吃饺子，"安娜岔开了话题，"看，多香的饺子啊，都坨了！"

第二天早晨，天气晴朗，凌子美和三美，拎着帆布旅行袋去了村支书的家里。三美算是凌家的代表——代表了不便出头的父母。而安娜和素心，则在她们走后，沿着屋后一条小路，走到了一处土坡上，席地而坐，看风景。

清晨的阳光，洒在田野上，有一种湿润的明亮，从这里望出去，汾河看得很清楚，明亮而温婉的一条，几乎是静止不动的，如同一幅画。河岸边，横着一只老木船，也是静止不动的。大地如画。素心温柔地想，心情变得好起来。她热爱田野，热爱草、树、正在拔节灌浆的庄稼，热爱奔涌的绿意和巨大的安静，热爱盘旋在河面上的水鸟和林间的鸟鸣。总之，她爱一个和人无关的自然。

她们看河，看了很久。

安娜静静地叹息一声。

"从前，我以为我爱这些，但后来，我才发现，我永远也不会成为一个自然之子。"她说，"我不愿意一辈子心甘情愿为它付出。"她顿了顿，又说，"我们都是。我和子美。"

"我听三美说，当初，她姐为了去建设兵团，还写了血书。"素心转过脸来，望着安娜问道，"是吗？"

"是。"安娜安静地回答，"我也写了。我俩都写了。"

"哦——"素心明白了。

"去兵团是要政审的，因为毕竟是边境，可我和子美，我俩出身都有问题，人家不批。我们就咬破手指写了血书，"安娜望着远处的河流，缓缓说，"我们用血写了，要坚决和家庭决裂，要扎根边疆一辈子。"她笑了，"可我们都没做到。"

素心不语。她们此刻都想起来，凌子美正在做什么。她在用从家里索取到的烟酒、糕点等东西，为自己重归城市铺路。

"生活，和我们想象的，永远不一样。"安娜说，"和十六岁时候想象的，尤其不一样。"

十六岁的时候，她们以为，未来的生活，就是一望无际的大草原，是屠格涅夫笔下《白净草原》那样的草原，辽阔、静谧、神秘：是春花烂漫，是骏马上放牧的姑娘和少年。苦难她们也不怕，她们预设的苦难，也是俄罗斯文学里的苦难，有西伯利亚的底色，比如，发配到那里的十二月党人以及追随他们而去的妻子，那苦难，浪漫而且有贵族气——精神贵族。安娜微笑了，十六岁时候的自己，多幼稚。

后来，多年后，素心读到北岛的诗句："如今我们深夜饮酒，杯子碰到一起，都是梦破碎的声音。"她脑海中想起的，首先，就是拎着一旅行袋烟酒为自己"走后门"的凌子美，那个在十六岁写血书的凌子美。

第二章

/ 一 /

　　安娜的病，起因是一场感冒。她跳到刚刚解冻的河水里去救一只落水的小猪仔——那是公共的财物。有一个叫金训华的青年，为了抢救落水的木材而英勇献身，这青年，是他们的榜样。她不知道刚解冻的春水的厉害，当然，就是知道她也会照样奋不顾身。结果，感冒迟迟不见好转，去了师部医院，验血，结论是残酷的：风湿性心脏病。

　　是因为感冒引起，还是感冒诱发，原因不明。

　　住院治疗期间，母亲赶来了。母亲根本来不及悲伤，她对病床上的安娜说，多好的机会！于是提出申请，当然费了一番周折，终于，她带着女儿回到了城市。在归家的火车上，母亲才想起来伤心，母亲对她说："走的时候活蹦乱跳，回来的时候，只剩半条命了！"安娜回答说："妈，你总是那么夸张。"其实，安娜自己也不甚清楚这病到底有多严重，但是，她并不很在意。她想，大不了是个死嘛！死，好像也没有那么可怕。

　　火车飞驰着。窗外是见惯的北方的田野、山脉和天空。可从疾驰的火车上看出去，它们似乎是不同的，有一种转瞬即逝的宿命感，一种近似于慈悲的凄伤，笼盖着河流山川。一晃，已经是初冬的季节，她病过了春天、一整个丰茂的夏季，还有斑斓的北方的秋天。地里的庄稼已收割净尽，空旷、辽远，偶尔，会看到一棵枣树，或者柿子树，叶子落光了，但有一些残留的果实，挂在枝头，红得分外招摇凄艳，如末世狂花，一闪而过，让安娜鼻子一酸。

　　回家后，母亲带她去了省城的大医院复查，结论和师部医院的结论一致，建议手术，把她闭锁不全的二尖瓣缝合。当然，也可以选择保守治疗。手术是有风险的，另外，花费颇大，她病退回城，一个无业的"社会青年"，没有地方给她报销医药费——她选择了后者。

　　她知道家里的状况。他们姊妹兄弟四人，她行二，上面一个姐姐，底下还有一个弟弟和妹妹。弟弟去了铁路建设兵团，在深山里修京原线，姐姐在晋北插队，妹妹则还在念高中。他们四个，是没有父亲的孩子，他们的父亲在最小的妹妹刚满百天的时候，就出了事，死于一场中毒性痢疾。当时，他在水库工地上修水库，没有特效药，耽搁了救治。据说起因是因为吃了一根没洗净的黄瓜：新鲜的黄瓜，顶花带刺，在刚摘下来不久前淋了粪水，那就是祸根了，沙门氏菌感染。他们四人，靠着母亲一个大学教师的工资养大，母亲的工资单，安娜见过，一百零元五角。

在这个城市，一个六口之家（姥姥一直跟着他们），人均不到二十元，当然不算贫困，但也绝非宽裕。好在，母亲是那种"上得厅堂，下得厨房"的女人，很会持家，除了精打细算，还特别心灵手巧，善烹饪、会做菜、还会做衣服、织毛线。所以安娜他们姐弟，衣食无虞，甚至可说是体面地长大，但，从小，安娜就知道，他们这个家，是经不起风吹草动的。那体面和光鲜很脆弱。

他们家承担不起一场心脏手术的巨额花费。

母亲坚持手术。她不干。

母亲说："你不用担心钱。"

她说："我不是担心钱。"

"那你是为什么？"

她回答："我怕死在手术台上。"

她用这话阻击母亲。她让母亲无话可说。她知道必须给母亲一个台阶下，必须给她一个说服她自己的理由。她甚至看得出来当她说出拒绝手术的时候，母亲不由自主地悄悄松了口长气。可同时，母亲又为自己这如释重负感到深深的歉疚和痛苦。母亲失眠，一根接一根吸烟，黑暗中，看不到母亲的脸，只看见红红一点烟头，明明灭灭，好像把黑夜烫出了一点一点的伤疤，也把她自己心上烫出了伤疤。

姥姥安慰母亲，说："你呀，想开点儿吧。我从前不就跟你说过？那孩子，过于单薄，太灵，太聪明了，人又好看，那不是好事，这样的孩子，人间留不住，她们都是下凡来历劫的仙童——"

"妈！"母亲厉声打断了姥姥，"您别再说这迷信的话好不好？"

母亲又说："谁说留不住她？谁说不做手术就是等死？大夫明明说了，保守治疗也是治疗！"

母亲突然哭了。

许久，姥姥叹一口气："四个孩子，都是我拉巴大的，你当我不疼？孩子她懂事，知道不能让自己一个人拖全家跳火坑，你得成全她。"

姥姥把一个肥皂泡，她和母亲合力吹出的一个肥皂泡，很轻易地戳破了。

但其实，安娜并没有能够真切地、刻骨地感受到死。所以，她不恐惧。倒不是说她怎样的心存侥幸，而是，她其实是用审美的态度来看待她的病。她记得鲁迅在哪篇文章中讽刺中国文人的病态美，大意是说，春日的午后，吐半口血，由侍儿扶着，恹恹地，到阶前看庭院的海棠。真是鲜明如画啊。她没有侍儿、没有庭院、没有海棠可看，可她还是觉得，那种人生态度，她喜欢。她一点儿不觉得这应该讥讽，尽管，她特别尊敬鲁迅。

她不怕死，她怕死得难看。

她觉得自己要学习那个吐半口血、恹恹地，在春日午后看海棠的前辈。吐血，想来他得的一定是肺病，肺结核，在那个时代这是不治的绝症，比她的"风心病"要凶险得多，可这仍然不能阻挡他对春光、对美的依恋，她觉得那里有种谦卑之美，在大千世界面前的谦卑。她在难过时会对自己说，安娜，你要努力啊，努力使自己，病成一幅画。

那是她卑微的人生理想。

安娜不算漂亮。这她从小就知道。

若说漂亮，她比不上姐姐。姐姐的漂亮是那种极鲜明光芒四射的漂亮，无论走到哪里，都会让人眼前一亮。"哟，多好看的小姑娘！"从小，姐姐就是被这样的赞美喂大的，这样的赞美，对姐姐来说，如同一日三餐佐餐的菜肴。而安娜，在姐姐的光芒下，永远是被忽略的那一个。

姐姐是爸妈的掌上明珠。

那时父亲还活着，父亲也在大学里教书，弟弟妹妹还没有出生，所以家里的经济状况要远比后来好。母亲当然可以随心所欲地打扮她的长女。母亲后来总爱说一件事，说姐姐刚出生三天，父亲就"烧包"地买回了三件跳舞衣，它们分别是白色、淡粉色和绿色的纱裙，很漂亮，也很昂贵，却大得足够三岁的孩子穿。初为人父的爸爸，一定是不知道怎样来表现他内心的喜悦。安娜从来也没有问过："我生下来的时候爸爸买过什么？"因为她知道答案：爸爸一定对她的到来很失望，他一定是盼望一个儿子的，盼望一个人生的圆满。

很小，安娜就知道了一个形容词：花团锦簇。她已经不记得自己是怎么知道这个词的，但这个词，是活的，活生生地在那里，在她眼前，是与生俱来的一个存在，而不是一个知识。她看到姐姐，就看到了这个词，花团锦簇。这个词就活在姐姐身上，或者说，就是姐姐本人。并不是说，姐姐总是穿红戴绿，相反，妈妈其实并不爱给姐姐穿色彩过于喧闹鲜艳的衣裳，妈妈常说，小姑娘穿蓝色、灰色、白色其实更漂亮。可是任何沉静、安谧的颜色，只要在姐姐身上，就变得明媚、嘹亮、蜂飞蝶舞和芳香，就像春天的花园。而安娜自己，则是一株无色无香的小草。

六一儿童节，妈妈给她们姐妹俩买了新裙子，姐姐的是素净的白色泡泡纱，而安娜的则是热烈的玫红底黄花图案连衣裙。安娜对妈妈说："我也想要白色。"妈妈回答她说："你穿白色不好看，你穿这个合适。"她不知道为什么她穿那些喧闹的颜色就"合适"，长大后，她才想明白，衣服对于当年的姐姐来说，相当于画框，而对于她来说，衣服是画作，而画框是她。

无论在幼儿园、在小学，姐姐都是最光彩夺目的那一个。她很小就被少年宫艺术团的舞蹈队选中，而且总是站在舞台的正中心，不是独舞就是领舞。她学跳崔美善的《长鼓舞》，跳陈爱莲的《蛇舞》《春江花月夜》，真是有模有样。那时，常常会有一些来自首都或是本地的艺术团体、院校，来少年宫艺术团挑小学员，姐姐就是那个总会被首先挑中的幸运儿。"条件真好啊！"他们感慨，"真是好苗子啊！"可是，母亲坚决不允许她的长女做一个舞蹈演员，哪怕人家许诺说她的女儿一定会成为一个舞蹈家也无济于事。母亲问人家：

"她能成为乌兰诺娃吗？成为邓肯吗？"

人家没法回答。谁也无法回答。人家不负责回答上帝的问题。充其量，人家是会相马的伯乐，至于能不能成为千里马，最终还是上帝说了算。

姐姐叫丽莎，丽莎这名字，也是他们的父亲起的。丽莎、安娜、伊凡，他们姐弟三人的名字，都来自异域的俄罗斯。父亲是教苏俄文学的，他尤其喜欢屠格涅夫，两个女儿的名字，就都来自于这位文学巨匠的小说。丽莎取自《贵族之家》，而安娜，原意也并非是出自托翁，而是取自《处女地》中的"玛丽安娜"。当他的儿子出生时，他甚至动议要给这孩子起名叫罗亭，被他妻子坚决制止——罗亭这名字符号性太强了！"我可不愿意让我的儿子做一个什么'多余的人'。"妻子说。其实，她更想说的是："我可不愿意他成为一个思想的巨人！"那，太危险了。

第四个孩子还在孕育的时候，中国发生了一件大事，那是1957年。丽莎和安娜的父亲，伊凡的父亲，受到了这事件的波及，被下放到水库工地上劳动就是这波及的结果。还好，他只是被划作"右倾"而没有戴上"帽子"。走时，最小的女儿还没出生，他自然也没有顾上取名字。后来，当这个小名被叫作"多多"的孩子刚满百天的时候，她从未谋面的父亲就在水库工地上死于一场中毒性痢疾——灾难就这样突如其来降临到了这个曾经安稳小康的家庭。于是，"多多"，余多多，也就成了这个家庭最小女儿的正式的学名。

后来，在丈夫的遗物中，安娜的母亲发现了一张纸，夹在一个笔记本里，上面写着：阿霞、阿霞、阿霞、阿霞……一连串的阿霞后面，是个惊叹号和一句话：谢公最小偏怜女。妻子当然看懂了那意思，那是他给小女儿起的名字，阿霞——仍然是屠氏小说中的人物。他真是执迷不悟啊！妻子这样想，泪流满面。只是，她这个未亡人，却没有成全逝者的遗愿。她把丈夫的书，那些小说、诗歌，统统卖给了废品收购站。然后，她发誓，她的孩子们，从今往后，远离这些虚幻的不祥的东西，她要她的儿女，这些没有了父亲的孩子，安全地长大。

只是，事与愿违。

首先，发难的是丽莎。

丽莎热爱舞蹈。丽莎的理想，是一辈子站在舞台的中央。至于能否成为中国的乌兰诺娃或是邓肯，她没有概念。但她想成为陈爱莲、崔美善，倒是真的。她学她们的舞蹈，从最初的片段，到整个独舞，后来，甚至是舞剧，比如，陈爱莲的《鱼美人》，里面重要的独舞、双人舞，她几乎都能跟着留声机唱片上的音乐，模仿着，跳下来。

我是为舞台而生。她骄傲地这么想。

但是她的妈妈，不喜欢，准确地说，是害怕这种幻觉般的人生，这种万众瞩目、需要迷离的灯光和璀璨的布景烘托的存在，那让她心里不踏实和恐慌。在丽莎小些的时候，她一次次拒绝了那些文艺团体和院校的招生，丽莎还有些懵懂，不是很清楚发生的事情。但，小学六年级时，有一个北京的中央级别的文艺团体来招学员，同样地，人家在少年宫艺术团很慎重、很严格地挑选出了进入初选的学员，其中当然有丽莎，而她的妈妈，也依然毫不迟疑地拒绝了对方。

这一次，丽莎反抗了。

丽莎问母亲："为什么？为什么不让我去？"

母亲说："你不可能一辈子跳舞。没有人能跳舞跳一辈子。"

"可我就要一辈子跳舞，"丽莎回答，"什么时候不能跳舞了，我就不活了。这难道不是一辈子吗？"

母亲说："胡说！你这叫走火入魔。你太小，一点不懂人生的漫长和艰难。妈妈是为你好！你跳舞，妈妈不反对，跳着玩儿，业余时间丰富你的生活，这多好？可是它不能作为你的职业，不能作为你一辈子的归宿！好好念书，做实际的工作，这才是踏踏实实的人生。"

可是十二岁的丽莎不要"踏踏实实的人生"。她说，除了跳舞，她不要别的生活。她和母亲大吵大闹，但母亲坚如磐石地保持着缄默。母亲想，由她去闹，去折腾，折腾到歌舞团的人走了，她也就消停了。果然，几天后，来人遗憾地坐上了返京的列车，呼啸而去。丽莎不吵了，不叫了，沉默了。第二天早晨，喊她起床吃早饭，上学，却怎么也叫不醒她。母亲这才惊恐地发现，十二岁的丽莎，十二岁的孩子决绝地吞吃了母亲床头柜里的安眠药。

好在，那瓶里的药不够多，送到医院，洗胃，灌肠，抢救了过来。

母亲抱着她的头生女，泪流满面，母亲说："丽莎，丽莎，我的宝贝，你要吓死妈妈吗？"

丽莎沉默不语。

母亲又说："好，妈妈不拦你了，你以后，想到哪里就到哪里，只要人家要你，妈妈不阻拦——"

"晚了，"丽莎回答，"没有以后了。"

"怎么会？你还小，机会还有的是呢！"

没人知道，丽莎仿佛一个先知一样，说出了一个箴言。她出了院，郁郁寡欢。某一天，放学时，在外面淋了雨，感冒了。本来，都以为是一场普通的感冒，没想到，高烧不退，等到退烧后，才发现，感冒诱发了急性肾炎。

又是住院。输液。抗生素以及中药。当然，最少不了的是激素。等到几个月后，病愈的丽莎走出家门，几乎没人能认出她，她变成了一个虚胖的、臃肿的、难看的姑娘——那是使用激素的必然结果。尽管，医生和母亲都向她保证，只要停药后，就可以慢慢恢复正常的体形，就能重新变成一个美丽而苗条的小姑娘，可是，丽莎不说信也不说不信，她只是从此不再去少年宫，不再去舞蹈团了。没人听得见她内心的声音，没人听得见这孩子在自己的心里，怎样悲伤地和她挚爱的舞蹈告别。

因为生病，她留了一级。三年后，1966年，当她成为一个初中二年级学生的时候，时代的大震荡到来了，生活被彻底颠覆。学校停课了，闹革命，各路宣传队风起云涌，从前少年宫和学校里的文艺人才纷纷成为各大宣传队扛鼎的人物。和三年前相比，丽莎长高了，一米六五的身高，体重恢复到了四十八公斤左右。果然，医生们没有欺骗她，她真的又拥有了一个正常的，甚至可说是苗条的体形。可是，这个"正常"的身体，和一个真正的舞蹈演员相比，是有距离的。只有丽莎自己，知道这距离有多么遥远。三年来，她没有踏入过练功房一步，她的手，三年来，没有摸过一下把杆。她知道自己的身体早已不再是那个柔韧、羽毛般轻盈、可随心所欲出神入化的自由的身体，她对这个身体充满了厌弃和鄙视。可是，当各路宣传队来动员她加入的时候，邀她"入伙"的时候，她还是、还是忍不住动心了：她拒绝不了舞台。

那是一个几乎半专业性质的大型宣传队，有一个宏大的乐队，西洋乐器和民族乐器济济一堂。那时他们正排练着一个大型的歌舞剧，《红旗漫卷西风》，里面有歌有舞，内容更是宏大无比，歌颂井冈山、歌颂八角楼的灯光和毛委员、歌颂长征，总之是一个大型的歌舞史诗。她自然是跳女一号的，她跳，后台传来这样的伴唱：

紧紧拉住亲人的手，亲人的手

多少往事涌上心头

受苦人，世世代代当马牛

一年年，一月月

愁和恨，压心头，压心头，哦哦哦哦哦哦哦，压心头

两年前，湘江风雷骤

毛委员，发动群众闹革命

一轮红日照九州

照亮了井冈山，人民翻身抬起了头

成立农会掌大权，紧紧跟着毛委员走

紧紧跟着毛委员走，紧紧跟着毛委员走——

可恨那陈独秀，可恨那陈独秀

叫咱解散农会把枪丢，哦哦哦哦哦哦，把枪丢

乌云重来，水倒流

白狗子似豺狼，还乡团像疯狗

家家户户没有了亲骨肉——

……

　　这一大段独舞，她自己编排，自编自导自演，把中国古典舞和芭蕾舞和谐地糅合在了一起，尽管，她的一身功夫丢失了大半，可在这样的群众舞台上，她仍然如同惊鸿一般艳光四射。她

一舞成名，整个城市都知道了，某某某宣传队有个"抓天儿"。那是人们给她起的绰号，因为她的舞蹈中有个标志性的动作，两手悲愤地、绝望地或是激昂地伸向苍天，那两只手极其生动，极有表现力和魅力。因为她知道自己的腰和腿已经不能够达到她心中的完美，于是，她让自己的两只胳膊和两只手来代言，她把自己的呼啸的灵魂投入到了那两只手上。

抓天啊！

抓天啊！

庆幸的是，人们听见了她的嘶喊。

她觉得，自己从那个叫"丽莎"的躯体中，破壳而出。那个"丽莎"，像蝉蜕一般，被她丢弃在了来路上。她喜欢"抓天儿"这名字，那是她的新生。

他们四处演出。去工厂、矿山、部队，还有村庄。所到之处，"抓天儿"都是最受瞩目的那一个。"看看看，抓天儿！抓天儿！"人们在她身前身后指指点点，有那些调皮的小孩儿，会冷不丁地在她背后，或是在她正化妆的时候，冲她大喊一声："抓天儿——"然后格格笑着逃走。

她微笑。

他们这个宣传队，属于某个战斗组织，什么什么兵团。那时，任何组织必定有对立的一方，在他们的城市，那个对立的一方，叫作什么什么联络站。这个兵团和这个联络站，势同水火。演出其实是有风险的。各种骚扰，比如，观众席中突然响起的刺耳的口哨，比如，叫骂，再比如，强光柱手电筒的照射，等等，扔向舞台上的玻璃瓶砸伤演员的事也时有发生。但是这些骚扰只会激起大家更强的斗志和凝聚力，"为有牺牲多壮志"，这是他们认同的理想。

然后，就到了那个平常的一天。

那天，他们乘坐卡车去某个工厂演出。那个工厂，是家兵工厂，在这城市的郊外。那天的演出也并没有发生什么特殊的事情，只是演出后的招待夜宵非常隆重，这让大家印象深刻。那天的夜宵，是猪肉大葱的馄饨和炸油条。馄饨煮得恰到好处，汤里撒了香菜末和香油，最让大家欢喜和意外的，是刚刚出锅的热油条。时间已是夜半，可食堂里的炊事员，一直支着油锅等到这个钟点，这让他们感动。那油条，夺目的金黄，热气腾腾，炸得又蓬松又鲜亮，香气袭人。那是此生，丽莎吃过的最好吃的油条。

为了感谢这些热情的食堂"大师傅"，他们现场表演了几个小节目。

师傅们说："谁是'抓天儿'？"

丽莎就站了出来，说："我，是我。"

大家就冲着她鼓掌。

丽莎擦了擦嘴，说："我给师傅们跳一小段。"

于是，伴唱的女声唱起来：

　　　　紧紧拉住亲人的手，亲人的手——

丽莎就在食堂昏黄的灯光下，在有些油腻的水磨石地上，在杯盘狼藉之中，翩翩起舞。窗户敞开着，是初秋的季节，凉风习习。窗外的夜空，一轮皓月，照耀着宁静的大地，宁静的城郊。有隐约的香气，是北方少见的桂花香，幽魂一般，时隐时现。就在他们要上车而去的时候，丽莎想：哪里来的桂花树啊？好香啊！她朝四周张望，没有看见树的影子。就在这时，"轰——"的一声响，一个土造的手榴弹，在离卡车不远的地方，爆炸了。安静的夜晚，美好的夜晚，被炸出了一个小小的伤口。

一个人被炸死了。一个人受了伤。

炸死的是个乐队的男青年。

受伤的是丽莎，闻名遐迩的"抓天儿"。

/ 二 /

再次见到那个叫彭的青年，是两三个月之后了。

那天，是周日，三美去素心家玩儿，恰巧，彭来了。彭说他进城办事，顺道来看看姑姑。素心的妈妈忙着张罗午饭，追着他一声一声叫"承承"。三美也被邀请留下来吃饭。素心妈妈的厨艺比三美的妈妈高明许多，素心经常留三美吃饭，所以，三美也就不客气。那顿午饭，素心妈妈做了炸酱面，酱炸得香极了，没有肉，一点点鸡蛋，满满一大碗酱，却炸得活色生香，三美忍不住夸赞道：

"方阿姨，都说巧妇难为无米之炊，可您怎么就能把素酱炸出肉酱的味道，甚至比肉酱还香呢？"

素心母亲笑了："我借了油渣的味儿啊，我用了一点炼猪油剩下的油渣。"她说。

"我妈也常用油渣给我们包包子，可她做得一点也不好吃。"三美说。

彭也笑着说道："油渣要是这个味儿，我以后也不用吃肉，只吃油渣就好了。"

"你也打趣姑姑，"素心母亲笑着说道，"不过这话我爱听，谁不爱听奉承啊？"

"不新鲜，这是刘姥姥的话，"素心不紧不慢地说，"可她说的是贾府的茄鲞，配料远比主料珍贵。油渣不一样，油渣本来就是好东西，刚出锅的油渣，加点白糖，或者加点盐，夹馒头，夹窝头，好吃得不得了，可哪有那么多油渣？油渣也很珍贵啊！"

她说的是实情。可她这么一说，大家就不知道该怎么回答了。

"就你看过书，就你是学究！"母亲只好这么圆场。

"素心说得不错，我从小也爱吃油渣夹馒头，"彭笑着望着素心，"刚出锅的热油渣，刚出笼的馒头，香得让人灵魂出窍。"

"下次来，姑姑给你们蒸馒头，让你们夹油渣吃。"素心母亲说。

饭后，三美告辞。三美说："我先走一步了，好容易休息一天，家里还有一堆活儿要干呢！"彭说："我也走了。"

三美愣了一愣。

三美是个有眼色的孩子，她看出了素心的不快乐，她好像也能隐约知道素心在期待什么。她本能地觉得自己应该退场，给素心和彭一点独处的时间。但是彭却也说要走，这叫三美一时有些不知所措。

"承承，你怎么也走得这么急？"素心母亲挽留道，"这么多日子不见了，话还没来得及说几句呢。今天别走了，就住下吧。"

"不了，姑姑，今天我还真的有事要办，下次吧。下次来，我再好好陪您聊天。"彭笑着回答。

素心母亲还想说什么，素心在一旁阻止了她。

"妈，你烦不烦啊！人家和你有什么可聊的？"说完，她看了彭一眼，"快走吧，别耽误你的宝贵时间！"

彭安静地、宽容地笑了。

"我真有事——"

"那就快去办事，"素心母亲似乎生怕那不省心的女儿再说出什么不妥当的话来，"姑姑不留你了。你只要记住，这里是你的家就行了。你随时回家来，姑姑给你做好吃的。"素心母亲说。

两人告辞出来。下楼。不知不觉都松了一口气。他们同时意识到了这点，两人不由得相视一笑。

三美说："素心这个人啊，就这样。我都习惯了。你别介意。"

"我不介意，"彭回答，"我当她是妹妹。"

彭步行，而三美则推着一辆自行车。彭看着自行车说道：

　　"你有车啊？我来带你吧！"他迟疑一下，说，"哎，对了，你，认识安娜家吗？"

　　三美点头。"认识。"她说。

　　"那，你能带我去她们家吗？正好有车，"彭说，"你指路，我骑车带你。"

　　原来，他跟着三美告辞而出，是有预谋的。三美这样想。自行车只是一个借口。他迫切想去一个地方。三美觉得有些为难，她觉得此刻的自己有些像被敌人胁迫的王二小。

　　"你不是还有事吗？你不去办事了？"三美说。

　　彭想了想，一本正经回答说："这就是我要办的事。"

　　三美很惊讶，惊讶他的厚脸皮或者说，是坦诚。她看见了面前一双坦诚的、渴望的眼睛。那眼睛，在午后的阳光下，有种金波翻涌的错觉。这样的眼睛，是没有办法拒绝的。三美在心里叹口气，默默地说了一声："对不起了，素心。"

　　他们都没有发现，三楼的某扇窗户里，那个叫素心的阴郁的姑娘，一直目送着他们，同骑一辆自行车，在这城市七十年代初叶的马路上，一条洒满荒凉阳光的马路上，渐渐远去。

　　后来，安娜问彭说：

　　"要是那天，你没有碰巧在素心家碰到三美，你还能找到我吗？"

　　彭回答说："能。当然能。"

"你怎么找啊？你又不知道我家在哪儿？"

"总会有办法。"彭说。

"什么办法？"

"很简单啊，我可以问素心啊。"彭回答得很坦诚。

"要是素心不告诉你呢？"

"怎么会？"彭一脸无辜的惊讶，"她怎么会不告诉我？她是我妹妹。"

安娜笑了。好吧好吧。山和山不会相逢，人和人总会相见。这是哪个国家的谚语？

彭喜欢这样微笑的安娜。非常喜欢。

"安娜，你想过我会来找你吗？"彭这样问安娜。

"我不知道。"安娜回答，"我不知道我想过还是没想过，我只是觉得，你敲门进来的时候，我并不怎么意外。"

彭笑了。他想起那天她一脸惊讶的样子，连声说："呀，你怎么来了？真没想到！"原来那都不是真的。

安娜也笑了，说："不许笑！"

"原来你知道我笑什么啊！"彭回答，"真会演。"

安娜其实没有说谎。此前，这个叫"彭"的青年，似乎并没有怎么让安娜在意。他惊鸿一现，出现在安娜们的列车上，搅起些小小波澜，然后便消失得无影无踪，这一切，安娜似乎都不陌生。这些落魄却骄傲的"北插"，他们似乎理所当然地以为自己永远生活在世界的中心，或者，他们自己就是世界的中心。他那么轻易地让素心和三美这些小姑娘倾倒，说他"才华盖世"，这让她从心里感到了她和她们——这些小姑娘的差别：她们真是年轻啊！真是鲜嫩啊！生活还没有来得及让她们见识什么是风霜，也没来得及让她们见识更多的人……三美的雀跃，素心表面冷漠内心的紧张，让安娜心里涌起怜惜，也让她对这个卖弄的人，至少，有卖弄嫌疑的人，或多或少反感。

可是，奇怪的就是这个"可是"，当那天下午，她去开门，看到门外站在三美旁边的那个人时，她竟有种如释重负的欢喜：他终于来了。她想。那一刻她知道了，原来，她一直在等着他呢。她知道他会来，果然。

可她嘴里说的却是："呀，你怎么来了？真没想到！"

安娜的家，在大学校园里。校园在郊外，她家住的楼房，是五十年代兴建的三层旧楼，灰砖红瓦，苏式风格，陈旧，却有种敦实的尊严，像一个过时的学究。安娜家住二楼，一个两居的单元，旧时的房间，开间都不小，厨房和卫生间也都足够宽敞。从前，父亲活着时，小妹还没出生，朝南向阳的房间就是爸妈的卧室兼客厅和书房，他们姐弟三人和姥姥，住朝北的一间。两张上下床，分别摆在窗户两侧，中央，支了一只圆形的大桌子，居然，还不显得局促。那圆形的大桌子，就是他们一家人的餐桌。

父亲去世后，随着小妹妹的到来，向阳的那个大房间，自然而然成了母亲和小妹妹的屋子。父亲去世不久，母亲得了乳腺炎，炎症使乳房化脓，每天，要到医院去换药排脓，用消毒的纱布条在伤口里拽来扯去，痛得人死去活来。姥姥为了照顾母亲，也搬进了大房间里。那朝北的房间，就成了他们姐弟的天下。后来，弟弟渐渐长大了，和姐姐们同住变得不那么方便，于是，他自作主张，在厨房的中央，打了一堵墙，为自己辟出了一个独立的小空间。再后来，他们姐弟，插队的插队，去兵团的去兵团，都离开了家，等到安娜病退回城的时候，那间朝北的房间里，就只有她一个人奢侈地独占了。

多年来，母亲、姥姥、小妹妹，习惯了挤在一起。挤在一起，母亲才觉得安全。

安娜把那个目前由自己独享的房间，布置得很有情调。她珍惜日子。

她用一道布帘，分割出了房间不同的区域。布帘后面，是那两张如同学生宿舍的上下铺，布帘另一面，则是那张圆形的大桌子，木椅，以及靠墙立着的两只书架。布帘来之不易，因为家家都没有多余的布票，所以，那布帘，是用破床单、他们小时候的旧衣服，以及零零碎碎的布头，一块块，如同拼百衲被一般，用心拼接而成。那是心血的产物。那一块块布料，怎么裁剪，怎么拼色，怎么搭配图案，安娜很用了一番心思。效果出奇地好。挂起来，那百衲的布帘，竟有了一种异域的风情，热烈、奇妙、神秘。

真是化腐朽为神奇啊。彭忍不住赞叹。

那张圆形的大桌子，一直，都是安娜家的餐桌，那是父亲家的旧物件，据说是父母结婚时爷爷奶奶送给他们的礼物。安娜不知道它的出处，只知道那是一件舶来品，是欧洲十八世纪的老物件。它的木头，是胡桃木，越旧颜色越沉稳漂亮。四个桌腿有雕花，是精致的卷草、玫瑰花饰和丝带的图案。安娜同样不知道它是什么风格什么样式，就连母亲也不知道，甚至不能断定它究竟是不是一张餐桌，但作为一张中国家庭的餐桌它的形状真是太合适了。它千山万水渡海而来，在这异邦，在这简陋的房间里，在这简陋潦草的时代，看上去，有种生不逢时奢华的落魄与哀伤。彭不禁这样想。

就像坐在它旁边的姑娘。彭又想。

没有与它配套的椅子，簇拥着它的，是普通的木椅，单位配发的那种，在这个城市，几乎，家家都有这种朴素至极的椅子，但显然，为了使它看上去和那张桌子搭调，这个心灵手巧的主人，为它缝制了和布帘同样风格的椅套，还是百衲的垫子，只不过，那一块块的碎布料，无论颜色还是质地，都更趋于华美和古典。午后的阳光，斑斓地，洒在上面，彭忽然觉得有点恍惚，不知身在何处。

"我好像来到了一个小说的场景里。"彭感慨地说。

安娜笑了。

"夸张了吧？"她说。

这个屋里，确实，没有一点真实的时代特征和气息。比如，没有一张领袖像，没有印成年画的样板戏剧照。墙壁上，悬挂着一幅油画风景，安娜出去给暖水瓶灌水的时候，彭起身走到画前，细细端详。三美在一旁告诉他："这是安娜自己画的。"他微笑了。

"临摹的。"安娜刚好进来，接口说。

"也不算完全临摹。"彭望着画面，这样说。

"那是因为临摹得不好。"安娜回答。

彭回头，望着安娜："你喜欢柯罗？"他说。

"你看出来了？"安娜一边倒茶一边问。

"这是柯罗的《摩特枫丹的回忆》，"彭回答，"只是，原来画面上的人物，被改动了。"

安娜笑了，说："不改，我妈不会让我挂出来的，她害怕人家说'封资修'啊。"

彭也笑了。

这幅柯罗的名画，一棵舞蹈般的小树下，穿红裙的女子是这幅画最诗意的地方。此时，站在这小树下面的，是一个穿着红上衣梳一根独辫的中国姑娘，和两个中国乡村模样的孩子。居然，也有一种浑然天成的和谐。

"我妈问我，这是画的什么，我说，是喜儿的杨各庄。"安娜说。

这一下，连三美也笑了。

那是宁静的一个下午，他们三人，围桌而坐，一壶清茶，一盘南瓜子。话题就从墙上的油画说起。彭说他也有一本柯罗的画册，是他父亲留学时从法国带回来的。这很奇怪，父亲学的是物理，生性严谨，他的书柜里几乎都是中外文的专业书籍，鲜有文学之类的杂书，但，却一直珍惜地保留着这样一本画册。只不过，'破四旧'时，被抄家的人抄走了。

"也许，这里面有故事，"安娜笑着说，"也许，这是一个特别的人送给他的礼物，比如，异国的恋人。"

"写小说吧？"彭也笑了，"《第二次握手》。"

其实，彭也不是没有这样想过。只是，他不忍心再这样想下去。

"我父亲，和我母亲，感情极深。"彭突然这样说，"我从来没有见过，像他们那样相亲相爱的夫妻。"他变得严肃。

"哦，我是信口胡说，"安娜收敛了笑容，"开玩笑。别介意啊。"

"我父亲，是1966年自杀的。"彭望着安娜的眼睛，奇怪，他那么自然就说出了这些埋在他心里，平时，很难说出口的往事，"他在夜里吃了安眠药，早晨，我妈叫不醒他，看到了空药瓶，心里明白了，然后，就在他旁边的暖气管上，上了吊……我那时候住校，不在家。我姑姑那天早上，不知为什么心神不宁，就跑到了我家里，姑姑有我家的钥匙，开了门，看到了他们俩，一个挂着，一个倒着……我妈那时候已经不行了，可我父亲，大概是药量不够吧，被我姑姑救过来了。你们可能不知道，我姑姑是资深的护士长，老协和的，有很多年，一直在ICU，就是重症监护室工作，技艺超群，一生，救活了不知道多少人。她救活了她弟弟，我父亲，但我父亲看到了再也醒不过来的我妈，对我姑说了一句：'你好残忍！'那是我姑姑这辈子，第一次，被人质疑和谴责她的天职。三天后，我父亲料理了我妈的后事，当晚，也在那个暖气管上，上吊了……"

他平静地诉说。就像在说一件与己无关的陈年旧事。但是安娜的心里，却刮起了风暴。她突然觉得那么怜惜他。在经历了那样惨烈的悲剧之后，从他身上，居然一点也没有看出那些伤痛的痕迹。她知道自己小觑了他了。她尊敬这些不露痕迹的受难者。她也因此知道了他的心很深。她像看一个新人一样凝视着这个……俊美的青年。他原来是俊美的，她想。他原来拥有一个那么英挺的鼻梁，希腊人一般的鼻梁。她不露声色地听他诉说，但身边的三美，开始啜泣了。

他们俩，安娜和彭，对视一眼。他们从彼此眼中看到了想看到的东西。他们无言对望着，然后，他们一起望向三美，望向那个善良的、没有经过人世磨难的小姑娘。安娜默默地起身，走上去，轻轻地，搂了一下三美的肩膀，温柔、怜惜，就像，一个慈悲的小母亲，然后，她说："你看你，把我们三美都说哭了。"

彭回答："对不起啊，我话太多了。"他抱歉地笑笑，"都是酒闹的。"

安娜顺势转移了话题，说："是中午在素心家喝的？"

"是，"彭回答，"青梅酒，喝的时候不觉得，有后劲儿。"

"我也爱喝青梅酒。"安娜说,"我喜欢青梅酒的颜色。"

彭笑了。这是这个姑娘第一次,在他面前流露出了天真气,那么流光溢彩的一瞬,让他激荡。他喜欢她这个不靠谱的爱酒的理由,他说:"好啊,哪天,我置酒邀约,其实我更喜欢葡萄酒,能饮一杯无?"

安娜轻轻摇摇头。"不能。"她说。

"为什么?"彭有些意外。

"我有病啊,"安娜笑笑,"医生不许我喝酒。"

彭望着她。眼睛瞪大了。多么好看多么幽深的一双眼睛,深得发蓝,他身上有异族的血统吗?安娜这样想。有一瞬她几乎没有勇气说出实情。但,只是一瞬。

"风心,"她望着那双幽深的眼睛这样说,"医生们喜欢这样简称,就是风湿性心脏病。我有这病,听说过吗?"

彭点点头。"听说过。"他回答。

"所以我不能喝酒。"安娜安静地说。

"那我们喝茶。"彭更安静、更笃定地回答。

三美突然插话了。"安娜姐的病,已经治好了。"她说,"她本来也不严重啊。安娜姐,你那天在洪善我姐那里,不是喝了好多酒吗?"

三美自己也不知道,她为什么要这么说。话一出口,她又自责和内疚,觉得这样说话是对好友素心的背叛。可是,在这样的下午，在这"酒后"的迷幻的下午（她庆幸可以找到这样一个现成的替罪羊），坐在这样一间不真实的舞台化的房间，听着他们之间的交谈，她明白了一个词，天造地设。这房间的主人，布置了这一切，调度了这一切，这百衲的布帘、这油画、这椅垫，以及，这满室的阳光和窗外传来的阵阵鸟鸣，似乎，都是为了这一刻，为了他的到来，为了他们在这里，相逢。这是他们的舞台。他是维特，她就是夏绿蒂；他是贾宝玉，她就是林妹妹；他是渥伦斯基，她就是他的安娜……

安娜正要说话，门被推开了，安娜的母亲走了进来。

"安娜，我去买菜，你留三美和这位同学吃晚饭。"母亲说。

"不了阿姨，"彭急忙回答，"我们这就告辞，我还有事呢，谢谢您了！"

彭不清楚，安娜母亲是真心挽留还是在下逐客令，他这样回答了，心里却又突然涌起不舍，下次见面，谁知道又是什么时候？

"别跟我客气！"安娜母亲的口气不容商量，"谁家没有插队的孩子？我家丽莎，要是进县城办事，看朋友，有人留她吃顿饭，我心里该多高兴？家家都一样，三美也在，咱们包饺子吃！你们俩，谁也不许走！家里正好还有点儿肉，我去买点韭菜。不许走啊！"

说完，她出去了。

彭心里一热。

"留下来吧，"安娜说，"我妈做饭，手艺不比素心妈妈差，你比比看？"

安娜又说："我姐是我妈的心病。你留下来吃饭，就当是给我妈治病了。"

彭笑了。话说到这份上，彭当然没有理由不留下来吃饺子了。他一阵欢愉。他又多了几个小时，可以和这个奇妙的姑娘在一起，可以望着她美得如此神秘的眼睛，猜测她的故事——他已经猜测了几个月。他自己也奇怪，火车上匆匆一面，他为什么就再也放不下她。她美，可他认识比她更美的；她聪慧，他见过比她更聪明的。他想不明白，他一根一根抽烟，劣质的烟草有时会突然熏出他的泪水。于是，他想起了一个词：命运。也许，这就是他的命运：被一个幻影似的人魅惑。

而此刻，这个幻影，在一点一点变得真实，变得鲜明，变得生动，变得血肉丰盈。

那天晚餐的饺子，鲜美异常。他真心觉得那是人间至味。他们围坐在那张漂亮的圆桌旁，他忍不住夸赞，说："这是我吃过的最好吃的饺子。"三美突然说了一句：

"比方阿姨做的还好吃吗？"

那天，回家的路上，三美一直沉默不语。她沉默了一路。她坐在自行车的后座上，坐在他的身后，心里一阵一阵难过。她不知道自己为什么难过，也许，是为这一切，为他的身世，为他惨烈的父母，为安娜的美和病，为他们悲哀的相遇，为素心没有希望的一厢情愿，为他的魅惑……他送她到家门口，她从他手里接过了自行车，他说："再见！"她没回答，掉头而去。走了几步，她突然站住了。

"你真坏。"她说。

然后，她转过身，走进了黑暗的楼道。

是，他真坏。她想。可是她哭了。

/ 三 /

那天，告辞时，趁着三美去上卫生间的空暇，彭从他那个永不离身的帆布书包里，拿出了一个笔记本。黑色的羊皮封面，旧旧的，厚厚的一本，轻轻放在了那个古董的圆桌上。

"我有时候会瞎写几句，都在这里了，"他这么说，"你，愿不愿意随便翻翻？"

安娜惊讶地点点头。

安娜明白这是什么样的信赖和托付。

那不仅是他的秘密，他的隐私，那，是他的身家性命。

屋里只剩她一人时，她捧着那笔记本，手心冒汗，头皮发紧，她打量着房间，不知道该把它藏在什么地方才安全。

没有一个安全的地方。

无论藏在哪里，好像，都有可能被母亲发现。

母亲畏惧一切文字。自从父亲出事后，母亲把父亲的藏书，统统送到了废品收购站。1966年"破四旧"到来时，那些偶尔的漏网之鱼，也被母亲搜索来付之一炬。父亲去世时，安娜还小，只有五岁，那个天塌地陷的事情，淹没了她的整个生活，那种暗黑的恐惧使一个孩子无暇他顾。但，1966年到来时，十二岁的安娜，看到那些在炉火中扭曲挣扎，一点点化为灰烬的书籍，心痛难抑。那几本书，至今，她记得它们的名字，《欧根·奥涅金》《上尉的女儿》《悬崖》《怎么办》，还有《村居一月》《龙须沟》《牛虻》……都是一些老版本，字是繁体，有些还是竖排。像《村居一月》这本书，封面上的字，要从右往左读，她不知道，所以，直到那本书毁灭，她一直把它读作《月一居村》。

其实，这些书，这些漏网之鱼，都是安娜不知从什么地方翻检出来的。他们姐弟四人中，最热爱阅读的就是安娜。那是一种与生俱来的热爱，是母亲所无法控制无法扑灭的本能和渴望。小学二年级时，寒假，她到邻居一个同学家玩，那个同学读初中的姐姐，倚窗而坐，手捧一本厚厚的小说，读得泪流满面。她很惊讶，小声问同学说："你姐姐怎么了？"那个同学回答道："准是书里有什么人死了呗。"那个情景，就像刻在了她的心里，让她感动。后来，她鼓起勇气对同学的姐姐说：

"你这本书，能借我看一看吗？"

那个读初中的女孩儿，很惊奇。她打量着小小的安娜，说："可以，不过，你，认识这么多字吗？"

她点点头。

女孩儿把书本一合，亮出封面，说："你念给我听听，这本书的名字？"

她郑重地、一字一顿地念道：

"晋、阳、秋——"

于是，这本书，《晋阳秋》，描写抗战时期山西牺盟会故事的长篇小说，就到了这个八岁女孩儿的手里。那是她人生阅读的第一本长篇故事。整整一个寒假，她足不出户，母亲上班一走，她就搬个小板凳，坐在床前，把书放在床上，读得无限痴迷。任何孩子们的游戏、召唤、诱惑，都无法把她从这痴迷的阅读中吸引。这是一个开始，从此，她频频地，从邻居姐姐那里，借书回家，那些在青年学生中流行的红色书目，她一一读遍。《红岩》《林海雪原》《青春之歌》《苦菜花》《朝阳花》《迎春花》《红旗谱》，等等，等等。阅读，使她觉得活着很幸福。她开始在家里的书架上、柜子里翻腾，书架上、柜子里的书，大多是母亲的专业书，中文的、俄文的，都是关于化学方面的著作。但她不死心，果然，有耕耘就有收获，在这些面无表情沉默不语的大部头中，居然让她翻检出了那一本本的漏网之鱼。她开心极了，想，原来它们一直躲在深海之中，等待着，和她这个勇敢的潜水者相遇。

她翻检出的第一本书，是《牛虻》。

小心翼翼翻开封面，扉页上，有钢笔的字迹，上面写着：知北购于北京，某年某月某日。她心里一阵激荡。"知北"，是爸爸的名字。也是家里的禁忌。她轻轻用手指抚摸那两个亲爱的

字，知北，就像，触摸着父亲，以及，触摸着深邃而神秘的、她
不知道的过往。

那是她读过的第一本外国小说。

牛虻的故事，让她震撼，让她战栗。她和千千万万个社会
主义联盟中的青少年一样，迷恋和崇拜上了这个脸上有刀疤、身
体畸形、受尽生活磨难的革命者，这个曾经俊美天真的青年。他
的一切，他的坚韧和深情、他的辛辣和决绝、他冷酷的外表与炽
热的情怀，甚至，他的结巴，都让他们狂热地爱恋。她是这狂热
中的一员。一度，她甚至学他的结巴说话，被母亲和老师严厉制
止。他在她心中的神圣，犹如上帝。她是在他身上感知到了信仰
的魅力。这其实是荒谬的，因为，这原本是一个信仰被摧毁的故
事。"我相信你，就像相信上帝一样，上帝是一个泥塑木雕的东
西，我一锤子就可以把它敲得粉碎，可是你，却一直用谎言欺骗
我。"这是书中的亚瑟在得知他最信赖、崇拜的神父竟然是自己
的生身父亲时，写给他的留言。他从此放弃宗教信仰而成为一个
无所畏惧的革命者。但，吊诡的是，小小的安娜，十几岁的小少
女，却正是从牛虻这里，学会了一往情深、永恒的崇拜：对那些
美好的事物。

她不知道，在静谧的阅读中，她开始悄悄蜕变。她变得美
丽。当然，比起丽莎，她没有她当初那么明艳，那么光彩夺目。
她的美是沉静而深邃的，有如一条深河。她从曾经的平凡中脱颖
而出，让人惊讶。仔细看，她的五官，其实并没有多大改变，

但，它们突然之间呈现出了一种难以言喻的魅力和美，变得神秘、动人。对于这种改变，安娜并不自知，也因此，这美中有一种难得的谦卑的姿态。连姥姥都常对安娜的母亲说：

"安娜这丫头，巧长了，好看了。好看得一点儿也不咋呼，受端详。"

母亲喜欢这结论：受端详。

母亲其实知道安娜违背她的禁令在偷偷看那些"闲书"。她是矛盾的。起初，当她有一天偶然发现，小小的女儿，坐在小板凳上，抱着厚厚一本大部头，读得那么痴迷的时候，她瞬间竟有一种莫名的感动和感伤：她真像她的父亲，她想。她静悄悄默不作声地看了她很久，硬不下心肠去阻止。后来，她从她的枕头下面翻出了那本书，看了看名字，松了一口气。她安慰地想，这些红色的读物，应该无害吧？她也就睁一只眼，闭一只眼。不久，丽莎的吞药自戕，让她惊惧万分。随后，那孩子的巨变、抑郁和突如其来的重病，以及，激素带来的恶果，让她心痛欲碎。看着那个肥胖的，笨拙的，终日把自己关在房间里，足不出户，一说话就恶声恶气的大女儿，她的明珠和珍宝，她后悔得恨不能咬舌自尽。多希望这是一场梦。她常常这样想。多希望一睁开眼睛又回到了不算久远的"从前"，阳光明亮，天清气爽，京城来的老师们对她说："我们要带走丽莎。"她一定、一定极其爽快地说：

"好吧，丽莎就交给你们了。"

如果是这样，如果是这样，一切，该多么好。

可是，没有如果。

她全部的心血，几乎，都放在了这个病痛的孩子身上，无暇他顾。即使后来，她发现了安娜在读那些危险的东西时，在读丈夫遗留下来的那些让她痛恨的东西时，她想干涉却顾忌了。丽莎的前车之鉴，让她不敢轻举妄动。有一度，她甚至无奈地想，由她们去吧，去吧……

可是，1966年到来了。红八月到来了。

危险扑面而至。那是更凶猛的、前所未有的危险，地动山摇。刚刚建立不久的、蜗居一隅的小小平静日子，被狂飙巨浪顷刻颠覆。她惊出一身的冷汗。想，范佩兰你真是好了伤疤忘了痛啊！整个家属院，今天这家，明天那家，被抄家，被批斗，被勒令逐出城市……校园里，铺天盖地，整个城市，铺天盖地，刷着这样的标语：红色恐怖万岁！她恐怖了。她不等抄家的上门，自己把家里，翻了个底朝天，那些犯忌的东西，旧照片、亲朋之间来往的信件，以及，安娜的日记本，甚至，记录家用的旧账簿，总之，一切有文字的纸张，记录了这一家人生活轨迹和来历的东西，统统被她扔进了火炉里。当然，还有那些书，丈夫最后的、最后的遗物。她知道安娜把它们藏在什么地方，她亲手打开安娜的小木箱，从不多的衣物下面，俘获了它们，然后，当着安娜的面，把它们一本、一本，投进了炉火中。

安娜默不作声。

她默不作声，看着它们在烈焰中毁灭。塔基亚娜、玛丽亚、薇拉、娜塔莉亚……这一个个遥远却亲爱的人们，忍受着烈焰的焚烧，在剧痛中抽搐着，化为灰烬。最后，是她的亚瑟，她的列瓦雷士，她至爱的牛虻，他在烈焰中又一次被背叛、被摧残、被折磨，又一次粉身碎骨。她紧咬嘴唇，看他受难，不让自己发出廉价的哭泣。她不知道自己的嘴唇被咬破了，流着鲜血。这鲜红的血，让母亲这个刽子手惊心。

母亲说："安娜，我宁愿让你恨我，也不能让这个家再遭遇不幸。"母亲望着她被血染红的嘴唇："我得保护这个家，保护你们！"

安娜转身而去。

她不恨妈妈。因为，她有着和妈妈一样的恐惧，恐惧而困惑，巨大的困惑。她不知道为什么生活会变成这样。只是，她还太小，十二岁的她，还不懂得质疑。所以，她又为自己的恐惧和困惑感到可耻。她渴望自己也能像别人一样，豪情万丈地加入到狂欢的行列，加入到革命者的行列，可是，不光她做不到，人家也不要她。她没有纯粹的革命者的血统。

庆幸的是，她们家，躲过了红八月的风暴，度过了1966年，平安无事。

校园里，零零星星，有几张父亲的大字报，但，很快，就被别的大字报淹没了。大概是，父亲已经去世多年，就算是牛鬼蛇神，也仅只剩下一张皮了。第一次，安娜的母亲，范佩兰老师，为丈夫的早逝感到了庆幸。但是，范老师从此提高了警觉，她给这个家里所有的成员制定了几条铁律：

一、任何时候，都不许写日记；

二、任何时候，都不乱说话；

三、严禁借阅毒草书籍。

这第三条，不用说，是针对了安娜一个人。

当恐惧渐渐变得遥远一些的时候，安娜故态复萌。她就像一个吸毒的人戒不掉毒瘾一样，永远戒不掉对于阅读的热爱。

奇怪的是，那些毒草，那些似乎被红色的风暴铲除净尽的毒草，在被荡涤过的空旷如荒漠的土地上，不知何时，像雨后的蘑菇一样，眨眼之间，破土而出。

它们诱惑着如安娜一样的少男少女。

它们潜伏着。在城市，在人间，在各个隐秘的角落，这里那里，东西南北，散发出独特的气味，等待着发现它们的鼻子和眼睛。

这样的鼻子和眼睛，潜伏在人群里，却能够毫不费力气地彼此识别。就像革命者凭借着《国际歌》，就可以在世界各处在天涯海角找到自己的同志。

禁忌永远充满魅力。用这样隐秘的方式寻找到的书籍，格外让人珍惜。而一个能够交换禁书、交流读后观感的人，不用说，一定是可以彼此信赖的朋友了。凌子美无疑是这样的朋友，三美、素心也是，如今，现在，此刻，又多了一个人。

　　夜深人静，安娜偷偷从枕头下面抽出了笔记本，黑色羊皮封面的本子，显然，不属于当下的时代。那一定是个老东西，是长辈们的遗留，就像，安娜曾经拥有过的父亲的书籍。她轻轻抚摸封面，小心翼翼，就像触摸神秘的时光。她翻开笔记本之前，在心里猜测，猜测他的扉页上会写些什么，是普希金的诗吧？"假如生活欺骗了你——"她想，微笑了。但是不是。

　　她猜错了。

　　扉页上，写着这样几个字：天国的葡萄园——献给小薇。

　　蓝黑色的墨水，字迹端方、清晰、力透纸背。她望着这一行字迹，莫名地感到了冷。

　　原来这是一部小说手稿。

　　那一夜，她彻夜未眠，一直读到黎明，泪流满面。为这个叫作"小薇"的姑娘，为她悲剧的初恋，为爱情，为人世的残忍，为善和暴虐，为生活的无奈……她流着眼泪，一边却甜蜜地想：她们说的是对的，三美和素心说的是对的，这个人，他才华横溢。

　　天亮时，她把这个珍贵的笔记本，藏进了她的枕头套里。

第三章

/ 一 /

其实，那天，三美看到了那一幕，看到了彭从书包里掏出笔记本交到了安娜的手里。她从卫生间推门出来，刚好看到了他们慌乱的交接。显然，他是有意要背着她做这件事。这让她受伤，她想，他怎么能这样？"这样"是什么样，她说不清楚，但，在回家的一路上，她都为他的"这样"，为他的这样一个举动，一个不信任的举动，耿耿于怀。

为什么不能当着我的面给她呢？她问。

那是一个天问。

这一年，三美高中毕业刚刚参加工作。曾经，这个城市的小学毕业生，66届、67届、68届这三届的孩子，一直没有中学可上。这城市每一所中学，在那三年的时间里，都在闹革命，一律停止了招生这件事。这三届的孩子，简直玩疯了。起初，没有学上这件事，让他们欣喜若狂，他们终于可以名正言顺地成为野孩子了。于是，这城市，就成了他们的乐园，和啸聚的山林：夏天游泳、冬天滑冰、养热带鱼、养鸟、养鸽子、偷鸡摸狗、混"姐妹"、结"弟兄"、打群架、拍婆子、用气枪打鸟、偷手榴弹炸鱼……可玩的花样真是层出不穷。但是，疯过了头，总还是有些人，总还是有那样突然空虚和茫然的时刻，让他们怀念起有学上的旧日时光。

　　一直到1969年10月，国庆之后，这城市的中学，复课了。一夜之间，积攒了三届的小学毕业生，同时拥进了中学的大门，成为初中一年级学生，而69届应届的学生，则实行了在小学继续"戴帽"，史称"戴帽中学"。但，仅仅一年，又一届新的小学生毕业了，长江后浪推前浪，怎么办？中学装不下，小学也装不下，没办法，那就只能牺牲掉已经被耽搁的人了，总是要顾全大局啊。于是，66届、67届、68届这"小三届"的孩子们，仅仅读了一年初中之后，大部分人，在1970年的年末，结尾，在最严寒的日子，领到了一张"初中结业证"，然后，就永远地告别了学校。

　　只有小部分幸运者，留了下来，读了高中。

　　比如三美。

　　而素心，则没有三美幸运，她和大多数同龄人一样，拿到了那张潦草到如同玩笑的"初中结业证"书，成为一个隶属于街道"居委会"管辖的、待业的"社会青年"。在待业了一年多后，作为一名合同工，被一家小集体所有制的工厂录用。

　　其实，按照三美家的出身条件来说，她本来也是没有资格做任何选择的。幸运的是，三美会唱歌，有一副好歌喉，初中时，就是他们学校宣传队的独唱演员。她唱毛主席诗词《沁园春·雪》，唱《红灯记》里李铁梅的唱腔，《打不尽豺狼决不下战场》《提起敌寇心肺炸》，等等，也可以唱《沙家浜》里阿庆嫂的《智斗》选段。总之，是他们学校明星式的人物。临结业时，他们校宣传队正在排练交响音乐《沙家浜》选场，三美自然是阿庆嫂的不二人选，为了保证学校宣传队的正常演出，三美被允许就读高中。三年的高中生活，与其说是读书上学，不如说是巡回演出更合适。他们这支宣传队，乐队超强大，也因此，他们后来甚至排练出了交响乐《沙家浜》的全场，一时间，轰动全城。到处是请他们演出的邀请，工厂、学校、矿山、部队，等等。也因此，吸引了不少部队文工团来这里挑选人才。作为主演，三美也经常会被人家挑中，只是，总是在最后一个环节中败下阵来，那个环节叫作——政审。

三美总是政审不合格。

三美的家，出身不好。

三美有自知之明。她不奢求奇迹。她知道只有奇迹可以给她一个完美的前程，但生活是没有奇迹的。比起姐姐子美，三美倒更像是一个姐姐，她比姐姐现实和认命。像姐姐那样，为了某个目标，为了一个遥远的"边疆"（她知道诱惑姐姐们的其实是"边疆"这个浪漫的字眼），写血书发誓和家庭决裂，这样的壮举，她就做不出来。不是别的，是她本能地觉得，那没有用。也许，骨子里，她比姐姐悲观，只是她不知道这点。她不自恋，她很少去分析自己是个什么样的人，她觉得自己很普通，没什么可剖析的，就是一个平凡的、会唱歌并且还算好看的姑娘，仅此而已。不像安娜、不像姐姐子美她们，总是觉得自己很独特，很特别，觉得自己所经历的一切，都是与众不同的，都是别人所没有经历过的，都是开天辟地的。她觉得她们幼稚。

比起好友素心，能够在学校里多待三年，三美已经很知足了。尽管没有正规地上过几天课，可她迷恋学校。乱世中的学校，也仍然是学校啊。何况，这所学校，大名鼎鼎，从前，是这城市最优秀的孩子才能进来的地方。当年，她的姐姐考中这所学校的时候，父母的那份喜悦和骄傲，她一直忘不了。三美的学习，一向不如姐姐，假如，一切都按部就班的话，她是几乎不可能走进这所历史悠久的名校的。但，乱世来了。考试废除了。大家不是凭借成绩而是凭借地理位置，就近入学，于是，她幸运地走进了姐姐当年的母校。为此，姐姐子美愤愤不平，说："什么一群乌合之众，也敢到我们学校？"那时姐姐还在内蒙古建设兵团，她给姐姐寄去一张她站在校门口的小照，照片后面写着："姐，咱们的学校。"姐姐马上给她回了信，说：

"那是你的学校，不再是我的。"

但姐姐的刻薄，并没有让三美扫兴。三美温柔地想，好吧，是我的学校。我爱它。

她爱它。

高中临毕业前，大家得知了分配方案，这届毕业生全体去城市近郊插队。与此同时，更多的单位、部队，频繁地来宣传队招兵、招工，机会毕竟有限，稍纵即逝，宣传队暗流涌动，竞争激烈。三美自知这些都与自己无关，她很淡定。她想，插队就插队吧，姐姐已经插了那么多年，她怎么就不能插队呢？她甚至为自己选好了插队的去处，她选择了出产水稻和莲藕的南郊。

就在这时，这个城市的一项计划，改变了三美的人生轨迹。

这个城市突然决定，成立一个青年歌舞剧团："红星"剧团。

而三美学校的宣传队，那些还没有参军、入职的队员，全体，都被这个新生的红星歌舞剧团收编。

于是，原本是业余爱好的凌三美，居然，成了一名专业演员。

当姐姐得知这一消息时，这样说道："上帝偏爱头脑简单的人。"

后来发生的事情，证实了一件事，她确如姐姐所言，头脑简单。但是，上帝并没有偏爱她，从来都没有偏爱过。她将永远铭记这个。

第二天，晚饭后，素心突然来到了三美的家里。

她们两家，住得不远，从前，你来我往，十分频繁。这两个孩子，小学同班，初中又同校，没学上的那几年，也总在一起玩儿，不是你在我家，就是我在你家。比起三美，素心更热爱阅读，也读得更多更广阔一些。三美最喜欢的事情，就是听素心给她讲故事，讲她读过的某本小说。那样的时刻，总是又感伤又甜蜜。但自从素心两年前在那个简陋的小工厂上班后，她们彼此的来往明显少了许多。素心常常要加班，而三美，宣传队繁忙的排练演出，也经常没有休息日。但，无论是三美还是素心，都知道没有什么人能取代彼此在对方心目中的位置。不能经常见面，她们就写信。她们各自的信笺，从同一个街区的这头，被同一个邮递员，传递到那头，信封上，郑重地，贴一张四分钱的邮票。她们喜欢这样的感觉，喜欢相互的倾诉，这让她们，特别是素心，觉得枯燥的生活变得不那么难以忍受。

在这个不是周末周日的夜晚，素心的突然造访，让三美的母亲感到惊讶。

"素心来了？出什么事了吗？"三美母亲脱口这么问。

"没有，刘阿姨，"素心笑着回答，"从这儿路过，进来看看。"

三美母亲也笑了。"你看我这话问的，"她说，"你可有日子没来了，成稀客了。"

三美一掀她们姐妹房间的门帘，说："进来吧。"

素心走进去，三美关上了房门。不等素心开口，三美率先说道："今天一天，我都心神不安，不知道该不该去找你。现在好了，你来了，我也不用纠结了。"她望着素心的眼睛，定了一定："素心，对不起了。"

"对不起我什么？"素心安静地问。

"昨天，我们去安娜家了。"三美这么说。

素心望着她，没有说话。

"我和彭，从你家出来，彭说，想去安娜家，我，就领他去了。"三美这样补充，"抱歉，素心。"

素心笑笑，说："你们去安娜家，这有什么可对我抱歉的？"

"反正对不起。"三美生闷气似的说。

素心不笑了，说："三美，你的话，我怎么听不懂？"

这下三美笑了，是冷笑："听不懂吗？听不懂你跑来干什么？"

素心咬住了嘴唇。

"我还不懂你吗素心？你以为我眼睛瞎了？看不出来？"三美质问着，怒气冲冲，她也不知道自己在和谁生气，为什么生气。反正，生活就是让人生气啊。

素心转身就走。

三美一步跨过去，从身后，一把抱住了素心。素心瘦弱的身体，让她惊悚。她知道素心是纤瘦的，但，身体和身体的触碰才更清晰地感觉到了那瘦的实质，那似乎是一具没有血肉的骇人的骨架。她紧紧抱住她，她的密友，那比骨肉手足还要亲的亲人，一阵悲悯。

"别回头，听我说。"三美把脸贴在素心柔软的头发上，背对着她，似乎，这样，才更有勇气一些，"素心，我不想让你受伤，让你难过，所以，所以——"

"所以什么？"素心忽然这么问，声音发抖。

"所以，彭，他就是你妈妈的侄子，你的哥哥，我们的普通朋友，而已。"

"还有呢？"

"没有了。"

"那，他是，安娜的什么？"素心问，嗓子发干，舌头仿佛和上颌粘在了一起。

"不知道，"三美回答，"这是上帝才能回答的问题。"

素心突然转身，推开了三美。

"是上帝告诉你的，他，只能是我的哥哥？"

"上帝没有告诉我这个，可我有眼睛，我看得很清楚，"三美回答，"你们认识多久了？他认识安娜才多久？他让你看过他的笔记本吗？"

"笔记本？"素心茫然。

"没看过吧？不知道吧？"三美悲哀地笑笑，"他一共才认识安娜几个小时，就把那本子交给她了！而且，还是偷偷地，背着我！"她愤愤不平地说。

素心愣在了那里。

那一晚，三美送沉默的素心回家，她不放心，她一直把素心

　　送到了楼门口，看着她摸黑上楼。这城市，几乎所有的楼道，都没有了照明的灯，灯泡是紧俏商品，常常脱销，这当然是原因之一，但更重要的，是这城里的人，都已经习惯了潦草地活着，粗粝地活着，精致地生存是件可耻的事。似乎，只有她们，她们这些不甘心的孩子，在和生活做着螳臂挡车般的抵抗。

　　那时，三美不知道，她要为这个晚上，付出什么样的代价。

/ 二 /

　　那是一个什么样的笔记本呢？

　　那一夜，素心彻夜不眠。她大睁着眼睛，凝望着天花板，似乎，想从天花板上窥探到那个秘密。

　　素心是个任性的姑娘。她们家孩子少，一共姊妹两人，只有素心和她的妹妹。妹妹比素心小八岁，是他们一家从北京迁居到黄土高原上这座风沙肆虐的城市后，才出生的。所以，妹妹的名字就叫作"尘生"，而小名，就叫"意外"。所以，有很长一段时间，素心是家里的独生女。其实，素心之前，母亲曾经有过两个男孩子，但他们都是在不满周岁时就夭折了。这让素心的母亲方蔼如悲痛欲绝。她这个护士长，竟然，一连失去两个幼子，且都是死于奇怪的疾病：脑血管畸形，事先，似乎没有一点预兆，可突然之间，就发作了：大出血、脑疝、头颅肿胀畸形，她眼睁睁看着他们在极端的痛苦中死去……这让她不仅质疑自己的职业，更质疑自己的人生。最痛苦的日子里，某一天，她一个人不知不觉爬到了医院的楼顶，站在那里，看到城市就在她的脚下，一个伟大的都城在她的脚下，她想，眼睛一闭，头朝下一栽，轻盈地飞，痛苦，就结束了……就在这时，身旁响起一个声音，那声音说："爱，就是恒久的忍受。"她四周一望，楼顶上，空空荡荡，没有一个人影，甚至，连鸟都没有一只。她惊出一身冷汗，想，是神的昭示吗？

当避孕失败，她又一次怀孕时，这个年轻母亲，她的恐惧远远大过了喜悦。她不想要这个孩子，想做掉她。她实在太害怕，害怕再经历一次那种地狱般的可怖情景，那种椎心泣血的悲恸。她甚至已经走进了妇科的门诊手术室，但，她的彭姐姐，跑进来拽走了她。彭姐姐对她说：

"不要做后悔的事。"

她哭了。她说："我害怕。"

彭姐姐说："生有时，死有时，栽种有时，拔出栽种的也有时。"她握住了这个小母亲的手："神从始至终的作为，人不能参透……神这样行，是要人在他面前存敬畏的心……方，这是《圣经》上的话，我们只能做人做的事，代替不了神啊。"

方蔼如泪眼迷蒙地望着这个身穿白衣的姐姐，骤然想起那一幕，想起楼顶上那个空茫中传来的神秘声音："爱，就是恒久的忍受。"她想，彭是天使吗？后来，当新生的小女儿，终于平安地度过了一岁、两岁的生日后，她知道了，她的彭姐姐，真是一个天使般的存在。

这个被抢救下的孩子，出生后，一直没有起大名，她和丈夫姚明远，战战兢兢，小心翼翼地把她叫作了"咩咩"。那是羊的叫声，是一个谦卑的谦逊的声音。两岁生日过后，方蔼如对她的彭姐姐说："以前我不敢说，现在说也许没有妨碍了吧，让咩咩做你的教女吧，你愿意吗？"

彭姐姐笑了，说："我一直在等这一天呢。"

"那，你给你的小教女起个名字吧，她还没有学名呢。"

彭姐姐说："学名还是你和姚工起吧，按你们的心意起。既然是我的教女，我就给她起个教名吧。"

于是，咩咩，这个两岁的小姑娘，终于有了一个学名：姚素心，同时，也有了一个教名：玛娜。

长大后的素心，知道了自己名字的意思，父亲告诉她，"素心"是一种中国的兰花。可是"玛娜"是什么意思，她不知道。

甚至，她早已不记得自己还有这样一个教名。

素心的父亲，是工程师，原先在国家的几机部工作，素心五岁那年，1959年，父亲被下放到了这个北方的重工业城市，下放到了一家大型国企。于是，他们举家搬迁，来到了这个陌生的地方。从此，无论在家里还是在幼儿园、学校，再也没有人，叫过她"玛娜"。她不知道，很小很小时，父亲就对母亲说过，不要叫她玛娜了，更不要跟她说什么"教名"的事。他们只让素心，称呼彭姐姐"干妈"。彭姐姐自然也心领神会，几乎从没有当别人的面，叫过素心那个神秘的名字。渐渐地，这个名字，在素心的生活中，消失得如同没有存在过一样。

水过无痕。

"素心"，据说是一种很珍贵的兰花，是兰花中的极品。而素心的父母，也确是像呵护一株仙草那样，呵护着这个来之不易的女儿。也可能是过于珍惜的缘故，素心始终是瘦弱的，纤细的，苍白的。她的容貌，既不很像父亲，也不很像母亲，而是集中了他们两人的短处。她长了母亲的淡眉毛和小眼睛，长了父亲的厚嘴唇和大嘴巴。只有小小的瓜子脸盘和细腻的肤色算是随了妈妈。可是，这样一张脸盘上，那张厚厚的大嘴就尤其显得触目惊心。而且，这个瘦弱纤细的孩子，脾气却大得和她的体态丝毫不相称。从小，任何一件事情，只要她自己做得有一点不满意，比如，画一张画，有一笔没有画好，她会立即愤怒地把整张画撕掉；搭积木，有一块掉了下来，她会一挥手把所有的积木推翻：她宁愿毁灭也不要一个不完美。如果，她知道一件事情自己做不到最好，那她就绝不染指这件事。父亲为她的这种性格，深深担忧。父亲常常对母亲说：

"这孩子，将来会遭多大的罪啊！"

母亲安慰父亲也是安慰自己说："大一点自然就好了。她比别的孩子发育晚，前额叶大概还没长好。"

父亲说："别骗自己了，什么前额叶！将来，让生活教育她吧。"

父亲这么说的时候，满腹辛酸。是啊，当生活教育她的时候，就晚了。

　　素心八岁时，她有了一个妹妹。妹妹"意外"地到来，让素心极其愤怒。她愤怒父母齐心协力背叛了她。而"意外"的不期而至，自然给了父母惊喜。父母想，或许，妹妹的出现，能够平衡和缓解一些这孩子的偏激和偏执。月子里，"意外"非常安静，吃了睡，睡了吃，很少哭闹，似乎，是知道自己有个不好惹的姐姐。妈妈把妹妹抱到了大女儿面前，说："来，咱们认识认识姐姐，宝贝儿，这就是姐姐哦，将来长大了，你要照顾姐姐啊！"

　　父亲在一旁说："要互相照顾。"

　　而素心，低头看书，别说抬头，连眼皮也没有眨一下，冷冷地说：

　　"抱出去！"

　　"意外"两个月的时候，某天夜里，不明原因地，突然大哭不止，怎么也哄她不住。哭声吵醒了素心，她爬起来闯进父母的房间里，冲着哭叫的小婴儿恶狠狠怒吼一声：

　　"闭嘴！"

　　居然，真的，哭声戛然而止。当然，只是片刻，片刻的寂静之后，是更加暴烈的大哭。素心望着手忙脚乱的父母，望着妈妈怀中大哭不止的那只"动物"，渐渐地，眼睛里溢满泪水。然后，她转身走出了父母的房门。

　　第二天一早，素心像往常一样背着书包出了家门。中午，老师来家访，问素心为什么没去上学。父母这下慌了神，冲进素心房中，发现平时装她的压岁钱零用钱之类的扑满不见了，几件常穿的换洗衣服也不见了。母亲一下子瘫倒在了地上，晕了过去，父亲则冷汗淋漓，嘴里喃喃自语："去哪儿了？去哪儿了？"老师见状，在掐人中救过来女主人之后，只好去派出所报了失踪。

当晚，八点左右，宿舍大院传达室师傅站在楼下大声喊叫，喊姚工去接电话。电话是保定的妻妹打过来的，说，素心在她们家里，刚到。

"姐夫，出什么事了？我什么话也问不出来，她不说。只说，想转学，想到我这里来念书。"妻妹，也就是素心的小姨焦灼地说："一千里地啊，她一个人就来了呀！这孩子真吓人——"

第二天清晨，父亲和母亲，把婴儿托付给了一个朋友，夫妻二人乘坐开往北京的列车，黄昏时分才来到这座平原上的古城。当年，他们还在北京居住的时候，曾经有几次带着素心来古城看小姨，看古莲池和直隶总督府，吃驴肉火烧和著名的"白运章包子"。小姨是小学老师，姨父是工人，他们一共有三个孩子，在旧街区四合院里住两间小平房，外带一间姨父自己加盖的小厨房。显然，这个家里是住不下第四个孩子的，小姨很发愁。

父母走进房间时，晚饭刚刚吃过，一桌子的碗筷，素心正在帮着表姐一起收拾残局。太阳落山了，可房间里仍然有着落日的余晖。阳历七月，正是华北平原最热的时节，小小的、拥挤不堪的房间，尽管门窗大敞，仍然是一屋子的暑热。母亲一进屋，看到汗流满面收拾饭桌的女儿，眼泪唰地就下来了。

她冲上去，伸手一巴掌，啪地打在素心脸颊，然后一把把她搂进怀里，搂得紧紧的，生怕一松手，她就又一次消失不见。她泪流满面，哽咽着，说："你真狠，真狠！真狠！真狠！你不要爸爸妈妈了？你连妈妈都不要了？你不要我了？你个坏东西啊！……"

说着，她放声大哭。

那一晚，姨父带着姚明远去外面借宿，小姨和孩子们挤在一起，把他们自己的床铺让给了素心母女。母亲搂着她的大女儿，就像，她还是一个小小的婴儿。她轻声细语给她讲她小时候的故事，讲她还是一个妹妹这样的小"北鼻"时的故事。讲她是怎样的不安静，夜夜哭闹，人家让他们写下那个古老的咒语："天皇皇，地皇皇，我家有个夜哭郎，行路君子念三遍，一觉睡到大天光。"让好面子的爸爸不管不顾贴到了院子里的大槐树上。讲她不肯在床上睡觉，一定要在妈妈或是爸爸的怀里，才能睡得香甜，只要往小床上一放，立刻，就睁开了眼睛。于是，爸爸和妈妈的怀抱，就是她的床，她的摇篮……妈妈问她："你还记得你的小床吗？好漂亮的一张小床啊，是你的教母，哦，你干妈在你两岁时送给你的，她说：'我找遍了北京城，就这个床，好像还配得上我的玛娜……'"

一直、一直沉默不语的素心，其实，句句都听进了心里，她的头，缠绵地，贴着妈妈的胸口。妈妈的乳房，胀鼓鼓的，整整一天，没有哺乳，内衣上留下的乳渍，是那么熟悉又遥远的味道。她吸吮着那味道，眼睛一阵一阵湿热，心里原谅了妈妈的背叛。妈妈的话，让她感到了有些不好意思，原来，她是那么不好通融的一个小婴儿啊，好像，比"意外"糟糕多了……听到妈妈说出一个陌生的名字，她开了口，这是在见到了父母之后，她第一次开口说话。

"玛娜是谁？谁是玛娜？"她疑惑地抬眼看妈妈，这样问道。

"哦——"听到这个倔强的孩子，终于、终于开口说话，母亲欣喜万分，她总算松出一口气，也忘了禁忌，说道："就是你呀！那是你教母，哦，你干妈给你起的教名，玛娜……你看，宝贝，有多少人爱你啊！"

"玛娜，为什么叫玛娜？是什么意思？"显然，这个名字，这个"教名"，吸引了素心。

"玛娜嘛，我也不很清楚。将来，你可以去问你干妈。"母亲回答。那时，她并不认为自己是在敷衍这个孩子。

当然，素心不可能有机会去问给她起名字的长辈。因为她再也没有见到过她。而且，这个名字，在黑暗中，如同一朵奇异的烛光照亮了这个特别的长夜之后，瞬间，就熄灭了。从此，这个名字，就像从前一样，再没有人提起。那个清晨，一觉醒来的素心，似乎，把有关教名、教母这一类她不该记住的事，忘记得干干净净，她再也没有问起过一句和它们有关的事。母亲深深庆幸。关于那一夜她和素心的某些对话，她没有和任何人提及，包括丈夫。不知为什么，她觉得这里面似乎有一些隐秘的东西，有一些神奇。她更庆幸的是，回到家里的素心，对于妹妹，似乎，没有了那么大的敌意和排斥。几个月后，当"意外"会爬行时，某一天，她爬到了正在吃饭的姐姐脚边，她用小手揪姐姐的裤脚，姐姐低下了头，默不作声看了她一会儿，忽然静静地笑了。母亲目睹了这一幕，眼睛湿了。千山万水，铁树开花了呀，她想。

"意外"四岁时，乱世来了。某一天，素心回到家里，在饭桌上，她说："红卫兵在天主堂里搜出电台了，明天开全市的批斗大会，原来那些神父修女都是美帝派来的特务。"饭后，姚明远在厨房洗碗时悄悄对妻子说："你没跟彭姐再联系吧？"方蔼如摇摇头。姚明远说："千万别再联系了啊！"

从此，母亲绝口不提彭姐。

直到几年后，某一个黄昏，彭姐突然敲开了姚家的房门。

/ 三 /

第一眼，素心就喜欢上了这个女人。她觉得她身上有一种不同寻常的东西。安静、内敛、智慧，并不漂亮，却被内心的光辉照亮。就像……简·爱。

一个正在老去的简·爱。

母亲说："这是……彭姨。"

她明显觉察到母亲在说出这个称呼时迟疑了一下。

"这是素心啊？"彭姨微笑着，"是咩咩啊？长这么大了！走在路上，都认不出来了。"

素心也笑了："您还记得我的小名啊？我爸我妈早就不这么叫我了。"

"我记得呀，"彭姨说，"我怎么会忘？"

彭姨的眼睛，在素心身上、脸上，爱抚地游走着，素心没来由地，有一点自惭形秽，她笑着对彭姨说道：

"我没有我妈妈好看，也没有我妹妹好看。"

彭姨笑了："你比你妈妈有特点，她漂亮，你独特。"

素心从心里喜欢这说法。因为，她能感到她是真诚的，并非一个大人对孩子客套的敷衍。

"是吗？您是第一个这么说的。彭姨，您独具慧眼。"她像对一个故友、一个亲人一样，亲昵地开着玩笑。奇怪，这不是她的风格。

彭姨仰天大笑。那坦荡的、开朗的笑声，让素心内心激荡。她想，能这样大笑的人，一定有一个特别光明干净的心。

第二天，中午，素心放学回家，却发现，彭姨已经走了，而母亲，哭肿了眼睛。在饭桌上，当着爸爸和妹妹，素心什么都没有说，也没有问。忍了一个下午，到晚上，晚饭后，收拾完厨房的妈妈走进素心的房间，关上门，走过来，坐在了床边，搂住了女儿的肩膀。

"怎么了？妈？"素心轻轻问。

"她要死了，"母亲说，"她来和我们告别——"

"彭姨吗？"素心问。

"素心，"母亲扳过了她的脸，望着她，"你要记在心里一件事，彭姨，她是你的恩人，没有她，也许就没有你——她是你的干妈，是你的……教母。你要记住。"

素心感到了震撼。

"教母？"她重复着，"我的教母？"

"你还有一个名字，是她给你起的，叫——玛娜。"

"玛娜？"恍惚中，素心心里像显影一样慢慢浮起一点模糊的记忆，"你好像跟我说起过，玛娜这名字，是吧？"

母亲点点头。

"玛娜，这是什么意思？"

"我也不知道，"母亲轻轻回答，"别问了，素心，别问那么多，妈妈只是要你记住，记住她……等有一天，妈妈也不在了，就由你来记住这些，这一切……"母亲哭了。

"妈——"素心搂住了妈妈，"我好羡慕你们！你们真是——生死之交！"素心这么说。

"是，"妈妈含着眼泪回答，"她把她的侄子，她在这世上仅存的亲人，托付给我了，"母亲说道，"现在，素心，你有一个哥哥了。"

哥哥！素心感动地想。这个哥哥还没有登场，素心对他，已经满怀爱意。

一年多后，那时，素心已经领到了那张无比潦草的"初中结业证"，成为一个街道上的"待业青年"，某一天，某一个黄昏，就像他姑姑突然出现那样，这个哥哥，敲开了姚家的房门。

"阿姨——"他风尘仆仆，衣装朴素，站在门厅里，夕阳的余晖，洒在他身上，素心觉得整个房间都亮了。

"承畴？承承？"母亲打断了他的自我介绍。

"是我，阿姨。"

"叫我姑姑。"母亲说，忽然泪流满面，走上去，抱住了这个比她高出一头的孩子，这个孤儿。

"素心，这是哥哥。"母亲含泪叫过了素心。素心含笑不语。妹妹在一旁开了口，妹妹说："好高的哥哥呀！"

素心叫不出那个"哥哥"，这个称呼，只能在心里叫。她也不喜欢叫他的名字，因为，她知道历史上有个洪承畴，是最早降清的汉人。她就叫他"彭"。他们的相处，很自然。那天，母亲在厨房赶着加菜做饭，就让彭坐在素心的房间里，素心的床头，摊着正在读的书，彭看了一眼，有些惊讶。

"《欧根·奥涅金》，你在看？"他问。

素心点点头。

"你喜欢普希金？"

"我不知道，"素心这么回答，"我没读过他别的诗，这本，是我刚刚借到的，才读了一个开头。"她说，"不过，好像大家都喜欢他，谁敢说自己不喜欢普希金呢？"

彭笑了。觉得她回答得很老实。

"这里也能借到这种书啊？"彭问道。

这里，自然是指这个城市，这个远比北京闭塞的地方。这个总是黄沙蔽日，没有春天，出产煤炭、钢铁和化工原料的工业之城，他是看不起这个地方的，素心想，尽管他的语气中没有一点鄙夷。可是她，她们，就生活在"这里"啊。

素心说："是在这里借到的。这里也有好多爱看书的人。我的朋友，都喜欢看书。"

"是吗？"彭说，"下次，我给你带几本书来。"

素心笑了："那太好了。"

"《欧根·奥涅金》，我不知道读了多少遍，有些地方，都会背了。"彭说，"背给你听听？"

素心望着他，只是笑，不说话。

他也笑了："对不起，我卖弄了。"

"没有，"素心笑着说，"我在想，你是不是只会背开头的'献辞'？"她故意这么说，算是对他的小小报复。对他对"这里"的轻视。"不能背开头啊。"她说。

"好。"他回答。低头想了想，然后，推推眼镜，背诵起来：

　　　　常常，在安静的夏夜

　　　　当涅瓦河的天空

　　　　柔和而透明，清光如泻

　　　　而愉快的水面的明镜

　　　　还没有映出狄安娜的面影

　　　　我们一面以默默地呼吸

　　　　把夏夜的幽香恣意啜饮

　　　　一面想起了往日的艳绩

　　　　那遥远的恋情又兜上心头

　　　　令人既伤感而又忘忧

仿佛一个梦中的囚徒

越出监牢，踱入绿色的森林

我们随着幻想的飘浮

游进了年轻的生命的早晨

……

　　他背了一段，又一段。他的声音，低沉，舒缓，有着平静的一点哀伤，是素心想象中的他应该有的声音。真好啊，她想，她不知道自己赞美的是写诗的人还是背诗的人，或者是诗中的主人公。在素心这个年纪，十七岁的年纪，她常常容易混淆这一点。她望着他镜片后面的眼睛，心里想，现在，我可以告诉你，我喜欢普希金，我爱他。

　　而她不知道，他这样背诵，可能，只是为了掩盖没有太多话题的尴尬。

　　那天，也巧，素心的父亲不在家，去江南老家探望生病的祖母。母亲留他住宿。母亲把自己的薄被搬到了女儿们的房里，让他睡他们夫妻的大床。但是他不。他执意不从。他说："姑姑，我不能没规矩。不能睡主人床。"没办法，母亲和素心只能给他支起一张行军床，支在父母卧室的中央。母亲给他垫上厚厚的褥子，怕他硌。又怕他热，褥子上又铺了窄窄的凉席。他看着素心母亲弯腰打理这一切，汗流浃背，眼睛一阵潮热。

　　那一夜，睡在别人家的卧房，他想念母亲。他一直以为自己恨她，恨父亲，恨他们如此残忍地对待他。他们真狠！他们你追我赶地走了，生同床，死同穴了，难道，就没有一点点的愧疚？就没有想过，他们把什么东西丢下了？丢在了这个叫他们如此绝望和憎恨的世界？就没有想过，他们留下的、丢弃的那东西，那叫作"儿子"的东西，该怎么去过他剧痛和漫长的余生？姑姑临终前，对他说："我就要去见你的爸妈了，你能托我告诉他们，你不恨他们了吗？"他断然说："不能。"斩钉截铁。他又说："姑姑，你怎么会见到他们？你去的地方，是天国，是长满仙草的天国，而他们，不会在那里。你的上帝，假如真有上帝的话，不会让他们在那里，他们不配。"他知道，姑姑是带着深深的遗憾和不安走的，因为他不原谅。

　　但是这个夜晚，这个异乡和陌生的城市，陌生的房间，突然之间，让他不能自持。他想起往事，想起旧日生活的种种。想起母亲喊他："承，吃饭了——"想起母亲做的炸酱面。母亲不是一个善于烹饪的人，但是炸酱面却做得非常地道：各种菜码，大碟小碟，摆一桌子。父亲总是调侃母亲，说："这架势，还以为你给我们吃什么大餐呢！"想起夏天，他踢球踢出一头的汗，母亲总是把他的头按在水盆里，给他洗头。父亲见了，就说："他都多大了，你还这么伺候他？他没手啊？"母亲笑着回答说："怎么了？我就是喜欢闻我儿子头上的汗味儿！你嫉妒了？"原来，是他们两个男人，是他们父子俩，在争夺母亲，而最终的胜利者，不是他。

他热泪盈眶。

妈，他在心里说，我跟姑姑说的，不是真心话。我希望你在天国，在一个比你舍弃的世界更美好的地方，你是在那里吧？

而那一夜，方蔼如和大女儿，挤在一张单人床上，方蔼如不住口地说："多懂事的孩子，家教真好！"

"我家教也好啊。"素心这么说。

"你？"母亲用指头戳一下她的额头，"你跟人家比起来，就是个草莽。"

"你怎么总是长别人志气灭自己威风？"素心笑了。

母亲也笑，说："你两个哥哥要是还活着，也有这么大了，你大哥，比你大四岁……我今天，不知道怎么回事，总想起你两个哥哥。"

"妈，"素心伸出胳膊轻轻搂住了母亲，"你这辈子，是不是很遗憾自己没有儿子？"

"不遗憾，"母亲说，"但是我有梦想。"

"什么梦想？"

"梦想我能有个好女婿，"母亲笑着，这么回答，"像他一样——"

素心一下子捂住了母亲的嘴，说："你让人家听见！"黑暗中，母亲看不到女儿涨红的脸庞。"我说的是真的。"她认真地说。

"不和你说了！"素心回答，闭上了眼睛，"我告诉你，妈，我可是独身主义者。"

"好好好，那我只能指望尘生了。"母亲笑着说，当然不会当真。

那一夜，母亲睡着了，轻声打着鼾。而素心，却怎么也难以入睡。逼仄的走道对面，另一间房间里，睡着一个陌生的青年。一个陌生的……亲人。他们之间，有那么多隐秘而曲折的联系。他睡得真安静，毫无动静，可他的气息，却充斥在他们这间两居室的单元房中，辛辣、清凉、强烈而新鲜。她不知道那是什么气味，却足够使她眩晕，她如同躺在波涛之上颠簸着，起伏着，漂流着。这个奇妙的夜晚，足够漫长，却又似乎只是一瞬，眼见着，窗外的天空，亮起来，亮起来，鸡叫了。鸡又叫了。那边房间里，有了动静。然后，骤然之间，太阳跳出来了。

素心迫不及待地要见三美，她要和三美分享她的秘密。但真的见到三美的时候，她想起了母亲的嘱托，还是保留了一些重要的隐情。比如，关于教母，关于那个神秘的教名，玛娜。她只说了彭姨是母亲的密友，说了彭姨临终对母亲的托付。然后，就开始了。她描述了他的到来，就像，描述一个神话，一个奇迹。她在那一刻是漂亮的。她沉浸在对某种事物的描述中时，常常，让三美想到"光彩照人"这一类成语。你会非常痴迷地被她吸引，你也不能确定，她的描述是纯粹基于事实还是，有巨大幻想的成分。她眼睛如同珍奇的猫眼，熠熠发光，周身似乎都散发着某种光芒，或者，她被某种光晕笼罩，就像现在，此刻。要到很多年后，当三美在国外旅行时，站在欧洲那些教堂和博物馆，看到中世纪壁画或画作时，她竟想起了当年的素心，觉得她在某种特殊的时刻，真像某个中世纪圣像中的人物。那时，他们已经绝交多年，可这发现，还是让三美眼睛一热。或许，在她们小时候，尚还年轻的时候，三美对素心，对沉浸在描述中的素心，是膜拜的。因为，那个描述者，有把平凡的东西神圣化的才能。

就像，她对彭的神化。

她讲他的背诵。讲他声音的魔力。她说他背诵的那一段段，恰恰都是她也喜欢的。她说她在他的背诵中，甚至能听到涅瓦河的水声。星月笼罩下的涅瓦河啊，真是让人魂牵梦绕，夏夜的幽香，在河面上飘荡，那是素心梦中的河流。她说，流淌在河面上的，还有，他，一个孤儿的忧伤啊。她毫不费力就用"他"替代了普希金的奥涅金，甚至，是普希金本人。三美一点也没有觉得荒唐。三美只是想，有什么事情发生了。是什么事情？

终于，素心余兴未尽地住了口，望着三美，说："怎么了？"

三美突然说道："素心，你爱上他了！"

是，就是这件事，三美豁然开朗，爱情来了，爱情降临了。素心恋爱了。

"瞎说！"素心吓一跳，"你瞎说八道！"她是真的、真的没有想过"爱"这回事，"我昨天才认识他，我怎么会爱上一个陌生人？你荒唐不荒唐？花痴啊？"

三美回答："我们都学过一个成语吧？一、见、钟、情！什么叫一见钟情，你说说看？"

"这种事，才不会发生在我身上。"素心认了真，"我再重申一遍，我是独身主义者。"

三美笑了。"好吧。"她当然不会相信这种幼稚的誓言，"独身主义者，也可以有爱情啊！除非，你出家，做尼姑，或者，修女。"

"我当然有爱，我爱这世界上一切美好的东西，河流山川，草木万物，还有，那叫作'才华'的东西。可是，我不占有它们。因为，'爱'不是'爱情'。"

三美叹口气。她知道自己说不过素心。可是她比素心本人，更了解这个叫作"素心"的人。三美不再争辩，有什么可争辩的？让事实说话吧，让时间来告诉她吧。她笑了，她甚至想跟她打个赌，赌——他们最终会不会成为一对恋人。

现在，三美想，幸亏，幸亏当初，两年前，没打这个赌。要赌，她就输定了。

两年中，彭并不那么经常进省城来，而来素心家的时候，就更是有限。他留宿姚家的次数，也就那么不多的几回。姚家的房子，不宽敞。话说回来，他们这些人家，谁家的屋子宽敞呢？所以，他们这些知青，进城来，常常留宿在最便宜的澡堂子里。这城中大大小小的澡堂，白天，供人洗浴，夜晚，就成了便宜的旅

社。比起来，姚家孩子少，姚明远偶尔还要出差，所以还算有余
裕。每次，他的方姑姑都是再三挽留，但，他懂事，不好意思经
常打扰。虽然来往不算频繁，可只要来姚家，彭总是会守信用地
给素心带书来。有时好几本，有时则只有一本。那些书，都是素
心没有读过的，也是，在他们"这里"，这个封闭的城中，很难
借阅到的。比如，有陀思妥耶夫斯基的《穷人》《白痴》《罪与
罚》，有《契诃夫戏剧选》，里面收录了《海鸥》《樱桃园》和
《三姊妹》，有雨果的《悲惨世界》和《笑面人》，等等。也有
一些新出版的"内部读物"，史称"白皮书"抑或是"灰皮书"
的，那就是些更难到手的东西，比如，苏联小说《多雪的冬天》
《你到底要什么》，比如，非小说类的书籍《出类拔萃之辈》
《第三帝国的兴亡》之类。这些书，他留给素心，慢慢看，下次
来，再带回去还给书的主人。只有一次，人家要得急，只给了他
两天的时间，刨去来往路程，也就是一天半的工夫，而那本书，
又是十足的大部头，上下两册。于是，素心跟她的那间小工厂请
了两天事假（请事假是扣工资的），躲在家里，没日没夜，甚至
顾不上吃饭，终于在规定的一天半期限内，看完了那部大部头。
那大部头的名字叫《卡拉马助夫兄弟们》，耿济之译，出版时间
是1947年。

　　他就像是她的导师，在精神上，引领着她，引领她走出小城
的格局。

　　方蔼如，素心的母亲，欣慰地看着这两个孩子的交往。她听

他们在房间里谈论那些遥远而虚无的东西，谈论诗，谈论波光闪耀的涅瓦河和塞纳河，谈论普希金和雨果，她在心里对天国的那个人说："彭姐，你看到了吧？他们俩，是一对多么纯真干净的孩子！"她还说："你心里，其实也和我想的一样吧？所以你才把他托付给我，我说的没错吧？"

那是一个可以实现的梦想。方蔼如微笑地想。

但是，但是，有一个安娜呀。谁知道会有一个安娜。安娜遇见了彭，事情就这样发生了。

附录：《天国的葡萄园》节选

　　最初，一株绿色的幼苗，被贩茶叶的驼队从万里之外的西边带回。传说带它回来的人姓王，是个年轻人。一路上，年轻人呵护它，像呵护婴儿。穿越沙漠时，酷热难耐，王省下自己喝的水来灌溉它。它亦很讲一个"义"字，千难万难，支撑着，努力地，不让自己枯萎。

　　这一来，他们就有了过命的交情。

　　王新婚燕尔。带它回家，是为了给新婚的娇妻，一份心意。

　　王对妻说，这是蒲陶，又叫草龙珠。它结水灵的果实，极甜。你一定喜爱。

　　王又说，传说，它的根、藤和叶子，有奇异的效用呢。妻问，什么效用？他笑了，说，附耳上来。妻把脸贴过去，他凑在她耳边，说，安胎，止呕。

　　妻红了脸。他们新婚不久，他就随驼队远行，一走，就是一年。她当然没有动静。

这株幼苗，长途迁徙跋涉，看上去风尘仆仆，伶仃而孱弱。妻满心疑惑，怕它不服梗阳本地水土，难以成活。王就把它捧在手心，对它说道，蒲陶君，你万里随我而来，吃尽辛苦，所为何来？既然没有弃我于半途，想来是有心成全于我。从今日起，这梗阳，就是你的另一个家了，望你生根散叶，开花结实，子子孙孙，生息繁衍，也不枉我们生死相随一场。

万物有灵。

王和妻，郑重地，将这株幼苗，种在了自家庭院。照西边人教授的方法，浇水、施肥、架篱、绑蔓、夏剪、冬埋……蒲陶君果真是重义气的，在这异乡异地，活得生机勃勃。只是，还不待它结果，转年，王就又随驼队上路了。这一次，他留在家里的妻子，坐了胎。王临行前，和蒲陶君告别，在蒲陶架下长揖说，兄弟，嫂嫂托付给你了。

这一去，王再也没有回来。

照以往行程，王应该在妻子临盆前归来。可是没有。孩子生下来，是个粉雕玉琢的女儿，她给女儿起了个乳名就叫蒲陶。蒲陶满月了，百天了，周岁了，王仍旧没有消息。整个驼队，都没有了音讯。渐渐地，辗转有了传闻，说，他们的驼队，在沙漠中，遇到了风暴，迷了路，被沙尘暴埋了。又有传闻说，是遇上了剪径劫路的大盗。但，这些传闻，王的妻子，一概不信。她只信一条，生要见人，死要见尸。只要没有尸首，那，她的人，就还在世上。

　　三年后，蒲陶结果了。虽然还不到盛果期，但，一串串，晶莹剔透，紫如宝石，挂在藤上，阳光一照，如梦如幻。那滋味，更是美不胜收，沁甜而清凉，咬一口，汁液四溢，满口生津。王的妻，闺名叫作郑锦屏，小名屏儿。那郑锦屏平生第一次，尝到了遥远的蒲陶的味道，当她的牙齿咬破蒲陶皮的刹那，她的眼泪，潸然而下。三年的苦苦等待，她没掉泪。她告诫自己，人没死，哭什么？眼泪是不吉利的。但，当蒲陶的汁液溢在她口中时，她哭了。想，真是仙品！又想，郑锦屏，你何德何能啊！

　　也懂了丈夫的心意：走高脚的人，朝不保夕。若有不测，此生，留一个他们相恋过的凭证，留一个可与她长相随的念想。

　　郑锦屏把这珍稀的果实，分赠给了左邻右舍，她想分赠给全村老幼，可惜远不够分的。她摸索育秧，无师自通。到来年，就有新的秧苗被栽种到了庭园里。又一年，再一年，再一年，庭院再也栽不下，秧苗从庭院移栽到了向阳面川的坡地上。左邻右舍，家家都分到了秧苗。后来，整个村庄，家家都分到了秧苗。于是，汾河谷地，这一片日照充沛、黄土松软、山多涌泉、平川与山地相衔接的地方，就变成了华夏内陆最早的蒲陶园。若站在高处俯瞰，绿色的葡萄树，连绵起伏，无边无涯，是绿色的海。

　　蒲陶君果然，不负知遇之恩。更不负"兄弟"临行之托。这一诺，便是永远。它把他乡当故乡，扎下深深的根，一生二，二生三，三生无穷无尽，这梗阳遍地，从河谷到山坡，从平川到丘陵，到处，满眼，都是它的后代子孙。

它口不能言，却有满腹的话，想告诉那个不归的人。它等啊等。这世上，大概，只有它，还有她，那个未亡人（除了她自己，人家都称她未亡人了），还在执着地、执拗地、万死不辞地，等待着一个人的归来。眼见着，她从一个少妇，变成了一个老妪，从孩子的娘，变成了一群孩子的外婆。她的满头青丝，落满了霜雪。她对它说，老兄弟啊，咱们俩，总有一个，得活着等着他回来吧？我呀，怕是要先走一步了。

她走了。

她走的那年，六十六岁。女儿蒲陶，早已出嫁，年初也做了祖母。北地风俗，六十六岁，生日这天，要吃女儿给割的六两六钱肉。她吃完了用这肉包的饺子，第二天，溘然长逝。

只剩了它一个，独自一个，在等。它五十几岁，还在盛年。其时，它的浓荫，早已遮满了整个庭院。它的果实，密密匝匝，是梗阳地界上最甜美多汁的蒲陶。不知从何时起，这里的人，把它以及它繁衍的后代们结的果实，起了个名字，就叫作"屏儿"，以纪念那个培育者，那个先驱，那个掘井人。看吧，每年，夏秋之际，梗阳的大地上，到处都是"屏儿"啊，千串万串，千颗万颗，悬挂着，沉实、端庄、明艳，美得让人忧愁。风穿林而过，千片万片树叶，如同起舞。每当这样的时刻，它都想落泪，为这土地上的人的恩义。

又过了五十年。又一个五十年。它还在等。作为一棵藤本的蒲陶树，它早已活过了它的极限。这个百年前就没了人迹的家，渐成废墟，坍塌了。只有它，仍旧，挺立着，根深叶茂，藤缠着藤。现在，它的浓荫，舒展开来，天啊天，竟可以遮蔽方圆一里地！不知何时何日起，人们叫它神树。它的藤和叶，被用来治病，给妇人安胎、止呕，它的果实，被用来酿成了酒，传说，喝了，可延年益寿。因为等，它活成了奇迹。

活成了神。

以上，是小薇讲的故事。小薇是我的女友。她有个愿望，想为此乡的葡萄作传。她热爱草木自然，是我们之中最接近自然之子的一个。可她没能做到。她只身前往天国的葡萄园去了。她没完成的事，我，试着替她去完成。

第四章

　　素心上班的工厂，是小集体。从前，叫"水电安装队"，后来更名为"金属结构厂"。一百多号人，大多是电焊工和油漆工。而素心，则被分配到了机房开刨床，是学徒工。

　　机房里，有一台牛头刨，一台铣床，一台打眼的钻床，两台齿轮机床，还有三台称得上古董级别的皮带车床。当所有的机器开动时，机房地动山摇，让素心感到惊悚。

　　素心不爱机器。

　　她的师傅，是个温和的中年人，温和而木讷。他教素心看图纸，素心看不懂，就说："师傅，您别白费力气了，我就干点儿粗活好了。"

　　师傅很惊诧。哪里见过这样的徒弟？师傅说："不会看图纸，你将来怎么刨零件？"

　　素心说："不是还有师傅您吗？"

　　师傅愣了半晌，倒被她气笑了："请问，那你什么时候才能出徒？"

素心想说："到死呗。你以为我想出啊？"可她总不能把这话说出口。她只好叹口气，回答说："您要想教就教吧，反正我学不会，您可别嫌我笨啊。"

她果然是言而有信，笨得不同凡响。教她磨刀，砂轮火星四溅，她吓得松手，刀打飞了，险些出大事。从此，磨刀就成了她的噩梦。可是作为一个机床工人，怎么能不会磨刀？可她就是死也不再往砂轮前面站。她师傅毫无办法，只好去替她磨。她频频打刀，因为总也掌握不好进刀的深度。她师傅就频频地磨。好端端一把刀，用不多久就让给磨没了。她师傅忍不住叹气，有一天，对她说道：

"隔壁一机床厂，来了学工的中学生，人家那些学生，老师带着，采用'优选法'试验翻砂呢！听说就是你们学校的学生啊。"

言外之意，你和人家，怎么差别会这么大？

她回答说："师傅，您别用激将法，这招儿对我不灵。我这人，不上进，朽木不可雕！您认命吧。"

"你？"师傅笑了，"你是朽木？"

"那你说我是什么？"

"你是——生不逢时，是不甘心。"

素心收敛了笑容。她没想到，木讷的、不苟言笑、处处对她不满却又无可奈何的这个人，竟然，是了然她的。她想起了师傅对她的种种迁就，原来他是包容她的，她想，包容她对生活的怨气。明白自己是遇上了一个——好人。

素心开始上心。每天下班，总是把机床擦拭得特别干净，清理铁屑，把各种堆积的零件，分门别类，整理归纳得有条有理。早晨，她赶在师傅到来之前，做好该做的准备，工具放在顺手的地方，打好师傅泡茶的开水，等等。她学习看图纸，慢慢也就上了手，可以独自应付那些常做的简单的零部件。只有磨刀这一项，她仍然视作是畏途。

她的师傅，姓封，家乡是河南林县，就是那个著名的红旗渠所在地。小时候逃荒出来，没上过几年学，可是人很聪敏，这车间里所有的机床，没有他不会摆布的。所以，人家给他起了个外号，叫作"封万能"。一车间的人都拿封师傅开玩笑，说：

"封万能啊封万能，把你能的！你碰上这么个徒弟，不能了吧？"

封师傅就笑笑，也不答话。想，你们不懂她啊。

那厂，真是小。除了机房勉强可算作真正的厂房外，另外那两排L形的瓦房，就是普通居家民房。空地倒有一块，小有规模，上面矗立着、倒卧着需要焊接、油漆，和正在焊接、油漆的各种物件：小化肥罐、配电柜以及各种规格的钢管。沿墙根，杂草丛生。奇怪的是，空地上，有一片野生苜蓿，春天，开一片梦幻般的紫花，像是城市意外泄露的一点柔情。可偏偏就在它前面，人们极潦草地盖了间公共厕所。

人人都在苜蓿花前排泄。

素心觉得那是对苜蓿花的羞辱。

这地方，这气息，这一切，都让她苦闷。

这里的人，将已婚的中年妇女，油漆工也罢，电焊工也罢，统称为"老板子"。要到很久之后，素心才能明白这称呼中猥亵的意味。

而那些"老板子"们，也真是没有差耻心的。光天化日，一群"老板子"，就把一个撩拨她们，或是她们想撩拨的人，掀翻在地，欢呼着，叫嚣着，扯下他的裤子。那是她们喜欢和热衷的游戏。

一群人，骑车结伴回家。骑到分岔的路口，素心向大家告别，一不小心，忘了说"走了啊"！而是随口说了句"再见"！人们一愣，然后哄堂大笑。第二天，这笑话，就传遍了全厂，大家见了她，模仿着她的语气，说："再——见！"仿佛那是来自外星球的语言。

封师傅说："你要和大家打成一片。"她就问："怎么就算打成一片了？变粗俗吗？"师傅无法回答，这是显而易见的啊。她又说："三十岁以后，混在人堆里，扯男人的裤子？"

师傅望了她一会儿，回答说：

"不是，是让你不要总是把'燕雀安知鸿鹄之志'这样的表情，写在脸上。"

她一凛。知道自己又小看了师傅。

"可我并没有鸿鹄之志啊。"她忽然悲从中来。

"那就换种说法，不要把'我干净'这三个字，写在脸上。"

她真的惊愕了，下意识摸摸脸颊。

师傅又说："你记住，一个人，只有活到尽头，活到死，才能知道自己是干净还是脏。"

她永远记住了这话。

她曾经和彭，讲过她的师傅，关于他的身世，他的为人，他的脾气秉性，还有他说过的那些话。彭听了，沉吟一会儿，说："这是个智慧的人。"

有几次，好几次，她很想和这个"智慧的人"，谈谈彭。可她张不开口，说不出那个名字。她觉得那名字很重，一出口，砸下来，就能把她的生活砸出一个深坑。他的"智慧"，是填不满这深坑的。

再次见到安娜，已经是近两个月之后了。

素心压抑着自己，不让自己贸然跑去找安娜，不让自己总是去想那个该死的笔记本。她一遍一遍对自己说，姚素心，说到底，这件事和你有什么关系？那笔记本和你有什么关系？就算那本子上，写满献给某人的情诗，和你，又有什么关系？你是谁？你是姚素心啊，一个独身主义者啊！一个独身主义者为什么要介意别人的恋情呢？

可是，她介意。特别、特别介意。这种介意，让她痛苦。

不是剧痛，却痛得隐秘、幽深、尖锐、绵长，仿佛，她的心，是一颗蛀牙，那些看不见的小虫子，一点一点，钻着、啃着、噬咬着，让她吃不下饭，睡不着觉。不知不觉，所有的衣服，穿在身上，变得宽袍大袖。有一天，午饭时间，她坐着发呆，师傅忽然对她说：

"是碰到不顺心的事了？"

她一愣，摇摇头，说："没有。"

师傅没有再问。他知道她是嘴硬。不过猜也猜得出来，年轻人的那点事，无非，也就一个"情"字吧？以为那就是世界的全部。也对，年轻就是和世界较劲的大胆时光呀！他默默打开带来的饭盒，放到这个和世界闹别扭的徒弟面前，里面，是一饭盒煎饺，说道：

"胡萝卜大葱猪肉馅儿，你尝尝？"

师傅茹素，不沾荤腥。不是因为信仰，而是因为从小贫穷生活养就的口味。她看看煎得黄澄澄的饺子，明白了，那是师傅特别带来给她吃的。

她默默吃饺子。一个，一个，慢慢地，眼泪就掉了下来，一滴、一滴，很重，滴到了饭盒里。饺子都打湿了。师傅看在眼里，也不说话。心想，能哭出来，总归是好的。

那天，是周六。没想到，第二天，安娜自己竟然找上门来了。

安娜的姐姐丽莎，突然从插队的雁北山区回家了。她不是一个人回来的，还带回一个壮年男人。进门后，丽莎对全家人宣布说："妈，我们结婚了。安娜，多多，这是姐夫。"

妈的嘴，张开来，再不知道该怎么合上。

安娜一家人，早已习惯了丽莎的种种乖张。几年前的那个手榴弹，炸伤了她的右臂，也炸毁了她的人生。胳膊伤得不算重，做了手术，没有落下大残疾，但，它却再不是往昔那只自如地、自由地、精魂出窍一样的肢体了——它永不可能再成为一个舞蹈演员飞翔的翅膀。

她悲愤。

于是，追本溯源，找到了她一生不幸的那个源头：母亲，母亲的干涉和阻拦。十二岁那一年，一个那么辉煌绚丽的未来，召唤她，向一个美如朝露的女孩儿微笑。但是母亲断送了这一切。

如果，十二岁那一年，那个小少女踏上了开往北京的列车，后来的那一切，就都不会发生了。不会有"抓天儿"，也不会有手榴弹和爆炸。不会有一个行尸走肉般的丽莎。

不能再跳舞的丽莎，就是一具行尸走肉。她厌恶这个人，于是，就以折磨她、伤害她、作践她为一生的乐事与目标。这一次，没有激素，也不需要激素。她暴饮暴食。伤愈后不久，体重暴长几十斤，从此就变成了一个臃肿的女人。宣传队的同学，后来，大多都有了不错的归处，有人参军，有人进了专业剧团，有人被大企业半专业性质的宣传队收入麾下。她当然不属于这所有的幸运者。街道倒是照顾她，分配她去民政系统的小福利工厂。
她拒绝了。接下来就是全社会插队动员。她爽快地报名，半天之
内就去派出所下了户口，去了一个最苦焦的地方，雁北某个严寒
的村庄，落户去了。临行，母亲哭肿了眼睛，她摊开手臂向母亲
展示自己肥硕的体态，对母亲说：

"你的目的不是达到了吗？你把我塑造成了你想要的样子，
怎么样，满意了吧？"

母亲哭着说："你好恶毒啊丽莎，你好恶毒！"

她就是要恶毒。对自己，也是对母亲。

插队几年，她不回家。尤其是逢年过节。她知道母亲想念
她，她就是不让她如愿。雁北的冬天，漫长得像是没有尽头。农
闲时节，却不能闲着，人人都要去参加农田水利建设。修水坝、
打地棱、上山炸石头。原本，放炮炸石都是青壮男人的事，她偏
偏去干。用受过伤的胳膊，砸炮眼、填炸药、放雷管、点炮，就
像样板戏里唱的那样：越是艰险越向前。雷管点燃，她远远躲在
一块巨石后面，一声巨响之后，看着石头的流星雨从天而降，心
里就有一种报复的快感。报复谁呢？她说不上来。就算是报复生
活吧。

旧历春节，知青们都忙忙地回家了，整个知青点，一排窑
洞里，只剩下了一个她。她学村里人，在窑洞前垒起了旺火，除
夕那晚，点燃了。旺火哔啵哔啵烧着，映照着她的脸。她没想到
旺火是那么美丽，这里一堆，那里一堆，高高低低，红得那么通

透，有种泼命的放纵，整个村庄，都变得妖娆而神秘。她的心软了一下，想，这是生活偶尔露出的一点真相还是骗人的幻觉？忽然之间，她想家了。

那是一个不大的村子，叫杨家窑，几十户人家，穷，可除夕夜，家家都来唤她去吃年夜饭。人家都觉得这闺女恓惶呀。她谢辞了，谁家也没有去。除夕那顿饭，是家家户户团圆的时刻，是一年中最要紧的一顿饭，她一个外人，怎好去打扰？丽莎的不讲理和蛮横，只针对亲人、家人，对外人，她知道分寸。她一个人，烧火做饭，锅里添了水，却不知道要做什么。就在这时，有人叫门，进来的人，端一个大海碗，里面是满满一碗饺子。来人说：

"我妈让给送来的，家里没白面，是莜面包下的，我妈说别嫌弃。"

那一碗莜面饺子，丽莎吃了。这送饺子的人，后来，就成了丽莎的男人。他大丽莎八岁，是村里的羊倌，也是家里的独子，上面有两个姐姐，早年死了爹，寡母抚孤，竟然还供他读了初中。丽莎和他，去公社扯了结婚证，也没办酒席，把被子搬到了他家窑洞里，就成了杨家窑的媳妇。

自始至终，这婚事，丽莎没跟家里人透露一个字。

丽莎的男人，叫成贵。成贵放羊，一个人，在野地里，整日和一群不会说话的羊厮混，总想弄出点响动。于是就学会了唱酸曲，他对着天，对着云，对着旷野，对着河滩和风，使劲儿地吼唱：

"对坂坂那圪梁梁上那是一个谁？

"那就是那要命的二小妹妹——"

可是，旷野里，山圪梁梁上，天底下，哪里有个人影？没人也要唱。心里难活呀。唱呀唱，没想到，还真把人唱回窑里了——丽莎喜欢听他唱歌。他唱酸曲，把丽莎唱得眼泪汪汪。丽莎想，就这么听他唱一辈子吧，怎么不是过一辈子？

丽莎领成贵回家，已经是他们结婚一年后。她有了身孕。成贵说："你可以不认妈，可孩子不能不认姥姥呀！"丽莎知道他的心病，她想，也是该让这个女婿见见丈母娘了。

于是，夫妻双双，回家了。

母亲蒙了。一家人都蒙了。尽管，一家人对丽莎的蛮横、任性，有足够的精神准备，可突然之间带回一个已经结婚一年的丈夫，这样的事，还是挑战了亲人们的承受力。母亲昏头昏脑，手忙脚乱，给女婿沏茶，失手砸了茶杯，做饭，丢三落四，锅里红了油，却走了神，油着了火，险些酿成大祸。总算吃了晚饭，渐渐地，有了一点真实感，知道了这是生米煮成了熟饭的事情，她的丽莎，已经是杨家窑的一个媳妇了。

安顿他们住下。母亲腾出自己的卧室和床，给他们换了床单被子。她和多多还有姥姥都挤到了安娜的房间。两张上下铺，原本，安娜睡下铺，此刻，自然是要给姥姥腾出来搬到上铺去。她抱被子，母亲要插手，去抱她的枕头，她去夺，一拉扯，一个东西就从枕套里掉了出来,是那个笔记本。

她慌忙捡了起来。

母亲问:"那是什么?"

"什么也不是。"她回答。

好在,母亲心慌意乱,心被丽莎的事填得没有了一点空隙,无暇他顾,这事也就这么搪塞了过去。这个夜晚,一家人,除了那两个当事人,谁也没有睡好。姥姥、妈妈,就连多多,也是难以入眠。安娜更是多了一重心事,她的头枕着那个笔记本,知道那就像是一颗炸弹——母亲迟早会醒悟过来的,她太了解母亲对"这种事"的敏感度,母亲的追问,她可以抵挡,可她抵挡不住母亲无孔不入的侦缉和扫荡。她找不到一个安全的地方来藏匿它。她也太知道,假如它不幸落在母亲手里,必将被烈焰焚毁,那这个悲伤和美好的故事,这一片浪漫的葡萄园,还有那个叫作小薇的姑娘,将尸骨无存,那,她可怎么面对那个信赖她、信任她的托付者?

一夜无眠。到早晨,她决定了一件事。

她坦率地向素心讲了一切。彭的来访、笔记本、丽莎的归来和母亲的发现,等等,很详尽。她说:"素心,我能拜托你吗?"

素心问:"拜托我什么?"

她从书包里掏出了它,那个托付,说:"就是它。让它先藏你家里，行吗？”

素心说："行。"

素心又说："听你的口气，好像是藏匿一个活人，八路军伤病员似的。"

她笑笑，说："不错，我那里暴露了，我得先把它转移到安全的地方。"

素心伸出手去接，她却没有松开。

"这对他很重要，"她说，"我没有经过他的同意，就转移了它，我失信了。"

素心收回了伸出去的手，说："那你就先征求他的同意吧，看能不能把它交给我这个外人。"

安娜知道是自己的话让素心多心了。

"如果你是外人，我就不来找你了，"安娜这样回答，"我有那么傻吗？敢把这样的东西托付给一个外人？"

"那里面究竟写了什么？让你说的，像是他的身家性命似的？"素心终于把这句话，这句耿耿于心的话，说出了口。

"你看了就知道了，"安娜这样回答，"至少，是不安全的，会给他带来麻烦的。"

"哦——懂了，"素心说，"交给我吧。"

假如，事情就到这里，也许，就不会发生后来发生的那一切了。但是安娜在把笔记本交到素心手里之后，画蛇添足地，郑重地，说了这样一段话，她说：

"我想来想去，只有放到你家里才能放心。他对我说，方阿姨就像他的亲姑姑，你就像他的亲妹妹，你们就是他的家人——"她一双黑得发蓝的眼睛，秋水长天似的眼睛，落在素心的脸上，"交给家人，应该不会有闪失的……"

素心咬住了嘴唇。她想起了那一个夜晚，从身后突然抱住了她的三美，三美说："所以，彭，他就是你妈妈的侄子，你的哥哥，我们的普通朋友，而已。"所有人，全世界，联合起来，强加给了她一个不能拒绝的哥哥！而已……她悲凉地笑了一笑，说：

"是，放心，不会闪失——"

安娜走了。

很久，她才坐下来。现在，这个笔记本，在她手里了，她心心念念、如同巨石一般坠在她心里的东西，在她手里了。可她突然之间，没有了勇气翻阅。她将看到什么呢？她不知道。她努力让自己平静，站起身，泡了一壶茶，用父亲的紫砂壶。然后，她就把自己的房门反锁了，为的是不让妹妹"意外"还有妈妈闯进来。房间里，很静，只有一只马蹄表的嘀嗒声，她想起一句话：雪夜闭门读禁书。只是，此刻，外面没有雪。

她读了。

一口气读完。

一个别人的故事。那里面的每一个字，都和她毫无一点瓜葛。和她的痛楚、她的伤心、她的一切，毫无瓜葛，那里藏匿着一个与她无关的世界。原来，这么久，她从来，从来都没有走进过他的世界里一尺一寸。他秘密世界的大门，对她，关闭着。原来那些背诵，欧根·奥涅金、涅瓦河、塔基亚娜、夏夜的迷人幽香，以及，那一本本的大部头，那些亲密的促膝长谈，那让她脸红心热的时光，都不是钥匙，打不开他世界的大门。

那它们是什么？她悲愤地问。

而今，她就像一个偷窥者。一个偶然的意外，恩赐了她偷窥的机会。

安娜说，你可以看。那仿佛是从天空传来的声音。她就低头看了。

安娜是上帝吗？

她讨厌这样的自己。她憎恨。

这是一个初冬的月夜。月光洒下来，城市的路面，就像被霜染白了。以前，她总以为，月光是浪漫的，就算是再枯燥冷酷的城市，也会因为月光而柔软下来。原来那是错觉。月光其实无情无义。它让你以为霜洒的路面上，永远也踩不出哪怕半个脚印。

她大睁着眼睛，到天亮。

附录：《天国的葡萄园》节选

小薇是我的女朋友。

我们认识，是在开往太原的列车上。就是那辆著名的"四点零八分"始发于北京的列车。

那是我插队的第二年，春节过后不久，返程的途中。她坐我对面，我们聊了一路。仅此而已。没有任何戏剧性的情节，只是巧。或者，是天意。

她不是标准的漂亮，但，非常醒目。就是那种在人群中，你首先第一眼就能看到的那种。一百个人里，一千个人里，她总是能第一个跳进你的眼里，让你从心里"嗬"地喊一声。我承认我好色。那天，看到一个如此醒目的女孩儿坐我对面，我很高兴，离家的惆怅一下子冲淡不少。车开动后，我说，知青？插队的？她点头，反问我，你也是？我说，对。她问，在哪儿？我说了。她也说了。

原来我们插队的地方，相隔不远。

彼此甚至还有一些共同认识的熟人。

自然，话题就从这些共同的熟人开始。起初，我没在意，但，渐渐地，我发现一件事，那就是，在她那里，没有一个坏人，没有一个不好的人。无论提到谁，她都是真心赞美，无论是谁，她都能寻找到一个恰切的赞美的角度。比如，她真聪明！他在学校的时候是个数学奇才！她这人特别心软！你听过他拉手风琴吗？他的琴声一响，让人热泪涟涟……这让我感到好奇。她是真的这样以为还是城府太深呢？我开始试探，我说起一个公认的葛朗台式的人物，我说，丫真是自私、贪心、吝啬透了！她望着我，说，可我还从来没有见过比他更爱干净的人呢，而且，他并不吝啬力气。一想，还真是。我笑了，说，问你个问题，这世界上有坏人吗？她也笑了，回答说，当然有了。我问，谁？她说，希特勒啊！

懂了。在她的世界里，坏人都在遥远的地方，永远不会出现在她的生活中。

她真是与众不同。

她不抱怨。她是我见过的知青中，唯一一个对生活没有怨气的人。这是她和我们这些人最大的不同之处。我后来有些明白了，为什么我会觉得她那么醒目，因为她清新独特的气质，仿佛，她是一个来自别的时代的访客。她不是一个热情激昂的革命者，抱着为理想献身的热忱，也不是一个消极灰色的看客，更不是一个对生活和时代满腹怨气的颓唐者。她对生活抱有一种纯真的、纯粹的、超越性的热爱。那种热爱，是动人的。

她插队的地方，出产葡萄。那里拥有汾河河谷最大的葡萄园。就在我们初识的那个旅途中，我们彼此描述落户的村庄。我说的都是它的不好：穷、脏、封闭、保守，茅坑里的蛆虫、案板上乌压压的苍蝇，等等。她听了，问我，它没有自己的特点吗？就像一个人，它长什么样子？它是什么性情？它有什么来历？你一点也没有告诉我啊？我愣了一愣，从来，没有人这样追问过我，我反问，说，那你呢，你的村庄是什么样的？她温柔地一笑，说，我们那里，有汾河河谷最大的葡萄园，也是中国最古老的葡萄园——哦，之一！她语气里透着真实的骄傲。我想，这有什么可骄傲的？中国到处不是都有"最古老"的遗存？中国不就是个"最古老"的遗存？

她说，你知道吗？我们那里，种植葡萄的历史，始于汉代呢。传说啊——我笑了，打断了她，传说哪里靠得住？她很认真地望着我，回答道，你不信传说？我信，我觉得传说有时候比正史还靠得住。好好好，你讲，我不说。我不再争辩，我心里也好奇，好奇她怎么去讲这个故事。她说，你可以不信，那是你的自由，不过，信，会给人带来不同。怎么不同？我问。她沉吟一下，回答说，不自大。

我暗自惊讶。

没想到会听到这样的回答。

我诚恳地说，好，你讲。

她开始娓娓道来。她说，传说啊，在汉代的时候，有个商人，带着自己的驼队去往西域。在那里，他第一次看到了葡萄。这个商人，新婚燕尔，和妻子一别数月，一心想着，要给她带回一样中原没有的东西。正是夏秋之交，葡萄熟了，成千上万串葡萄，挂在枝头，那景象，迷住了他，葡萄的滋味，更是让他惊艳。于是，他的驼队启程返回中原故土时，他的行囊中，就多了几株花大价钱买来的葡萄的秧苗。

人们劝他说，这一路，沙漠戈壁，千山万水，这么娇弱的东西，哪里能够存活？何况，就算活着带回去，咱们那里的水土，能让它生根发芽？他但笑不语。他和他们不同，他相信奇迹。

他真的创造了奇迹。他，和他新婚的妻子。以及，一株有情有义的葡萄秧苗。她讲得真生动啊，就像……一篇赞美诗。最后，那繁衍、孕育了汾河河谷成千上万子孙后代的那棵葡萄老藤，那活成了化石仍屹立不倒、等待着一个归来者的中原葡萄的始祖，让我有几分动容。尽管，至今，我其实也不能区分，在这个故事中，哪些是传说，哪些是这个叫作小薇的姑娘的想象，或许，让我动容的，并不是这个故事本身，而是，讲故事的人，她的态度。我终于问出了我的疑问，我说，你怎么会这么热爱这里？这土地？

她奇怪地看着我，说，怎么，这很自然啊！爱这里的土地，很奇怪吗？

我想了想，说，你上辈子，是不是一个传教士啊？

她笑了，说，你怎么会这么想？太奇怪了。

我只能这么想，好像，才合理。

我们就这样聊了一路，一夜无眠。车到太原时，是凌晨五点，但冬天的黎明还没有到来。车站广场上，路灯全瞎了一般黑着。但却有一盏一盏的电石灯，这里那里，昏黄地亮着。每一盏灯下，是一张小木桌，桌上摆着茶壶和粗瓷大碗，以及，盖着毛巾保温的茶叶蛋。四周是几只小板凳，地上戳着几只暖水瓶，以及，搪瓷脸盆和毛巾、肥皂——那是用来供过往旅人洗脸的设施。

一盆水，一角钱。

以前，和以后，在任何地方的车站，都没有见过卖洗脸水的。那是太原这城市留给我的独特记忆。当然，它留给我的最深刻的印记，是它的气味，弥漫在整个车站广场上的那股煤烟的味道，它扑面而来，灌进鼻子里，喉咙里，辣、呛人，让你瞬间就用身体懂了，什么叫作"陌生"和，背井离乡。

我们俩，选了一个茶水摊坐下。时间还早，去往我们各自目的地的长途汽车还有几小时才发车。我们喝大碗茶，两分钱一碗，就着茶水吃我们自己带来的面包。茶叶蛋一角钱一个，我买了两个，请她吃。她立即掏出一角钱给我。我说，怎么这么见外？她不好意思地一笑，说，我们不是还不太熟吗？

那，能留个地址吗？联系方式？我趁机这么说。

在渐渐到来的黎明中，我们彼此交流了地址。我让她把地址写在了我的笔记本上：就是这个羊皮面的本子。我让她把地址写在了洁白的扉页上。那是我插队离家时姑姑送我的礼物，但我知道它的来历——它是父亲的遗物。姑姑没有说破，她怕说了出处我会拒绝。我也装糊涂。我明知它的来历可我还是收下了它，一直，一直，带在身上，却没有用。现在，这空白的笔记本上留下了第一行字迹，她的笔迹，列车上萍水相逢的陌生人的笔迹，我却说不出地快乐。我原来也是可以快乐的啊。这笔记本，原来，也可以记录快乐的时刻，这陌生的城市，原来，也可以发生快乐的事情。从此，这个地方，对我而言，不再是一个无关痛痒的地方：它见证了一件事情的发生——我爱上了这个特别的姑娘，我的小薇。

　　我想念她。写信。也写诗。

　　信寄给她，诗留下，安慰自己。

　　忙春耕，播种。等闲下来时，已是两个月后。去看她。那时我们已经通了七八封信，我几乎天天都在信纸上跟她说话，信写得密密麻麻，却平均一周发出一封：为了节省邮票钱，也因为没有时间去寄信。我在信里，袒露自己，我的身世、我的父母、我的过往、我的一切。那是我第一次，和一个人，谈论这不能触碰的生活的伤口。每一封信，我都在结尾问她：我们现在熟悉一点了吗？

　　她没有回答过这个问题，在她的回信里，对我的称呼，永远都是：旅途中的朋友。只是，她的信，则越写越长，且写得很有趣，平实、朴素、自然、有故事，一点也不装。有时，她会在信里不厌其烦地描述一件特别具体的事情，比如，看人家怎么给葡萄人工授粉、怎样疏花疏果、怎样抹芽绑梢，这样一些辛苦而枯燥的劳作让她写得趣味盎然。读她的信，我常常微笑。我想，她可真是与众不同。我们这些人，有谁，会这样真心地、真诚地，热爱农业的劳作？热爱土地上的劳作？就连今天的农民，有谁是因为"爱"而选择了土地并为之厮守一生一世？而她，则让我想起从前的农人，在自己的土地上耕耘播种时，那种诚意和喜悦。太奇怪了，莫非，她前世是个农夫吗？

那天，我借了一辆自行车，骑了六十多里，以突然袭击的方式，来到了她面前。她惊讶，可也欢喜。我说，我来看看你的葡萄园。她回答说，哎呀，你怎么不提前打招呼？我好给你割肉啊！这话，让我快乐极了——原来，她也愿意见到我，就像，我心心念念，想见到她一样。那时，他们知青点的伙房，已经因为种种原因散了摊场，她自己开伙做饭。我说，不用割肉，太破费了。她看了我一眼，那双清澈的、波光粼粼的眼睛，静静地，落在我脸上，说，那怎么行？你看你瘦了。

一句话，几乎让我落泪。

她向人介绍我，说，我朋友。我想，什么朋友呢？当然，我已经很知足，人，不能太贪心啊。可是，可是人类，本就是永不满足、贪得无厌的动物啊，我怎能例外？

那天，没有割到肉，可她从老乡家里，偷偷买了一只鸡，让人家帮忙宰了，收拾干净，浓油赤酱地，炖出来，里面，还顺便炖了几只鸡蛋。还不到麦收时节，白面早断顿了，她从家里带来的挂面还有存货，于是，就煮了挂面，捞出来，用浓油赤酱的鸡汤一拌，好香！我说，如此好菜好面，焉能无酒？她笑了，变戏法似的，一转身，拿出一个玻璃瓶，戳在了我面前。

朋友来了有好酒。她说了一句歌词。

喝过没？我们县里产的葡萄酒。她问。

当然喝过。我回答。但是今天喝肯定和往日喝的味道不一样。

没有酒杯，就用搪瓷大缸，很是豪迈。但事实上，那种红葡萄酒，没有脱糖，味道偏甜，喝着确实给人喝果汁的错觉。但它其实是有内功的，只不过毫不张扬。当然，对我这酒场上的老江湖而言，它是小菜一碟。但是小薇也如我一样，喝得那么粗放和不设防，让我意外。我问，你很有酒量吗？她回答，没有。我说，那，你喝慢点，这酒，有后劲的。你要是喝醉了，我，我——我想说，我不知道自己会干出什么混蛋事来。但我咽了回去。我不能毁掉这一切啊。

她忽然伸出手来，抚摸我的脸。说，你好让我心疼。

她醉了。双颊如花。一双梦境般的眼睛里，渐渐溢出眼泪。从来没有人，给我写过那样的信，她柔声说，也从来没有人，让我这么心疼。她借着酒的魔力，这样说。

　　我把我的手，盖在她的手上。她的手，那么小，却那么粗糙，那么瘦硬。我说，小薇，我想亲你。她说，可以，还没有男生亲过我呢，你轻一点。我亲了。在她湿润、鲜艳的嘴唇上，轻轻地，蜻蜓点水一般，亲了一下。她有如触电，说，啊——闭上了眼睛。眼泪涌出来，流了一脸。她说，我醉了，撑不住了，但是你不能乱来，我要把我完好地交给你，在我们新婚的初夜——你要向我保证！

　　我说，我保证。我向毛主席保证。

　　她睡着了。睡得那么放心、踏实、安稳。我守在她身边。就像……一头兽守护一株仙草。我轻轻地，怜惜地，吻着她脸上的泪痕。我忽然觉得她其实更让人心疼：那么无邪，那么单纯，那么……傻。我正襟危坐。像一个真正的君子。那天我知道了一件事，就是，此生，守护她，是我的宿命。我的劫。我的原罪。

　　但是，仅仅过了一个月，就传来噩耗。小薇自杀了。

　　她被人玷污了。

　　被公社分管知青工作的一个什么主任。

　　天真的小薇，曾经写过一份，关于改良葡萄品种的建议。于是，他约她谈话。

　　她赴约。

　　我的小薇，她意气风发、满怀抱负地，一步一步，走向了毁灭和死。

第五章

/ 一 /

整整一个星期，安娜过得胆战心惊。

她失眠。很久，没有和母亲在一个房里睡过了。下铺的母亲，另一张下铺上的姥姥，睡沉了，鼾声此起彼伏。她就像是躺在鼾声的波涛之上，颠簸着，漂浮着，不知所往。这让她想起一幅画《梅杜萨之筏》，一只岌岌可危的木筏，那么绝望、无助地漂泊在没有尽头的大海里，漂向——黑暗和死。她一凛。想，为什么会想起这样的事情？不吉利。

她小心翼翼。尽量不去招惹丽莎。大家都小心翼翼，不去惹那个瘟神。但是丽莎要招惹她们。一个桌上吃饭，她丈夫成贵很响亮地咀嚼，很响亮地吧唧嘴，多多忍不住看了他几眼，丽莎啪地一摔筷子，说："看什么？没见过人吃饭？"多多垂下了头，那一边，成贵的咀嚼声也戛然而止。丽莎就吼成贵："放心大胆吃你的！想咋吃就咋吃！你是这家的东床娇客，我看谁敢看不起你？"

于是，在饭桌上，没人再敢抬头，人人低头看自己的饭碗，沉默不语，像一群囚犯。

成贵其实也过得不自在。他克制着自己，努力使自己融入城市的生活。但总有不留神的地方。一天他随口朝地上吐了一口痰，然后又慌忙用鞋底擦掉了。安娜见了，就去卫生间拿来了拖把，拖去了痰渍。她刚转身，只听"咳——呸"一声，一口痰砸到了她脚边，回头一看，是丽莎。丽莎挑衅地看着她，说："活得真讲究。"她冷笑一声："活那么讲究就别得病啊！别吃白饭，拖累一家人啊！"

安娜咬住了嘴唇，她好容易才克制住了把拖把扔到那个挑衅者身上的冲动。她挪开脚，默不作声拖去了痰渍，来到卫生间水池边洗拖把。水龙头哗哗响，冷水溅到她脚面。她的眼泪突然奔涌而出。不是因为丽莎，不是因为她恶毒的伤害，她只是拥有了一个哭的机会。她不知道自己为什么如此不安，如此难过，甚至，恐惧。她在恐惧一件事，害怕一件事：她担忧着"它"的安危。她一万遍地告诉自己，"它"很安全。"它"在一个绝对可以信赖的地方。可是，可是，她为什么还是觉得自己哪里做错了呢？

她哭了许久。

一转身，才看见，成贵站在她身后。她吓一跳。

成贵说："你姐她，她不是有意的——我，我们，对不住了——"他说得结结巴巴，语无伦次。

"姐夫，"安娜第一次，诚心诚意地喊出了这个称呼，"你没有一点儿对不住我们的地方，是我姐过分，你千万别多心——"她诚恳地说。

"你姐她，她是个可怜人，"成贵说，"她活得憋屈，所以就总是跳着脚活——"

安娜望着成贵，就像，重新认识一样。他有一张端正的脸，晒得很黑，显得老面，可是鼻梁高挺，浓眉深目，是个英俊的男人。安娜望着他说：

"姐夫，我姐真是幸运，能遇见你，"她笑笑，"可是这世界上，有几个人活得不憋屈的？有几个人敢跳着脚活？跳给谁看？"

母亲联系了医院，想带丽莎去做产检。丽莎说："我不去你联系的医院，谁知道你安的什么心？谁知道你是不是和医生谋划好了要害我的孩子？你不想让我嫁农民，什么招数使不出来？"

母亲忍气吞声，只好随她去。

她自己找了同学的关系，去了一家小医院做了检查。一切正常。胎儿，还有她。她一点也没有那些孕期不好的反应，除了馋，除了比平日变得更能吃以外，没什么不适的地方。姥姥和母亲，把家里一个月的肉票、鸡蛋票以及油票，还有供应的细粮，统统用光了，又去买了高价粮和油，不遗余力地，去填她那张没有穷尽的嘴。她在饭桌上，吃相凶猛而贪婪，母亲背过身去，就总是想掉眼泪。

他们住了七天，走了。临行前一晚，姥姥和母亲包了饺子。送行饺子接风面，是他们家也是本城的习俗。肉是最后的一点肉，剁了拳头大的一团，掺了大量的白菜以及提味的虾皮和韭黄。没人数得清她那晚到底吃了多少个水饺，她吃得心满意足，吃到最后，她眼圈红了。

早晨，成贵拎着大包小包的行李出了家门。姥姥和母亲送他们下楼。母亲要送他们去火车站，丽莎不许。多多去上学了，只有安娜，躲在房里没有出来。忽然门一响，有人走进来，安娜没有想到，进来的会是丽莎。自从那一天她们争执后，两个人，互不理睬，就像两个陌生人一样。此刻，丽莎进来，也没有说话，走过来，把手里攥着的东西往桌子上一放，掉头就走。

是——揉得皱巴巴的二十块钱。

她走到门口，站住了，回头，说了一句："好好看病，快点儿好。"就开门而去。

半晌，安娜回过神来，追出去，看见丽莎正要下楼，她大喊了一声："姐——"就哭了。

丽莎没有回头。她知道安娜在哭。她不回头，是不想让安娜看见，她满脸的泪水。

中午，多多放学回到家，一进门，就问："走了？"听到回答，多多"噢——"地欢呼一声，大声唱起歌来：

绿水青山枉自多

华佗无奈小虫何——

她唱的是毛主席诗词《送瘟神》。

借问瘟君欲何往

纸船明烛照天烧——

她唱得兴高采烈，手舞足蹈。安娜终于忍不住从房间里走出来。"多多！"她大喊一声，"那是你姐姐呀！那是大——姐呀！你没有心肝吗？"

这一个星期，注定，是不太平的，注定，要发生一些事情。安娜家鸡飞狗跳的时候，素心也意外地遇到了麻烦。

她遇上了传说中的抢劫。

那天，她加班，赶一批活儿。厂里搞"大会战"，突击完成一批小化肥设备，整整一周，天天加班赶工，声明星期天也不休息。这天已是周六，晚上九点多了，当天的任务还没有完成，封师傅就对素心说："你先走吧，干完怎么也十一点多了，太晚了，家里人担心。"

也许，那天，要是真加班到十一点钟，师傅是一定会送她

回家的。那样的话，也许，后来的一切，都不会发生……可没有
"也许"，她早已熬不住，于是，十分听话地，洗了手，换了衣
服，一个人，回去了。

　　她骑一辆"二六"的坤车，是红色凤凰大链盒。那车，平
时就很扎眼、招摇。她本来是不喜欢招摇的，但，那是父母送她
的礼物。她小小年纪，失学，没有读高中，父母明了那原因，对
这女儿心存歉疚，所以，在她上班后，就送了她一辆最好的自
行车。

　　从他们厂，到素心家，没有太僻静的小路，都是较宽敞的
大路。只是，他们这座城，无论大街还是小巷，一律，都没有路
灯。没有人知道，路灯为什么不亮，是灯泡在武斗时被敲掉了，
还是，压根就没有供电。总之，这是一座失去了眼睛的城市，
一座盲城。好在，这城中的人，习惯了黑暗，就像在旷野中一
样，他们习惯了靠天上的星光和月光走夜路。这天，素心运气不
错，一轮银盘般的满月，彻照着。城市的大街小巷，都袒露在月
光中。素心的车轮，碾过月光下寂静无人的马路，发出某种"噌
噌"的响动，强化着马路的空旷。

　　没有行人。极稀少的汽车和自行车，偶尔擦肩或是对面驰
过。九点的城市，就像一座空城。素心越骑越快，心里无端地发
慌。夜路，不是没有走过，但也许是月光太清澈了，太清晰了，
使她的惶恐，恣意流淌，没有一个阻拦和躲避之处。这城市，有
太多不太平的传闻，此时，就像无数只蝙蝠一样在这无遮挡的

月夜里无声滑翔。当她拐向另一条略窄一些的巷子时，水洗般的路面上，有一个黑影，从她身后，移过来。她想，原来有人同路。刚要松一口气，不对，黑影迅速贴近，如一头巨大的黑鹰，压上她的头顶，她一惊，猛回头，看见一张白的脸，没有表情，如同一张面具，她还没有来得及做任何抵抗或反应，一只手臂伸过来，扯住她的书包带，凶猛地一扯，"哐当"一声，她和她的车，摔倒在地上，而斜挎在肩头的帆布书包，则瞬间到了那白脸人的手上。

她在下，他在上，惊恐之中，她看不清那是一张人脸还是鬼脸。

那脸，竟冲她一笑，扬长而去。

她也不知道自己哪来的勇气，扑上去，拽住了他的自行车后座，用完全不像自己的声音嘶哑地大叫：

"还给我——"

一只脚朝后狠狠一踹，把她重新踹倒在地上。

那一晚，她回到家里，满脸泪痕，浑身颤抖。父亲出差不在家，为她等门的母亲吓坏了，一个劲儿追问："怎么了？素心？出什么事了？"她牙齿打战，嘚嘚嘚响，说："书包——让人抢了。"

母亲一把抱住了她，说："谢天谢地，上帝保佑！菩萨保佑！人没事！——一个书包，抢就抢了吧——"

她在母亲怀里，一个劲发抖，母亲紧紧搂着她，拍她的后背，抚摸她，说："不怕了，不怕了，到家了，妈在这儿，不怕了——"

"妈妈，妈妈，妈妈——"她呢喃般地、不住口地喊着母亲，越缩越紧，似乎，想把自己缩成一个胎儿，重新回到妈妈的肚子里，回到那个最初的老家。她用手按着胸口，说："这儿疼，这儿疼，他踹了我这儿……"母亲哭了。母亲说："造孽啊！造孽啊——"

那一夜，母亲要来陪她睡觉，她坚决不让。她把母亲推出房门，上了锁。她隔着房门说："没事了，妈。"但是凌晨五点，她发起了高烧，高烧使她昏睡不醒。到早晨，母亲来喊她，喊不应，推门，门不开。慌乱中找房门钥匙，怎么也找不到，匆忙中，母亲跑到厨房，拎了一把砸炭的斧子，把门砸开了。

她烧得像一块火炭，昏昏沉沉。跟在母亲身后进来的妹妹"意外"吓得哭起来，十二岁的妹妹哭着说："怎么办怎么办妈妈？要送医院吗？"母亲说："不用，有妈妈呢！"母亲让小女儿帮忙，先灌下去退烧药，又把冷毛巾敷在了她的额头，然后，打来一盆温水，替她擦拭脖子和四肢。退烧药起了作用，她开始出汗，母亲就不停手地为她擦汗。体温下来了，她的呼吸变得均匀而平缓，母亲知道她睡着了。

她一直睡到傍晚，睁开了眼睛。看到了坐在床边的妈妈，开口问道："几点了？怎么不叫我，我还要去上班呢。"

母亲说："你发烧了。"又说："中午的时候，你师傅来家了，我已经让他给你请了假。"

"封师傅？"她问。

"是。他看你没去加班，不放心，抽午休时间过来看看，"母亲回答，"他后悔得什么似的，说昨晚上不该让你一个人回家……"

她沉默了。想起了发生过的一切……原来，那不是一场噩梦，不是一睁开眼睛就会消散的噩梦，不是高烧的幻觉，那是真实的，焚烧着的疼痛是真实的，确凿的。她侧过头去，望着墙壁。母亲小心翼翼地说：

"素心，除了书包被抢，别的，没有什么吧？"

她一下子转过头来，恶狠狠望着母亲：

"除了书包被抢？书包被抢难道是小事一桩吗？"她凶狠地说，"你知道这书包对我有多重要吗？别的？你还要别的？你还要我再发生什么？"

她瞪着母亲。一夜之间，她的眼睛突然变大了，黑如深渊。母亲默不作声望了她一会儿，俯下身去，抱住了她。母亲在心里说：

"我可怜的孩子啊——"

丽莎走后的第二天，安娜就去了素心家，想把笔记本要回来。

安娜想，要回来，放在哪里安全呢？枕头套已经暴露了，还有什么地方可以躲过母亲的眼睛？安娜了解母亲，这一程，是因为姐姐的缘故，乱了母亲的阵脚，如今，送走了姐姐，回到生活常态的妈妈，也许就会想起那个可疑的事情，想起枕套里抖出的东西。一旦想起，她一定会用她的方式来寻找和毁灭它。

安娜想不出一个安全的地方。但，即便如此，她也还是觉得，"它"该回来了。她原来不知道，它离开的每一天，她都过得心惊肉跳。为什么呢？它不是在一个安全的地方吗？安娜一遍遍告诫自己，或者说，安慰自己，却仍旧牵挂它，担心它，为它失眠。

她想，也许可以先把它藏在姐姐丽莎的衣箱里。估计母亲一时不会去翻姐姐的衣箱。然后，她会给它的主人写信，让他快来把它带走。其实，这两个多月中，他来过一次省城，事先在信中，他们约了见面的时间和地点。他们约在了离广场不远的公园会面，那一次，她没有把它交还给它的主人，是因为，那天，她的自行车坏了，没法骑车，带着它要挤公交车，中途还要倒电车，她觉得不安全。还有，还有就是，她有些不舍、有些留恋，那是他的历史，他的过往，他的珍藏，他的气息、热血和心跳，她想拥有这些，这一切……

她喜欢这个人。

也许，爱他？

傍晚时分她骑车来到了素心家楼下，真巧，看到三美也刚好从那边骑过来。她等她来到身边，说："你今天怎么有空？"三美跳下车，回答说："请假了。"

三美是这个城市某个歌舞团的独唱演员。这些日子，他们在赶排一幕歌剧，她是女主的B角。这个歌剧，是从一出新编晋剧移植过来的，他们日夜赶排，是要参加省里的调演。已经有一些日子，三美没有回家了。

"你呢？"三美问，"你也听说了？"

"听说什么？"安娜莫名其妙，她什么也没有听说。

"素心遭抢劫了，"三美这么回答，"还让打了——"

安娜头"嗡"地一响。"她什么让抢了？"她问。

"书包，"三美回答，"她也是的，一个书包，抢就抢了吧，她那个帆布包又不是真正的军用挎包，还非要去夺——"

安娜已经冲进楼门。她一口气爬上三层楼梯，到了素心家门口，她跑不动了，脸色煞白。三美在后面喊："你的心脏！"她总算来到安娜身边，扶住了她。安娜突然恐惧了，说："等等，等等再敲门——"

但是门开了。

安娜就这样看到了门里的素心。素心也看着安娜。她们两人的脸，都白得异样。素心安静地说："安娜，我在等你，进来吧——三美，你能改天再来吗？"

安娜说："不进去了，你把它给我，我就回去了。"

素心说："没有了，安娜。"

"没有了？"安娜一阵摇晃，眼前一黑，几乎栽倒，"没有了？"

"是，没有了，让抢走了，"素心悲伤地笑笑，"要不是因为它，我会去拼死夺吗？我会成这个样子吗——"素心的笑，变得诡异，"我书包里，只有五块钱！"她说，"你想看看我身上的伤吗？"

安娜一个劲地摇头。"你，你，你，素心，为什么你要把它装到书包里？为什么要带在身上？"安娜问。

"为什么要带在身上？"素心不笑了，神情变得冷峻，"因为，你知道，我和你一样，懂得它珍贵！和你一样——"她顿了一下，"想拥有它，不想让它离开自己片刻！所以，你才会像上帝施恩一样，把它交给我，不过是向我炫耀你的胜利——不对吗？"

"不对！"安娜想这样喊，还想告诉她，"你知道这有可能给他带来多大的麻烦和危险吗？"但她什么都没有说出来，眼睛一黑，就失去了知觉。

那天，她醒来时，是在医院急诊科的病床上。她们都在。素心母亲、三美、"意外"，还有，还有素心。她们围在她的床边，就像，守灵。

"安娜姐！"看到她睁开了眼睛，三美叫出了声，"你吓死我了——"

"我怎么了？"她问。

素心母亲俯下身来。"不怕，安娜，你是虚脱了，不是大问题，不是你的心脏，"她轻声说，"刚才你血压、血糖都很低，电解质有些紊乱，看来你最近营养状况比较差，给你补了液体。"她抬头看看输液的吊瓶，"这瓶输完，就可以回家了。要我找人去把你妈叫来吗？"

"别——"安娜说，"别吓唬她。"

她寻找那双眼睛，那双能拯救她也能使她陷入最黑暗绝境的眼睛。她找到了。此刻，那双眼睛藏了很复杂的话，她听不懂。她的眼睛急切地问："不是真的吧？我不相信啊，生活中怎么会有这样戏剧性的事情？怎么会有这样可怕的巧合？"那双眼睛沉默着，那是双不妥协的眼睛。她懂了。

"素心啊……"她轻轻叫了一声，凄凉地笑了。好可怜啊，咱们俩。她在心里这么说。

那天，三美用自行车载她回家。一路上，她不说话，三美也不说。三美已经从她们的对话和情景中明白了真相，这真相也吓住了她。她知道文字会给人带来什么样的麻烦，她也知道各地正在追查那些流传在知青中的"手抄本"……现在，她终于明白为什么素心会去和抢劫者拼命了。

她一直把安娜送到她家楼门口，扶她下车。她要送她上楼，安娜不让，安娜说："我没事了。你送我上去，我妈和我姥姥会害怕。"

三美担忧地看着她。

安娜笑笑，说："三美，再见——"转身，走进了没有照明黑如洞窟的楼道。

那是三美最后一次看见安娜的背影。她的安娜姐姐。

母亲在等安娜。母亲唠叨说："怎么这么晚？碰上坏人怎么办？这都几点了？真是的，没一个让人省心！"她望着妈妈，好像，第一次发现，母亲老了。母亲的头上，已经有了那么多的白发，她原来饱满、丰盈而漂亮的脸上，皮肤变得松弛、懈怠，眼睛和嘴唇四周，都有了细密而深刻的皱纹。这是一张不再好看的脸了，安娜想。可是母亲不过才四十几岁啊！怎么会这么苍老？母亲四十几？安娜竟然一下子想不起来。她真不算是一个好女儿啊。

她突然走上去，用手指，轻轻抚了抚妈妈鼻梁上方深深的"川"字纹，母亲躲避着，说："你干什么？"她回答说："妈，你以后，不要总是皱眉头，你看这皱纹，多深啊！"妈妈说："我一个老太婆了，有皱纹还不是天经地义？还能倒着活啊？"她回答："我不想让你老，我想让你倒着活。"母亲推开了她，说："净说疯话！哎你今天怎么了？"她望着母亲，笑笑，说："没什么，就是，想抒下情……"

她走进了自己的房间里。关上门。

她静静地坐了许久。在那张古董欧式圆桌旁。她用手抚摸桌子的雕花，那精致的卷草和玫瑰。它们真好。活着真好。她想。眼泪夺眶而出。她用朦胧的泪眼默默打量这生活了二十二年的地方，她看见了墙上的油画，《摩特枫丹的回忆》，她听见自己快乐的声音，说："我妈问我这画的是什么？我说是喜儿的杨各庄。"她看到了他明朗的笑脸，午后的阳光洒在那上面，多好的一张脸！但是她把这一切毁了。

她擦去眼泪，拿出了笔和纸，开始写信。

"彭："她这样写，看看，又画掉了，她深吸一口气，终于，在纸上，写下了这样的字迹：

"亲爱的彭——"这几个字，一落在纸上，她又一次泪如泉涌。此刻，她确信自己是爱他的了。她在心里一遍一遍喊着："亲爱的、亲爱的、亲爱的……"刀割般的剧痛使她抽搐。她咬紧嘴唇，不让自己哭出声。

"亲爱的彭——"最终，她写成了这样一封信：

我不知道该怎样告诉你发生了什么，万分、万分抱歉，我把你最珍贵的笔记本，弄丢了！

此生，我第一次失信于人。第一次，做了伤害别人的事。但这失信和伤害的，竟是你，我爱的人，我想以我重病之躯，竭尽全力，好好地，去爱的那个人。

它的遗失，我怕，会给你带来麻烦和危险，这是我写这封信最要紧的目的。记得你说过，你有同学，就遇到过类似的情形，他选择的方法，应该也适合你。你懂我的意思吧？我不能说得太明白，对吧？

你比我有经验。我只能这样安慰自己……

上次见面，在公园里，在湖边，我们又一次说起我的病，我说，我目前的理想，就是，努力使自己病成一幅画。你说，这是一句诗。然后你随口念道："努力使自己，病成一幅画，病成永恒之美，就像，老人类的哀伤以及，花朵的奥秘。"你说："不好，做作了。"可我喜欢。多么美啊！多么美的境界！那是你送我的最好的礼物。你懂我。你懂我，彭。我就是这样一个不遗余力做作的唯美主义者。所以，我不能再面对你，不能羞愧地站在你面前，羞愧地站在这个尽管那么糟糕但我却一直、一直爱着的世界和生活面前：这是我能为我自己所做的最后一件事，为我微不足道的理想去死。

你说，自从小薇死后，你以为自己再也不会有爱情。但是在初夏的那列绿皮火车上遇到了我，你的心苏醒了。你一遍一遍问自己，是那个人，对吧？是命运赐给我的那个新人，对吧？显然，不对！我不是"那个人"，不是那个能使你重生，能给你救赎，带给你阳光、春草、花香和希望的那个人。彭，抱歉，抱歉我们相遇，抱歉我们相识，抱歉我们彼此的吸引，抱歉我带给你的一切美好幻象，最最抱歉，我给予你的不可挽回的致命伤害！……可是，可是多么奇怪，直到此时、此刻，直到这最后的夜晚，我才确凿地、千真万确锥心刺骨地证实了一件事：我爱你！……爱你这件事，我不道歉，可以吗？

永别了！我的爱！

安娜

她俯下脸，亲着信纸，亲着"我的爱"这字迹，向他告别。泪水濡湿了它们。这短短的一封信，写不下她的不舍、她的依恋、她的心疼、她的歉疚。她在心里一千遍地喊着，对不起，对不起，对不起，对不起……她还想提醒他，让他做好应对不测的准备。但许多话，是不能在信里写得太明白，她怕这信万一到不了他手里，万一遗失。生活中原来真是有"万一"的呀！这"万一"的事，就让她和素心，碰上了。

就是在公园见面的那次，彭说起他的一个插队同学，比他高一届，老高三的，这同学有一个经常通信的好朋友，有一天，这好朋友不知因为什么出了事，从他那里，抄出了他们的通信。于是这同学也被牵扯了进来。据说警车已经到了公社，那天，他刚好到公社办事，还没走到地方，有知情人悄悄给他通风报信，说："快跑，别回村儿！"他扭头就走，从此不见踪影。据说，有人曾在东北大兴安岭一带见过他，他背着一套木匠工具，走村串乡，给人做家具，成了一个乡村木匠。

安娜想，假如，彭也需要这样出逃的话，他靠什么谋生？他有这样谋生的一技之长吗？仅仅这样一想，她的心就又开始抽搐。

另一封信，则是写给妈妈。只有更短的几行——

妈妈：

原谅我先走了。还要请你原谅我不能告诉你原因。我做了一件不能让我自己面对的事。我知道你和姥姥，还有姐妹兄弟会难过。好在，妈妈，你和我都明白，我的病，是治不好的，我不过是早走了几天而已。我希望我能留给亲人们一个完好的印象，我不想在病骨支离受尽摧残之后和你们告别，所以，妈妈，别难过得太久，请您多想想就要出生的那个小生命吧！

妈，从来，也没有对你说过"爱"字，不习惯。现在不说，就没机会了。就小声地说一句吧：妈妈，我爱你——

不孝女　安娜

黎明到来前，她做好了该做的一切。她静静地等待天亮。她在晨曦中背着一只帆布书包走出家门，把写给彭的信投到了邮筒里。空旷的马路上，渺无人迹，一抬头，看见了远处东山顶上半天的霞光，真美，整座城市都被染成了血红。太阳就要出来了。她眼睛一热，想，上天对她不薄，用这样壮阔的清晨为她送行。

然后，她坐上了早班的电车，去往这城市的中心广场。在那里下车，走到了他们约会过的公园，在他们那天坐过的长椅上，坐下了。

湖水金波荡漾。

她从随身的书包里，掏出大半瓶红葡萄酒，这酒，是他们本地的特产，没有脱糖，甜，但很好喝。她想，这是小薇的酒。她凄凉地笑笑，在心里说，彭，你可真不幸。她用这甜葡萄酒，一口一口，吞服下了一大把药片：家里能收集到的所有药品，安眠药，镇静药，以及，其他的药片，都在这里了。她吞下它们，喝光了酒瓶里的酒，把空酒瓶朝湖水里奋力一抛，抛出一个漂亮的抛物线，瓶子落入水中，荡起温柔的涟漪。然后，她郑重地、依恋地道谢，说：

"谢谢你们——"

向一切。向万物和世界。

/ 二 /

　　傍晚时分，一个传闻，在这城中流传开来。说是有个姑娘，从早晨开始，就坐在公园湖边的长椅上，坐了一上午，一中午，一动不动。公园里，除了早晨，有人晨练之外，其他的时间，游人寥寥无几，很是清冷。到下午，有个人觉到了不对劲，他是个过路人，抄近路穿公园去办事，早晨经过时，看见了她独自坐在湖边，心想，够胆大的，也不怕坏人。到下午，原路返回时，看见她还坐在那里，知道不对了，犹豫片刻，终于走了过去，看见她，声息皆无，已经没救了。

　　这一类传闻、消息，在这个不算大的内陆城市，总是传得风一样快。

　　三美也听到这传闻了。调演的日期日益临近，排练自然愈益紧张。可还在排练厅就听到有人议论这事。她没往心里去。这年头，死人的事是经常发生的，不算奇闻。那天他们加班排练到夜里十一点，她就没有回家，在集体宿舍住了一晚。但第二天一早，她刚要去食堂吃早饭，传达室就有人吆喝她去接电话。她很惊讶，跑去门房拎起话筒，就听到那边姐姐凌子美焦急的声音，劈头就问：

"怎么回事？"

"什么怎么回事？"她莫名其妙。

"你问我？我问你呢！"姐姐声音完全变了调，"安娜的事情，是真的假的？"

"安娜？安娜什么事情？"她一头雾水，反问。但是话音落地，她的头嗡地一响，像被砸了一棒似的，冷汗就下来了："你是说，那个在湖边自杀的人，是安娜？"她声音颤抖起来。

"真的是安娜吗？为什么呀？安娜为什么突然这样——？"子美在电话那头哭起来。

"我也不知道。"慌乱中三美这样回答。但她其实是知道的。她想，安娜，安娜，安娜，你做错了什么？你怎么能这样不留一点余地地惩罚自己啊！

走出传达室，清晨的阳光，那么明亮，她慌不择路地闭了下眼睛，再睁开，已是满眼的泪。

她冲到车棚去推自行车，对碰到的第一个人说："帮我请下假——"然后飞身而去。后面那人"哎哎——"地喊她，她不回头。她发疯一般，横冲直撞，穿街过巷，一口气，骑到素心家楼下。她扔下自行车就往楼上冲，刚要敲门，门开了，素心的妹妹"意外"背着书包走出来，"意外"看到她，很是意外，说：

"三美姐姐？你怎么这么早——"她话还没说完，她的三美姐姐就从她身边冲了进去。"素心！"三美喊。

素心在她自己的房间里。

三美闯进去。

素心坐在床边，不动，不说话。身体紧紧绷着，不能触碰，一碰，就是山崩地裂。

"素心——"三美哑着声音叫她。

"你是来怪我的吧？"素心面无表情地说，眼睛并不看三美，她似乎在看着一个遥远而虚幻的地方，"怪我害死了安娜？"

三美拼命摇头。也许，在飞驰而来的路上，她是有些怪素心的，虽然她并不太清楚事情的来龙去脉。可此刻，她明白了，她最担忧的事情是什么，她走上去，抱住了她最好的朋友，她发现原来她的身子绷那么紧是在抑制颤抖："素心，素心，没有人怪你，你也不想发生这样的事情啊！你千万不要自责，尤其，尤其，不能像安娜一样！懂了吗？答应我——"

素心不说话。

"答应我，答应我！你个坏东西！答应我——"三美哭着喊，"已经失去一个安娜了呀！"

"我不答应，"素心开口这么说，"我没想和她——"她像吞咽受阻似的，卡了一下，"没想和她一样，那么傻——"她声音干涩、颤抖、发冷。

她眼睛血红，像着了火，没有一滴泪水。自始至终，她不流泪。火把她的泪水烧干了，把她的眼睛烧成了血海。她的凛然，让三美心惊，让所有人心惊。她没有去为安娜送葬，她对三美说："我恨她。"

安娜的母亲，口口声声，也只重复这同一句话："我恨她，我恨她——"

没有葬礼。送葬的人寥寥无几。姥姥和母亲，都倒下了，就是没有病倒也不能让白发人送黑发人进火葬场，那太残忍。而母亲，执意不许通知丽莎和安娜的弟弟，母亲说，丽莎有孕，不能受刺激，而弟弟那边，则是："这么不光彩的死法，别影响她弟弟的名声和前程。"她母亲这么吩咐。所以，那天，在送葬的队伍里，只有小妹多多一人是死者的血亲。三美的姐姐凌子美，赶回来，主持了一切。诸如到派出所申报死因，开具死亡证明，联系火葬场，办理火化的一切手续，等等。忙乱使她顾不上悲伤，她蓬头垢面，哑着腥甜的嗓子，为她的好友，她的姐妹，做最后的事情。

送安娜去火葬场的，就只有这几个人：子美、三美、多多和"意外"。"意外"坚持要来为安娜姐姐送行。灵车出门时，才发现，有一个人等在家属院大门外面，是……彭。一看到彭，三美就哭了。三美哭着喊："停车！"车没有停，只是减慢了速度，让他能够上来。此地风俗，灵车一旦开动是不能够停的。

彭上来，跪下，就把脸，埋在了盖着被子的安娜身上。

　　一路，就这样。

　　一路，三美望着他，在心里说，都是因为你，都是因为你，都是因为你——

　　三美终于找到一个可以发泄恨意的罪魁祸首。

　　火葬场设在郊外，一个叫乱石滩的地方。听名字，以为是遍地乱石，却原来是一片林场的苗圃。深秋季节，所有的树木都黄了叶子。天空湛蓝，深远，万里无云。有鸽群从天空飞过，琳琅而细密的鸽哨声，更加烘托出了秋天辽阔无边的凄清。他们守在了炉前，没有任何仪式，工作人员就来推安娜了。突然子美号叫一声，发疯一样扑了上去，死死抱住了安娜，大声喊道："不行！不行！不行！不行——！"然后号啕大哭。

　　她哭啊，哭啊。一边用拳头捶打那个没有回应的身体，说："你起来，起来，起来，你个混蛋——"

　　都哭了。所有人。

　　最后，是彭，他用大力抱起了子美，对她说道："让她走吧，别再让她难过……"他紧紧扶住她，任她捶打、撕扯、挣扎。工作人员趁机操作，眨眼工夫，熊熊炉火就吞噬了这个曾经鲜活清香美丽的生命。

　　一口血从子美口中喷出。

　　当她们捧着一只小小的檀木盒，准备去往城市另一头的陵园骨灰堂时，三美发现，他——彭不见了。他没有和她们告辞，走得悄无声息。他从此悄无声息，杳无音信，如同从来没有存在过。他搅起了这么大的波澜，夺人性命，置人死地，然后泥牛入海，泯灭了有关自己的一切痕迹。再见到他时，将是几十年之后。而时过境迁，许多想对他说的话，许多鲜明的谴责、抱怨，早已灰飞烟灭。他们就像寻常最普通的两个熟人，久别重逢，笑着，说道：

"好久不见——"

第六章

/ 一 /

葬礼之后，三美有好久没和素心联系。

她忙。忙着排练那个新戏。日夜加班。她是女主B角，但是就在全省调演前夕，饰演A角的女孩儿，夜里骑自行车，不小心摔倒，摔伤了脚踝，骨折。这一下，三美就被推到了风口浪尖上，扛起了整部戏的大梁。

三美有些心慌，她对导演说："这是赶着鸭子上架了。"

导演回答："我知道，让你演这样的戏，屈才了。"

三美吓一跳："导演，我可不是这意思啊！"

导演笑了："凌三美，你记住我今天的话，也许，有一天，你会在舞台上，演你想演的任何一个角色，比如，《茶花女》里的玛格丽特，或者，《蝴蝶夫人》里的巧巧桑。"

三美吃惊得合不上嘴。她想，这个人，在说什么疯话？

"你自己不知道你有什么样的本钱，"导演说，"你的高音，真是金子一样纯净，太稀有了。本来，你就应该是A角，但是你也知道，你有弱点——"三美太知道自己是有致命的弱点的，那就是，她的家庭背景，那个耻辱的烙印。那也是她习惯了事事不去争先的根源。

"当初，团里领导反复研究，只能让你上B角。我做了很大的努力，也没有成功。谁也没想到会有这么戏剧性的变化！所以，你不用心慌、害怕，这个A角本来就是你的。"

导演，是五十年代末期从北京下放到这个内陆省份的歌舞剧团的，如今，他又一次从省里下放到了这个新组建的市级团体。他开玩笑称自己是"从善如流"。看上去，这是个活得很潦倒的人，几年前和妻子离了婚，没有孩子，独自一人，住在团里分给他的一间背阴的小屋里，身上永远是一股强烈而浓郁的烟酒气味。他的窗台上，摆满了空酒瓶，是那种很便宜的高粱白酒，比散装的薯干酒略胜一筹而已。但是在排练场，他是认真的。尽管如此，三美也无法想象，他会为了一个角色去和领导"据理力争"，更想不到，他会说出刚才那一番清醒甚至是有些激情的话。这让她发蒙。

但，夜晚，安静下来，三美回味导演的话，心里竟有些隐隐的激动，她想，凌三美，原来，你还是一个可以让人有所期待的人啊。这感觉，好新鲜，就像，突然在一面镜子前，看到了一个不认识的人，而别人告诉她，这就是你啊！她就这样和一个新鲜的凌三美撞了个满怀。

调演十分成功。他们的歌剧得了优秀奖。

获奖第二天，全团会餐。会餐地点就是在团里的食堂餐厅。摆了十几桌，一桌十人，全团百十号人，热热闹闹，挤了一餐厅。团领导、导演、几个主要演员、乐队指挥兼作曲等，坐在了主桌上，这让三美浑身不自在。席间，不时地有人到他们桌上敬酒，敬领导、敬导演、敬指挥，竟然，也有人敬三美。甚至有人说，现在是不兴设个人奖了，这要在从前，华北地区会演之类，设优秀演员奖的话，三美是指定要得奖的呢！

三美红了脸，连声说："哪里啊，我差得远着呢！"一边毫无城府地将杯中的酒老实地灌下去。酒是56度的高粱白，呛得她直咳嗽。她不知道自己有多大的酒量，喝这样烈的高粱白，还是第一次。寻常，在家里，或是和素心、安娜她们在一起，大家喝的都是那甜水似的红葡萄酒或者，青梅酒。就这样，猝不及防地，想起了安娜，三美心里一阵绞痛，突然就红了眼圈。她对面坐着的人看到了，说："看小凌啊，满脸都是春色，连眼圈都红了！"导演扭头认真地看了看她，说："你不能这么傻喝。"恰好又有人过来敬三美，导演站起来，拦截住了来人，说：

"我替她喝吧。"

端起桌上的酒杯，一饮而尽。

三美怔怔地，不说话，眼泪突然流下来，流了一脸。

"你醉了。"导演说。

三美摇头。"我没醉。"她说。

"醉了的人都这么说。"导演回答。

好吧，那就算醉了吧。醉了，才可能这样自由地流泪。三美没有再争辩。她其实没醉。也是从这一次酒宴开始，三美知道了自己是有酒量的。她后来发现了自己就是那种传说中千杯不醉的女性，天生对酒精有免疫力。导演挥手招呼来了一个和三美同宿舍的姑娘，吩咐说："你送小凌回宿舍吧，她喝多了。"三美庆幸自己可以借此脱身，心里不禁一阵感激，觉得这是一个温暖的人。

烈酒，毕竟是酒，它像熔岩一样在一个人身体与血脉里奔流，总是要熔化和摧毁一些什么。三美回到宿舍，送她的小姑娘急慌慌告辞重返餐厅，她一个人，关了门，把头埋在被子里，突然放声大哭。人们都在欢乐，痛饮，庆功，笑闹，没有人听见，也没有人打扰她的痛哭。她哭得荡气回肠，一泻千里。安娜出事后，她一直、一直没能尽情地、不管不顾放纵地大哭一场，她要顾忌素心，顾忌彭，顾忌那个已经被吓坏的余家小妹妹多多，要避免刺激已经悲伤过度濒于崩溃的自家姐姐，她要照顾的太多太多。她也找不到一个可以让她自己一个人独处的地方，可以一个人放声哭几声的角落。这个城市，这个世界，哪里有这样一块小小的清静之地呀。她憋了这么久，悲伤淤积在了她身体里，郁结成块垒，她似乎都能触摸到它们的形状，一颗颗，葡萄般大小，如同癌瘤。她是多么需要这一哭啊，这一哭之后，她才算是和安娜，真正诀别。

不过，她不知道的是，那天，不是没有人听见她的哭声。

欢宴的人群里，有一个人，不知为何放不下心来，逃席出来，想来看看，怕她醉到不省人事。女演员的集体宿舍，设在后院一排带檐廊的平房之中，还没走到门前，他就听到了哭声。哭声让他止住了脚步。不知什么时候天空开始飘起雪花，憋了一冬的雪，悄然而至。他在积了一层薄雪的院中，静静听了一会儿。好一会儿。哭声倒让他放心了，想，能哭得这么江风浩荡，真让人羡慕啊。

那是导演。

第二天是星期天，全团休息。三美总算有了一点时间去看素心。雪后初霁，天气晴冷，银装素裹的城市，有一种耀眼的悲伤。三美没有骑自行车，她穿着胶底的棉鞋，咯吱咯吱在雪地上踩出心事重重的声响。越近素心家，她越清晰地明白一件事，那就是，她其实是怕见素心的，她其实是庆幸这段日子她那么忙，可以使她名正言顺、无须借口地逃避她们的见面。葬礼之后，她们该说些什么？她们的眼睛可以从容而坦荡地对视吗？她们能假装一切都和从前一样，什么都没有发生，什么都没有改变吗？她们可以笑吗？她可以再次轻薄地说出那些轻如鸿毛的安慰的话，说出"不怪你"这几个字吗？这样的话说出口，于安娜，于素心，都是亏欠，都是狠毒，都是罪孽……如今，在她们之间，横亘了一个多么巨大和黑暗的东西啊，那东西的名字叫作死亡。

安娜死了。

雪地上反射的阳光，刺痛了整个城市。

当她终于敲开了素心家的房门时，开门的是素心的妹妹"意外"。"意外"看到她，说道："三美姐姐，我姐不在家。"

"她加班吗？"三美悄悄松出一口气，这样问道。

"她病了，住院了。""意外"回答。

三美一下瞪大了眼睛。

"住院了？"她问，"怎么回事？"

"开刀了，胃溃疡，大出血，""意外"回答，"她吐了好多血，吓死人了——"

三美的心一阵狂跳。"在哪儿？"她问。她自己也听出这声音在发抖。

"意外"说了地方，医院和病房。

三美转身就跑，跑下楼梯，跑出楼门，在下楼门台阶的时候，她滑倒了。她没有感觉到疼，爬起来，又跑，雪地很滑，她狠狠地，摔了一跤又一跤，她好像在用这种方式惩罚自己，惩罚自己对朋友的无情。素心，素心，她在心里叫，这几个月，你生活在什么样的地狱里啊！而你全部的错，全部的罪过，只是不幸遭遇了一个歹人的拦截！多么不公平，多么不公平，多么不公平！命运为什么这么不讲道理，这么恶毒，这么残忍啊！

当她披头散发、气喘吁吁、滚了两腿的雪泥，冲到病房里的时候，素心正一手捂着肚子，在地上慢慢地挪动着脚步散步，看到冲进来的她，素心一下子站住了，她们对望着。她突然冲上去，一把抱住了素心，抱得那么紧。素心不说话，她也不说，她们就这样默默地抱着。许久，站在一旁的素心母亲轻轻说道："三美，轻点儿，她刀口还没拆线——"

"你弄疼我了。"素心终于这样开了口。

但是三美不松手。三美说："好瘦啊素心，你这样我好难过……"她哭了。

素心没有哭。她心里在哭，可是眼里没有了泪。她的眼泪在心里结成了冰，流不动了。

"我师傅在这儿。"素心淡然地说。

三美慌忙松开了胳膊。她环顾四周，这才注意到病房里不止素心一个病人，而素心床前，也不止素心母亲一个人。她看到封师傅了。她经常听素心说起她的师傅，却没想到这位中年男人竟是如此温煦和安静，只听素心说道："这是三美。"

封师傅笑了，说："久闻大名。"

三美忙说："我也是。"她看看素心："素心常说起您。素心说她好有运气，碰到了一个不逼迫她做个好工人的师傅。"

这不假思索脱口而出的话，让封师傅笑了，他回答说："是啊，她需要的，我教不了。我教得了的，她不需要。"

"看您说的，"一旁的素心母亲忙插话说，"您怎么教不了她啊，素心任性，您千万别和她一般见识。"

三美和素心对视一眼。这会心的对视，瞬间，让她们似乎回到了从前：那毫无阴影毫无阻隔的从前。三美忽然好感激这个男人的在场，她知道，在她和素心之间，最艰难的时刻过去了。

那天，当她走出素心的病房，走到清冷却阳光耀眼的大街上时，她抬起头来，望着湛蓝如海的天空，默默地说了一句：

"安娜，你都看到了吧？看到她在怎么惩罚自己了吧？你一定、一定要原谅素心啊！"

/ 二 /

　　春节刚过，大年初四，青年团就出发去下乡巡回演出，剧目就是这个移植过来的新戏。女主A的脚伤未愈，不能成行，所以，三美只能独自扛鼎，全力以赴，别无选择。

　　令他们没想到的是，这个从晋剧移植过来的歌剧，居然口碑不错，挺受欢迎。故事其实很简单，说的是五十年代末期，一个生产队，卖给另一个生产队一匹病马，然后，两个生产队经过思想斗争，都争相发扬了社会主义新风尚和共产主义风格，争相承担损失。三美饰演的那个角色叫青兰，青兰和男主有一段二重唱，尤其受观众喜欢：

　　　　菊花青出意外心难平静

　　　　牵连着兄弟队我不安宁，我不安宁

　　　　（女）老支书，（男）青兰她

　　　　为救马将心操尽

（女）桃峰的，（男）杏岭的

兄弟情义，似海深

（幕后伴唱：吕梁山起赞歌

千山和颂

风格花争开放

处处皆春。）

这事故本来是

（男）桃峰（女）杏岭的责任

（男）不收钱（女）收下钱

（女）杏岭的（男）桃峰的群众不应承

……

　　他们演出的地点，大多是在各个大会战的土地上，如今的冬闲季节，都是农村兴修水利和大寨田的最佳时机，各村各队的雄壮劳力，千军万马，集合起来，搞大会战。这样的工地上，舞台自然是临时搭建起来的简易舞台，在旷野之中承受着西北风的肆虐。无论是扩音设备还是照明，只能一切因陋就简。但每每唱到这一段，观众仍然像听梆子戏一样大声叫好、喝彩、鼓掌。这一段对唱，歌剧的改编者保留了更多的晋剧元素，是乡野间的观众熟悉和亲切的腔调。这一大段唱腔，既婉转，又激越高亢，特别适合三美的音区。一路演下来，乡亲们都纷纷地说：

　　"这个青兰，要是唱晋剧，不差王爱爱呀！可惜了可惜了！"

一路巡演下来，他们剧团的名声，不胫而走，都知道了这个团，有个嗓音堪比王爱爱的好唱家。这名声甚至传到了邻省内蒙古和陕西，连这些地方也有人来联系他们的演出事宜。虽说是快要立春的天气，可仍然寒冷，在野外演出，辛苦至极。住宿的地方，有时是会战工地上的工棚，有时是村里的小学校，课桌一拼就是铺板，更多的时候是打地铺。偶尔会派在老乡的家里，可以睡热炕，暖和，但是会滚一身虱子。出来的时间长了，人人都盼望着能早一点回家。

三美也很想家。

导演对三美说："在从前，咱们这就叫'走台口'。"

"叫您这么一说，我想起《舞台姐妹》了。"三美笑着回答，"年年难唱年年唱，处处无家处处家。"

就在他们准备往内蒙古开拔的时候，忽然地，接到了一纸电报，电文是这样的："停止演出！全体速归，速速归！"

如同六百里加急。

谁也猜不透，这"速归"的原因是什么。有人猜测，是省里有重要演出吗？但导演摇头，他觉得这纸电文很不祥。他悄悄对三美说："看样子，凶多吉少。"三美想，多虑了吧，凶？能有什么凶呢？第二天，就在他们返程的路上，有人收听半导体，听着听着，一车人，都变了脸色。

那是来自北京的声音，来自最权威的声音，那声音向全国人民宣布，他们移植的那个戏，那个晋剧母本，是一株大毒草！

原来，不久前，那个戏，代表他们这个省份，赴京参加了华北地区戏剧调演。起初，场场演出，都大获好评，人人称赞。北京电视台甚至还要在闭幕演出时来现场录像。但是，终于有明眼人看出了问题。并且是，天大的问题，这戏，明目张胆地，为被打倒的反革命黑线翻案！是可忍孰不可忍！

带这戏进京的人，包括所有演职人员，都蒙了。

调演结束后，别人都走了，他们这个省的人，不能走，留下来，揭发、揭黑幕、揪幕后黑手，批判。

还要进行批判演出。让他们在台上扮起来演，还要演得一丝不苟，而下面坐着的观众，看完了，现场批判。

这样的批判演出，共演了两场，准确地说，是一场半，那后一场演到一半时，扮演青兰的女一号，当场晕倒在了台上。

于是，权威媒体发文，要在全国，肃清这戏的流毒。

不久，这戏的原创编剧之一，上吊自杀。

青年团自然也要肃清流毒啊。是谁主张移植这戏的？不用查，自然是导演。于是就批判他。说他别有用心。本来是一个落拓潦倒的酒徒，可是偏偏排这大毒草，却那么积极认真。"吃奶的劲儿都使出来了！"难道不反常吗？一定是早就知道了内幕和内情。

让他揭发、批判。他说，没有可揭发的。因为他没有内幕。至于批判，他说，给我一张报纸，我照着念就是。我要学习，提高觉悟。

团里动员三美揭发导演。三美说："我什么都不知道啊！"人们就说，全团，他最器重的人，就是你，你会什么都不知道？当初，安排角色时，就是他力主你演女主角的。要不是团里领导坚持原则，你一开始，就是A角了。排练时，你明明是B角，他却处处扬B抑A，为什么？因为你们气味相投，他知道只有你才适合演这个大毒草！什么藤上结什么瓜，你们就是一根藤上的瓜嘛！

三美想笑，这还真是反驳不了的逻辑。可又怎么笑得出来？她唯一能做的，就是缄默。

忽一日，又有人揭发，说有证据证明，导演和三美，是知道这戏的毒草背景的，因为她们亲耳听到过，两人拿这戏和《舞台姐妹》作比。全国人民都知道，《舞台姐妹》是大毒草啊！

三美紧张了。她没有想到她无心的一句话，会带来这样的后果。她真怕因为自己的过错连累导演。她其实已经隐隐意识到，在他们这个新组建的小小团体里，有人是想借机搞倒导演取而代之，天佑他们，给了他们一个如此理直气壮、光明正大的理由和契机。她也有点意识到，自己的存在，这一路巡演的风头，小王爱爱的说法，等等，怕是也让某些人感到不舒服了。

她跑去找上级派来的专案组，申明，说："《舞台姐妹》的话，是我说的，和导演没有一点关系。而且，我也没有拿这戏和《舞台姐妹》作比，我不过开了句玩笑，说我们天天在乡下演出，让我想起《舞台姐妹》来了。我这人觉悟不高，可以批判我，但这账不能算到别人头上啊！"

但这账，还是算到别人头上去了。导演的罪状又多了一条：污蔑下乡的慰问演出是旧社会的跑码头卖艺。当然也捎带着批评了三美。三美再不敢争辩，知道说什么都是错，只会给深陷旋涡之中的导演带来更大的麻烦。她焦虑。恐惧。自责。她想和导演说些什么，但他人已经被隔离审查，出出进进，上厕所、去食堂，身边都有人跟随。她试图拦截他的眼睛，他却从不给她机会。他不看她。他目不斜视地从她身旁走过，当她是路边的树桩，或者干脆就是空气。她想，他生我气了吧？他怪我了吧？他以为我是想和他撇清关系所以揭发他了吧？她胡思乱想地猜测，就是不去猜那最显而易见的一点：他是怕自己牵连这个无辜的、没有经历过大风浪的小姑娘。

他看上去不急不躁，神情一如往常，到食堂窗口打饭，总是挑最贵的菜买，食量也一点不减，看他坐下来吃饭，仍旧是一副"悠悠万事，唯吃为大"的架势。这是人人都知道的他本人的名言。他嗜肉，无肉不欢，平日里，供应的那点肉票根本不够他塞牙缝的，他就总是买来一些肉罐头下饭下酒。如今，他不能自由行动，也没有家人来周济，食堂的大锅菜，他居然也甘之如饴。许是不喝酒的缘故，他的眼睛看上去比往日还要清亮、平和、安静，仿佛，正在发生的事情，没有在他眼睛里留下一丝阴翳。以前，宿醉总是让他的脸色暗沉，胡子拉碴，落拓、颓唐，而今，没有了酒，他反倒早早起床，洗漱、刮脸、修整自己，走出门，清冷的早春天气里，他倒出落得像一个新人，薄荷般清冽、干净、含蓄。这样的一个人，原本正在难中的人，看在三美眼里，她稍稍地，感到心安一些。

这天，她去了一趟本城最大的副食品商店，买了一网兜的食品，都是肉罐头，梅林牌午餐肉、红烧牛肉、红焖猪肉、香菇肉酱，等等，第二天，午饭时，在食堂里，众目睽睽之下，她拎着那个网兜来到他的饭桌前，把提手一撑，对监护他的人说道："你检查一下，都是吃的，肉罐头，给导演的。"说完，她把网兜朝桌上一蹾，掉头而去。

她觉得总算能长吁一口气。

没人知道，每一瓶、每一盒罐头，她都做了手脚。她极其小心地，把商标拆下来，在纸的背面，用细细的铅笔，写下了这样几个字：对不起！珍重！然后，又用胶水把它们按原样粘好。她不知道他是否能发现这秘密，她想，多半，或者说，绝对，发现不了。但她还是心存了一丝丝侥幸，人怎么会没有一点妄想呢？她对自己说，看天意吧。假如，天不让他看到，那么，这一辈子，此生，她就绝不会对他说出这个辛酸的秘密。

就在这个晚上，天已经很晚了，突然，有人急促地敲响了三美家的房门。三美狐疑地跑去开门，门一开，只见门外的人，一下子，靠在了门框上，说：

"你在家啊！吓死我了！我还以为，他们不让你回家了——"

原来是，素心。

"我刚知道，"素心说，"不是，这事我早知道了，可是我怎么也不会想到，这件事，会和你扯上关系，它不是晋剧吗？你们团是歌舞团啊！"

她说得气急败坏。

三美一把把她拉进房门，拉进她们姐妹的房间，二话不说，抱住了素心，哭了。

她哭得无声无息。素心的肩膀，被她的泪水，打湿一大片。

"三美，三美，你先告诉我，你有危险吗？"素心心急如焚地追问。

"没有，"三美摇头，"真的没有。就是有危险，我也不害怕了，"三美回答，更紧地，抱住了她的朋友，她的姐妹，"你来了，素心，我还有什么怕的？你能来，我真的什么都不怕了——"

素心的眼泪，突然夺眶而出。毫无预兆，它们奔涌而来，从她的身体各处，四肢、血管、五脏六腑，突然解冻、决堤，像春汛一般滚滚而来，淹没了她。她还以为自己不会哭了，还以为自己没有了眼泪。原来，一切，都可以再生。"对不起，我来晚了，我知道得太晚了——"她歉疚地说。

她们相拥在一起，哭得痛快淋漓，哭得江河横溢，然后，她们就像两个受了洗礼的新生命，在太阳升起的早晨，重蹈人间，去爱，去恨，去受难。去生活。

几个月后，导演的审查结束了。没有找到任何罪证，证明他们的移植改编是被幕后黑手操纵或者是别有用心，但，尽管如此，他还是被惩处了。他不能再做导演，甚至不能继续留在文艺团体。他被调到了一个工厂里的俱乐部工作，那工厂，离城很远，要穿城、过河，向西，再向南，四周都是农田。这个黄土高原上的城市，干旱的城市，非常奇妙地，拥有着一条珍贵的泉水，难老泉。难老泉从悬瓮山下汩汩而出，是晋水的源头，它滋养出了这一带江南水乡般的风光。田是稻田，出产着品质极佳的稻米，那稻米据说自古就是贡米。不仅有稻田，还有藕塘，盛夏六七月，这里的荷花怒放时，香飘十里。导演的工厂，就坐落在这样的稻田和藕塘之中，是一个化工厂。

他走得无声无息，也很突兀。没和任何人告别，包括三美。某一个早晨，人们发现，他的小屋空了。

一周后，三美收到了一封来信，信寄自本埠。她打开了信封，一下子，捂住了嘴。那里面，是一摞商标纸，被抚平了，每一张，都整整齐齐，它们是梅林牌午餐肉、红烧牛肉、红焖猪肉，以及香菇肉酱……原来，它们没有辜负她，它们是称职的信使！许久，她轻轻捧起它们，翻过来，看到了她自己用铅笔书写的字迹：对不起！珍重！而在这一行字迹的下方，多了三个钢笔的字体：谢谢你！

重如千钧。

每一张，都这样写着：谢谢你！

梅林牌午餐肉、红烧牛肉、红焖猪肉、香菇肉酱，每一张，都在道谢。每一张，都在鞠躬，它们说：谢谢你！谢谢你！谢谢你！

谢谢你！

她哭了。

插曲：圣山

多年前，这里，远不像今天这样游人如织。

那时，它更有一种圣山的肃穆。

1977年，春天，素心和三美，准备利用五一劳动节假期，去一趟人们传说中的五台山。那时，自然没有旅游公司，也没有如今这么方便的交通工具和高速公路，而她们两人认识的熟人中，也没有谁去过那里，自然也没有人可咨询借鉴。她们只是翻阅了一本《中国地图册》，在地图上，查看到了一条铁路线，其中有一站，站名就叫"五台山站"。此外，还有一班长途公共汽车，开往台怀镇。但这班汽车，并非每天发车，相比较，她们选择了乘坐火车。

那时，她们对五台山，一无所知。所以，她们不知道自己放弃了什么。

那一年的五一节，是个星期日，所以她们有两天的假期，又都请了一天事假，这样，假期就变成了三天。

周六，4月30日，一清早，她们出发。一人背一只书包，和一只绿色的军用水壶。书包里面装了牙刷毛巾，塞了一件御寒挡雨的风衣，还有面包和煮鸡蛋，一点糖果。水壶里则有热水。她们觉得自己准备得十分充分，胸有成竹地，上路了。

火车在下午一点左右，抵达五台山站。这个庞然大物把她们两人卸到了空空荡荡的月台上，然后呼啸而去。

她们四处张望，不见山的影子。

站台上，除了她们俩，渺无人迹。

出站时，她们向检票员问询，山在哪里？回答的结果，让她们大吃一惊。

没有山。

这里不是叫五台山站吗？

是。可这不是五台山。这里是繁峙县砂河镇。河北也有个砂河，为了区分这两个砂河，这里就改叫五台山了。

那五台山离这里多远？

差不多，一百里左右吧。九十多里地吧。

她们蒙了。

那，这里有汽车，通往五台山吗？

没有。人家摇头。

那时的人们，还是有些古道热肠的。人家给她们出主意，让她们乘长途汽车折返回一个叫忻州的地方，住一宿，第二天再乘车去台怀镇也就是五台山。

一问，已经没车去忻州了。去忻州的车，要第二天清早才能发车。

素心和三美，互相对望，此时，其实心里已经有了主意。

走，步行，要走多久啊？她们终于问。

人家看着她们俩，连连摇头，说，不行不行，你们俩，走不到，要翻黄毛野梁呢！黄毛野梁上，六月天，下大雪，还冻死过人呢。

又说，从前，内蒙古来五台山朝山的人，磕长头的人，走的就是这条路。有多少人，就是在黄毛野梁上，遭遇了风雪，迷了路，冻死在了梁上。

这样一说，这条路，在她们眼里，忽然有了意义。她们想，原来如此啊！原来，阴差阳错，是为了，让她们，尊敬这座山。

她们道谢，却没有听从劝告。此前，如果她们还有犹豫的话，此刻，她们则明白了，这是她们不能抗拒的事情。她们问清了道路，就离开了车站，朝九十里，也许是百里外的五台山出发了。

她们看了看腕上的手表，时间已接近下午两点。靠两条腿，想在天黑前赶到目的地台怀镇几乎是不可能的，除非她们有传说中的轻功绝技。可她们不在乎。起初，她们刚上路时，还是多云的天气，阳光在云缝中时隐时现。可渐渐地，变得阴沉起来。脚下的柏油路，蜿蜒着，几乎不见行人，偶尔，有一辆卡车，从对面疾驰而来，与她们擦肩而过。奇怪的是，竟没有碰到一辆与她们同方向的汽车。再往前，路变得窄了，深入到了山里，四周，阒无人声，连对面的车也再没有了踪影。路看上去有些像河，傍着山，从容而去，而另一边，则邻着沟，沟底，有清浅的跳跃的山溪。

溪水的声音，像是山的喘息。

走累了，她们就在公路边，席地而坐。喝口水壶里的水。那是她们临下火车前重新灌满的热水。此刻，余温尚在。面包和鸡蛋已经在火车上吃光了，她们检点了一下装备，两个人，还有三个苹果、一小包饼干、十几块糖果：大白兔糖和高粱饴。她们两人相视一笑，说："行，饿不死了。"

她们分吃了几块饼干和糖果，满血复活，重新上路。

除了山溪和她们的脚步，世界，再也没有了其他的声响。她们渐渐地被这巨大的寂静惊住了，那是她们从没有体验过的一种感觉：寂静原来是一种侵略。突然之间三美"嗨——"了一声，然后放声唱起歌来：

> 让我们高举起欢乐的酒杯
>
> 杯中的美酒使人心醉
>
> 这样欢乐的时刻虽然美好
>
> 但真实的爱情更宝贵——

　　已经有很多年，自从匆匆领了那张结业证，离开学校后，素心再也没有机会听三美唱歌，多么好听的歌声啊，素心感动地想：她真是金嗓子啊。"金嗓子"，这是素心能够想到的最好的赞美。

　　　　在他的歌声里充满了真情
　　　　他使我深深地感动
　　　　在这个世界上最重要的是快乐
　　　　我为快乐生活——

　　她的歌声，高亢、明亮、激昂，在狭窄的山谷间冲撞着，回荡着，然后穿云破雾。它像风一样吹透了素心的身体，又像阳光一样彻照了她。素心静静地听，不知不觉，她的眼睛里蓄满了泪水。

　　　　让东方美丽的朝霞透过花窗
　　　　照在狂欢的宴会上
　　　　啊——啊——照在宴会上
　　　　啊——啊——照在宴会上
　　　　啊——啊——

　　一曲终了。回声久久不散。

"三美，"许久，素心忽然这样说道，"你不快乐。"

三美笑了，说："谁说的？我很快乐啊。咱们这几个朋友里，只有我，没那么多愁善感。我心大。"

素心也笑笑，没有追问。但她相信自己的感觉，她从她的歌声里听出了难言的悲伤。她想，三美一定有心事，她遇到了一个坎儿。一个很大的坎儿。至少，比几年前那件因为出演"毒草剧目"被批判的事情，要大。

她转换了话题："三美，你唱得真好。从前，我妈她们总爱说，周璇是金嗓子，我觉得，你也是金嗓子呢！真可惜，自从你去了歌舞剧团，我还从来没看过一次你的演出。"

"没什么好看的，"三美回答，"我演的那些戏，那些角色，你不会喜欢，"她笑笑，"我自己也不喜欢。"沉吟片刻她又说，"将来吧，等我真正演一个喜欢的角色时，我一定第一个请你来看。"

素心说："好，我等着。"

"几年前，有个人，这么说，"三美眼睛望着远方，笑笑，"他说，凌三美，你记住，有一天，你可以在舞台上演你想演的任何一个角色，比如，《茶花女》里的玛格丽特，或者，《蝴蝶夫人》里的巧巧桑。那时，我觉得他是在说梦话，"三美又笑笑，"但现在，我也在做这样的梦了。我也变得不现实了。我本来是个最现实的人啊。"

素心回答："三美，现实是，生活正在发生改变，大的不说，你看现在的电影院，好多老电影，不都解禁公映了吗？"

"可也有不会改变的事，"三美眯了下眼睛，好像怕被阳光晃到一样，当然没有太阳，这是一个没有太阳的阴天，"沉舟侧畔千帆过，病树前头万木春。"她脱口念了一句唐诗。

素心心里一沉，半晌，说道："这说的是我。"

"怎么会是你？"三美惊讶地回头，"素心，你，你还要折磨自己多久？"

素心笑笑，没有回答。

"天就要黑了。"她忽然说。

是，黄昏了，天就要黑了。可五台山还杳无踪影。台怀镇还杳无踪影。这一下午，四个多小时，她们不知道究竟走了多远。此刻，她们发现自己站在了一个路口，站在了一个纪念碑前。她们抬头看那碑文，只见上面写的是：毛主席路居纪念碑。从碑文上，她们得知，当年，毛泽东就是从这条路经五台山去西柏坡的。还得知，这个地方叫作伯强。毛泽东曾在这个村庄留宿一夜。

这么说，此地，离五台山，一定还有不短的路程。

她们也决定留宿。

她们碰到的第一个建筑，是公社大院。伯强公社。她们犹豫一下，还是进去了。人家问她们，找谁？她们回答，找住处。人家说，找住处怎么找到这里来了？于是，她们一五一十，说了自己的境况。大概，这样的状况，人家很少碰到，有些稀奇，就有人领着她们来到了一间办公室，说，这是什么什么主任。主任警惕地打量着她们，问，你们是干什么的？于是，她们就又把说过的话重述一遍，去五台山，坐错了车，等等。主任又问，有介绍信吗？她们摇头。有工作证吗？她们仍然摇头。主任说，年轻人，出门，咋能不带证件？她们无语。素心在那个小集体工厂，是合同工，压根没有工作证。三美倒是有，可她没带，她们都没有多少出门的经验。她们以为没有希望了，正做好被拒绝的准备，不想主任说道：

"还没有吃饭吧你们？先去食堂吃饭，住下吧。"

她们惊喜地松一口气，说道："不用了不用了，有地方住就行了，不吃饭了。"

主任板着脸说："不吃饭哪行？不吃饭你们明天咋翻黄毛野梁？真是不知道个天高地厚！"

她们就跟在了主任的身后，来到了公社的伙房。晚饭在一口大铁锅里，等待着她们。是一锅热气腾腾的和子饭：小米汤里煮了面条、山药蛋和胡萝卜块，用一点热油烹了花椒和醋，还有一种特殊的麻籽香料做调和。一进门，那肆意的香气，就把这两个迷途的孩子征服了。她们一下子感到了强烈的饥饿。主任说，盛饭！大师傅就把几个大碗盛满了。吃饭的人并不多，除了她俩，也就三四个人。大家一人捧一只大海碗，没有桌子，有人蹲着，有人坐在小板凳上，吸溜吸溜吃得热火朝天。一边吃，人们一边打问她们的来龙去脉。一边啧啧称奇，说：

"就你们两个小女女，真敢翻黄毛眼梁？"

她们把"黄毛野梁"，听成了"黄毛眼梁"。其实，许多许多年之后，她们仍旧没能弄清楚，这个令人谈虎色变的"梁"，准确的名字。它横亘在她们的前方，神秘莫测。仅仅一天之前，她们还完全不知道它的存在，但如今，它却突然变成了一个命运般的选择。

主任说话了。主任说："天气预报说，今天晚上有雨。这里下雨，黄毛野梁上就是下雪了。现在才刚刚五月，山上的雪还深得很，这一下雪，就看不见路了。如今没有磕长头朝山的人了，从前，来朝山的人，六月天，还有在黄毛野梁上迷路冻死的呢！不是吓唬你们，那是个大风口，我劝你们啊，明天，还是坐车回忻州，那里有长途汽车，你们还是坐车去台怀镇吧。"

主任说得很诚恳，并且，忧心忡忡，有点像说，邻居家不省心的孩子。

她们不置可否。

和子饭太香了。那是她们此生吃过的最香的和子饭，此前，此后，再也没有一碗和子饭如此迷人。那味道不可复制。这道理她们懂，因为那味道有个名字，叫雪中送炭。

然后，她们就被安排在了一间窑洞里，也不知是公社的客房，还是一间什么人的宿舍，炕上刚好有两床铺盖，很是干净。地上有脸盆架，架上有个搪瓷脸盆，一张小桌上有只竹壳暖瓶，让她们感动的是，不知是谁，已经给她们灌满了热水。

　　她们洗了把脸，上炕。累散了架的身子，一挨枕头，就沉入了梦乡。

　　半夜里，素心突然惊醒了。她听到了某种声音，是雨声。春雨的声音，时强时弱。她一下子清醒了，睁大眼睛，细细地听雨。雨声淅淅沥沥，像某种神秘的吟诵。一扭头，看见了两只大睁着的眼睛。原来，三美也醒了。

　　"你也醒了？"她问。

　　"嗯，"三美回答，"真的下雨了。"

　　"黄毛野梁上，会下雪吗？"素心问。

　　"会吧？不是说，六月天还会下雪吗？"

　　"你怕吗？"素心又问。

　　"怕，"三美回答，"可我想赌一把。"她转过了脸，"你呢，素心？"

　　"我不赌什么，"素心笑笑，"我只是，不走回头路。"她也转过了头，"三美，这一辈子，这一生，我是没有回头路可走的。"

　　三美一阵心酸。

　　"好，那我们明天，翻黄毛野梁。"她有些悲壮地说。

　　"三美，你，一定遇到什么事了，对吧？"素心忍不住又一次这样问。

　　许久，三美回答说："如果，我们明天能顺利翻过黄毛野梁，顺利到达台怀镇，我就把我的事讲给你听。"

果然。素心想。三美真是遇到事情了。

"素心，"三美轻轻叫了她一声，"你也能答应我一件事吗？"

"什么？"

"我们都赌一把。"三美这么说，"假如，明天一切顺利，我们翻过这个黄毛野梁了，那，从此以后，你就做一个新人，没有负罪感地，去活。这么些年，你一直把安娜——"三美很冷静很理智地说出了这个如山一样阻隔在她们中间的名字，"把安娜当作十字架一样背在身上，背了这么多年，够了，可以了。明天，如果翻过这座梁，你就把十字架彻底扔掉，怎么样？素心，我们赌一把？"

许久，许久，素心说话了，素心说：

"三美，我赌别的。"

"别的？是什么？"

"如果翻越了这座梁，平安抵达五台山，那么，我就给你讲一个故事。"

"讲故事？"

"对，讲一个故事，"素心静静地说，"我赌你，能不能原谅故事里的那个人。"

不知为什么，三美突然感到了有些害怕。她本能地觉得那一定是一个黑暗的故事。一个黑夜的故事。一个危险的故事。她想说，不，不赌这个，但，她说不出口。她觉得这故事对素心来说，一定是生死攸关的。她不能拒绝。

"好。"她回答。

素心无声地笑笑，说："睡吧，三美，我们要养精蓄锐。"

雨下了一夜。

第二天一早，她们刚刚起床，主任就来了。一进门，主任就说："黄毛野梁上，下雪了。"

"哦。"她俩回答。

主任又说："一冬的雪，还没有化，这一来，雪更厚了。"

她们点点头。

主任说："怎么？还没有改主意？还要冒雪爬？"

三美回答说："主任大叔，我们一共三天的假期，要是再返回忻州，不如就直接回家了。我们没那么多时间啊。"

一声"主任大叔"，叫得这位主任一阵心软，想想她们说的，也是实情。折返忻州的长途汽车，也并不靠实，遇到雨天，常常就不发车。"等车来"有时就是猴年马月的事。他不由得轻叹一声，说道：

"那好吧，既然你们下定了决心，那就去吧。其实，现在到底不比从前，路况比过去好多了。说得严重些，是想吓唬你们。既然吓不走你们，那就实话实说，不用害怕。"他的语气，不知不觉，就变成了一个真正的大叔，温和，亲切，郑重。

"记住，有两条路，大路远，小路近，小路沿沟底走，能近二十九里。也不怕迷路，一条山沟走到底，就有一个村庄，叫岭底村。你们可以在岭底村，打尖，歇个脚，喝碗热水。然后从岭底村开始往上爬，一条路，一直就爬到黄毛野梁上了。"

"哦——"她们连连点头。

"在岭底村，最好能找个向导，给你们带一段路，找不着也不用怕，让老乡们给你们指清楚就行。"主任大叔继续说，"记住一点，在梁上，千万不要歇脚，这点要记清楚。还有，万一，万一雪盖住了路，找不见路了，也不要心慌，不要怕，找电线杆，跟着电线杆走，就不会出错。记住了？"

她们连连点头，说："记住了。"

"到了黄毛野梁上，你们就会看到，四周的山，都在它的下面，没有比它更高的山了，那就是黄毛野梁。"大叔最后这么说。

群山在她们脚下，这想象，激起了她们的一点豪情。

大叔带她们去伙房吃了早饭，一人喝了一大碗小米粥，吃了玉茭面和豆面蒸成的窝窝头。她们要交食宿费，主任不收，说："这里又不是旅馆。"她们没有坚持。大叔把她们送出门，给她们指清了通往岭底村的小路，说："一直走，就到岭底村了。"

她们说："再见，大叔！"

然后忽然醒悟到，也许，永远不会再见了。

大叔在她们身后说："记住，迷路了，就找电线杆——"

"记住了！"她们回答。

大叔又说："记住，在梁上，不敢歇脚——"

"记住了！"她们回答。

她们下了沟，屡屡回头，看到主任大叔，还站在那里。她们不敢再回头了。她们知道，虽然，他嘴里说，不怕，不怕，可他其实很不放心。

她们忽然想到，她们甚至还不知道，这位"主任大叔"，姓甚名谁。也没弄清楚，他究竟是个什么主任。

忽然三美一抬头，朝着天空，放开喉咙大声喊道：

"主任大叔，谢谢你——"

喊声在狭长的沟底回荡着，激起一连串的回声："谢谢你——谢谢你——谢谢你——你——你——"

天依然阴沉着，小雨霏霏，时断时续。她们穿上了卡其色帆布的风雨衣。素心的风衣是她父亲的，三美的也是。父亲们的旧风雨衣穿在她们身上，自然又肥又大，却也因此遮挡住了雨的侵袭。沟底很静，身边溪水的声音就变得很响。沟很深，很长，似乎，长到没有边际。越往前走，沟底的风光，就越清幽和美。溪边，奇石嶙峋，山坡上，开着一丛丛、一片片她们不知名姓的野花。鸟鸣声此起彼伏，被细雨打湿了，有种湿润的悠扬。她们的心情，也变得好起来，竟有了几分闲适。三美的背包里，背了一只"海鸥135"的相机，于是她们互相拍照，在镜头里对着世界笑。三美对素心半开玩笑半认真地说：

"假如，咱们真有不测，真出了什么意外，别人会从这些底片上，看到我们在最后的时刻是快乐的。"

素心回答："那有什么意义？"

三美愣了愣，回答说："对爱我们，和我们爱的人，有意义。"

素心笑了笑，没再说话。她其实在心里问了自己一句："素心，你还能有真正的快乐吗？"雨声中、鸟鸣中，她听不到回答。她不知道。

到达那个小山村岭底村的时候，还不到上午十点。细雨不知什么时候已经变成了雪花。雪花纷纷扬扬，小山村寂静无声，没有人烟似的。狗吠了几声，从一个柴门里，走出两个孩子。她们和孩子打招呼，说："朋友，能去你家里喝口热水吗？"

两个孩子互相望望，又看着她们，一闪身，让她们进了门，一边喊着："嬷——嬷——"

从屋里，应声走出个女人，像看天外来客一样，诧异地问道："找谁？"

于是，她们回答，不找谁，是去五台山，要翻黄毛野梁，想歇个脚，讨口热水喝。

女人"哦——"一声，没有一丝的质疑，回身一掀门帘，说："快进来吧。"她们进去，脱下风雨衣，女人一边招呼她们上炕，一边说："凑合坐吧，这家里，怎么收拾也收拾不利落。"

这一下，轮到她们俩惊异了。女人这一句话，不是刚才的方言，而是，普通话，甚至是——京腔。她们吃惊地望着这个女人，合不上嘴。这个被孩子们称作是"嬷"的女人，怎么看，她也就是一个"嬷"，一个孩子们的妈妈，一个土生土长地道的农妇，一脸岁月的风霜，她们甚至看不出她的年龄。女人笑了，说：

"我是知青，北插，怎么，看不出来了吧？"

她们摇头。自己也不知道这摇头是认同还是否定。这是一间真正的寒窑。除了一盘土炕、一张炕桌、一眼灶火和一口水缸之外，再也没有可称为家具的物件。炕上叠着的铺盖，都是破旧的，也脏。灶台上，堆着几只没洗的饭碗，旁边，扔着一只大笸箩，里面是些杂豆。满地的狼藉，显然，还没顾得上清扫。唯一看得出女主人一点心思的，是窗台上养在一只破碗里的白菜心，抽出了长长的莛，开着黄色的小花。星星点点的黄，在光线暗淡的窑里，有着不同寻常的明亮。

"真好看。"三美由衷地感慨。

"我就喜欢个花草，"女人回答，"改不了。"

女人又说："你们要是晚来两个月，就能看见，我这院子里，角角落落都是花，牵牛、凤仙、蜀葵，还有波斯菊。"她笑了。

这一笑，让她的眼角，堆满了鱼尾纹，但她的眼睛，却突然明亮起来，有了神采。这突然的明亮，使这两个外来客不约而同，感受到了她的年轻。她原来还是个年轻的女人。

"你们从省城去五台山，怎么走这条路？"她言归正传。

三美和素心，相互望望，笑了。于是，你一言我一语，说清了来龙去脉。最后，三美总结说："都是让那个站名给害的，居然好意思叫五台山站。"

女人"哦——"了一声，恍然大悟，说："原来如此。不过你们也真够胆大的，敢这么走来，翻黄毛野梁。我从插队到这儿，八年了，还是头一回遇见这样的事呢。听这里老一辈人讲，从前，这样的事很多，从内蒙古过来朝山的人，都走这条路。"女人又笑笑，"从前，老辈人说这些事，我们都当讲古和传说听，这以后，我也可以给别人说嘴了。"

三美和素心也笑了。

"是啊，谁像我们这么傻？地理学得太差了。"三美这么说。

灶火上，水烧开了，嗞嗞地响，冒出了白汽。女人给她们一人倒一大碗开水，又让她们灌满了水壶。顺手，从头顶屋梁上，将一只悬挂在那里的竹篮摘下来，蹾在炕上，里面，有一些黑乎乎的干粮，女人说："这是高粱窝窝，你们凑合吃几口，垫垫肚子，要不，没力气爬黄毛野梁。"

女人这一说，三美和素心，急忙从书包里，把剩余的那些糖果、饼干，一股脑都掏了出来。她们捧在手心里，招呼地下的两个孩子说："来，吃饼干吧。"

但是两个孩子，站在那里，望着她们的手，却一动不动。

好有尊严和教养的孩子。她们一阵惭愧，觉得自己造次了。

"哦，"三美急忙对女人解释，"这原本是我们随身带的干粮，就剩这一点了，现在我们吃了你的高粱窝窝，用不着这些了，给孩子们当零嘴吧。"说完，她把手里的东西，小心地放在了炕桌上。

她拿起一块窝窝，一掰两半，分给了素心一半，两人就着开水，吃起来。

那十几块花花绿绿的糖果，一小包饼干，静默地，在炕桌上，传递着一些会心却无声的言语。女人没有推辞，没有说话，只是默默看她们咀嚼和吞咽。然后，她突然说：

"一会儿，让我家大虎和二虎，给你们带个路，把你们送到正路上，下雪天，容易迷路。"

意外的喜悦和感动，让素心和三美，不知道该说些什么。

"他们这么小，又下雪，让他们上山，能行吗？会冻坏的。"素心说。

"不怕。山沟里的孩子，皮实。再说这条路，他们闭着眼睛也能爬上去，放心。"女人淡然地说。

吃了，喝了，她们不敢再耽搁，向女人告辞。女人没有多说什么，只是从篮子里又拿出两大块干粮，说："带上。"她们也没客气。因为不知道，下一顿饭在哪里。趁女人不注意，三美偷偷地，将十块钱压在了篮子下面：那是她们能拿出来的最大数目。

女人送她们出门。女人说："走好——"

素心问："大姐，你贵姓？"

"免贵，姓邓，"女人回答，"邓中夏的邓。"

这个回答，让她们一下子想起了她的学生本色。邓中夏！素心忽然觉得心里一阵翻江倒海。生活，真狠。她想。她想朝女人笑，却没笑出来。她怔怔地看着女人沧桑的脸，说：

"也许有一天，还会再见。"

"也许吧。"女人淡淡一笑，"你看，大虎二虎跑远了，快去吧！"

果然，大虎和二虎，一溜烟，窜出了家门，像两只黑色的小兽，在雪地上跳蹦着远去。

她们挥手作别，急忙去追赶。跑到坡上，素心忽然站住了，她回过身，喘息着，朝坡下喊道：

"大姐，我姓姚，我叫姚素心。她姓凌，叫凌三美——"

大姐朝她们摆手。她不知道女人是否能听清她的话。但，那不重要。重要的是，她觉得那一刻，那个山沟里的小村庄，特别让她珍惜和不舍。

然后，她回头，朝黄毛野梁上爬去。

雪越下越大。纷纷扬扬，被风裹挟着，朝她们脸上和眼睛里乱扑乱撞。她们几乎看不清前面一路奔窜的孩子。他们真轻盈啊。羚羊一样在山路上矫健地跳窜，松鼠一样灵敏地跳窜，行走如风。她们跟不上这两个小向导的脚步，他们也知道她们跟不上，跑一段，站下，等着她们气喘吁吁地爬上来，再跑。

她们咬着牙，弓着腰，紧紧跟随。风卷着雪，灌进她们大口喘息的嘴里。前方，那两个穿黑棉衣的小向导，那两个敏捷的小兽，让她们踏实和心安。山路上，积雪不算厚，但是滑，她们需要抓住路边的灌木和草来避免摔倒。她们无暇他顾，眼睛只追随那两个黑色的背影，那是她们海上的灯塔。终于，两个孩子在一处岩石边站下了。孩子等来了她们，大虎朝前方一指，说：

"顺这条路爬，就到黄毛野梁上了。"

她们知道了，这是告别，孩子已经把她们带到了不会迷失的地带。再看那两个孩子，小脸冻红了，二虎被冻出了鼻涕，吸溜着。他们身上的黑色棉衣，很旧，很薄，胳膊肘露着黑乎乎的棉絮。脚上，一人一双破球鞋，没有袜子，露着大脚指头，裤管又短，裸着的脚腕上，有冻伤的红肿的痕迹……哦！她们心里一阵激动，三美蹲下来，搂住了两个孩子，说："大虎，二虎，谢谢你们啊！"

这两个小男子汉，不动声色，大虎一挥手，对二虎说："走！"一溜烟地，两人就朝来路跳窜而去。

不一会儿，下面忽然传来了大虎的喊声，大虎这样喊道：

"姨姨，往上爬，不用怕——"

清脆的、稚气的童声，在山壑间回荡着，千山万壑给她们鼓劲，说："不用怕——怕——怕——"

她们不怕。

　　朝前看，白茫茫一片，看不到路的印记。看四周，山连着山，重重叠叠，没有人迹。风雪扑面，睁不开眼睛。素心说："我在前边，你跟着我。"她开始爬，弓着腰，尽量保持着直线。但是，没有了那两个黑色的小背影，没有了坐标，白茫茫的世界，忽然丧失了方向感。她走着，走着，越走，雪越深，猛地一脚，陷进了雪堆里，雪没过了她的膝盖，她意识到，大概，偏离了山路了。

　　她退回来，又爬，又一脚，陷进了雪里。路丢了。不知什么时候，她们丢了路。素心一阵心慌，手脚并用，扯着旁边的灌木和草，努力往上爬。往上，总归是不会错的。她们最终是要爬到最高处，爬到山巅，爬到千山万壑之上。素心抬头，看着前方，只有一个念头，爬，爬，爬，往上。她咬着嘴唇，用膝盖，用手，像动物一样，爬行。风越来越强劲，越猛烈，雪变成了鹅毛大雪，狂舞的大雪，遮住了天地，什么都看不见了。但，素心凭直觉，知道，她们离黄毛野梁，离山巅，近了。

　　近了。

　　忽然，天宽地阔。她们爬上了山巅。她们挣扎着从雪地上站起身，风吹得她们摇摇欲坠。传说中的黄毛野梁，大风口，此刻，它就在她们脚下。漫天大雪，飞舞着，千沟万壑间，都是风声。但世界显得好静。群山好静。那静，可以泯灭一切。吞噬一切。脚下，四野，到处都是白茫茫一片，看不见路的踪迹。路被雪掩埋了。

"路在哪儿？看不见路啊！"三美喘息地说。

是，看不见路。没有路。这里是雪的世界，是寂灭和埋葬。素心觉得周身的血液都在倒流。

"素心，你看得见路吗？"三美绝望地问。

"看不见，"素心颤抖地回答，"三美，我看不见路。"

原来，许多年前，那些朝山的人，和她们一样，站在漫天大雪和肆虐的大风之中，突然之间迷失了方向。黄毛野梁，似乎，是死神的一个小小游戏场。该往哪里走呢？生存还是毁灭，这是一个迫在眉睫的问题。

"素心，我们迷路了吧？"三美这样问，她不是问素心，她是问天，"我们赌输了吧？"

这话一出口，她周身的血液就像冻僵一样凝固了。

风呼啸着，灌进她的嘴里。她奋力地站直了，忽然对着脚下的千山万壑，大喊一声：

"喂——我爱你！我——爱——你——你听见了吗？"

然后，她扯开喉咙大声唱起来：

> 让我们高举起欢乐的酒杯
> 杯中的美酒使人心醉
> 这样欢乐的时刻虽然美好
> 但真实的爱情更宝贵——

这不是唱，这是嘶吼。豁出性命的嘶吼。风雪把这吼叫撕裂了，撕扯成颤巍巍七零八落的碎片。它们随着风雪旋转，消失在群山之间，消失在世界的大寂静里。素心震惊了。她被三美这绝望的嘶吼一下子惊醒了。她一把拉住了三美的胳膊，说道：

"快走！傻瓜！还不到留遗言的时候！快走，大叔说了，不能在这里停留——"

她扯着三美的胳膊，连拖带拽，往山下跑去。下山总归是不会错的，哪怕是歧路，至少，不会有这么大的风雪，至少，不会被冻僵。两人牵扯着，跌跌撞撞，终于都摔倒了。雪很厚。她们索性坐在雪地上连滚带滑朝山下冲去。别无选择地冲去。就像坐了雪橇。果然，随着高度的下降，风雪渐渐减弱，喘息开始变得顺畅。忽然，她们眼前一亮，几乎同时惊叫起来：

"电线杆！"

是，她们看见了电线杆。看见了生路。看见了人间的烟火。她们一骨碌爬起来，朝那生命的桅杆奔去。她们奔过去抱住了它，内心狂喜。她们相互望着，大笑，瞬间明白了一件简单的事，那就是，尽管，她们活得痛苦、艰辛、卑贱，但她们都不想死。

她们抱着电线杆，知道了死神已经擦肩而过。

雪停了。

或许，山上还在下。

从这里，半山坡上，朝下面望去，那里没有雪的遮盖，可以很清晰地，看见路的样子。平坦的一条路，平凡的一条路，蜿蜒地躺在那里，毫无恶意，毫无歧义和凶险，没有悬念地通往山下，通往别无选择的现实人生。顿时，她们刚刚经历过的那一切，巨大的恐惧、死亡的威胁、绝境中的抗争，在这条显而易见的公路面前，突然显得如此夸张和荒诞。她们回头朝山上望，白茫茫一片，静谧、安详，一点望不到风雪肆虐的山顶，似乎，那严峻的一切，只是一个梦。

原来，死神，或者说命运，它只不过是用这样的方式，小小警示了她们一下而已。

沿着这条没有悬念的公路，她们走啊走。上坡，下坡，拐弯，再拐弯。不知翻过了多少个山坡之后，忽然地，奇迹出现了。她们爬上了最后的一个小山坡，太阳突然露了脸。然后，她们就看到了远处一片灿烂的金顶。素心和三美，吃惊地掩住了张大的嘴巴，天！那一片辽阔的金顶，竟是如此肃穆和辉煌，午后的阳光，照在一片肃穆和辉煌之上，一下子，晃出了她们的眼泪。她们含着热泪远远地、远远地凝望这壮阔的美景，有一种膜拜的冲动。圣山，她们尊敬地想。原来，她们选择这样一条错误的道路，誓不回头，一错到底，冒雪翻越黄毛野梁，在山巅之上迷路，这一切，都是为了这一刻，为了和一个奇迹相遇。为了让她们一生铭记，这世界上，有神圣在。

临近黄昏时分，她们疲惫不堪、又累又饿、一瘸一拐地，走进了金顶台怀的时候，隐约地，她们似乎听到了晚祷的钟声。那是她们的错觉，也是她们内心的声音。

　　台怀镇肃穆、寂静。没有游人。她们是那一天仅有的旅人。此生，她们再也没有和这样神圣的台怀镇相遇过。

　　那一天，她们下榻在了一间由寺院僧房改建的旅舍里。这座寺院没了僧人，1966年，许多僧人都被驱逐出了寺庙，下山还俗。如今，大难之后，一些僧人响应政府号召开始重返五台山，但仍然是零零星星，不成规模。僧房改建的旅舍，条件简陋，除了一盘土炕、一床铺盖和一个脸盆之外，再无长物。但她们俩，倒头就睡，一觉睡到日上三竿。

　　然后，她们拖着两条酸痛的、肿胀的腿，和挑了水泡的脚，一瘸一拐地，游历了五台山。

　　显通寺、塔院寺、罗睺寺、菩萨顶，还有离台怀镇两公里外的南山寺。

　　一座座寺院，宏大、肃穆，寂静无声。没有香火，没有钟磬木鱼之声，也没有游人。寺院墙上，贴着一些白底黑字的大字报，内容是俗世的内容，声讨着"四人帮"的罪行，署名则是：普济、明慧、虚云、净空这样一些法号，或者法名。阳光很好，是春天温暖的太阳，极干净地，照在她们身上。她们在渺无人迹的显通寺大殿台阶上，席地而坐，看着两只不知从何处跑来的小牛，安然地啃着佛院青石板缝隙中钻出的野草，久久不动，恍然不知身在何处。

素心忽然问道："三美，你在黄毛野梁上唱《茶花女》，是唱给谁听？"

三美似乎没有听见。

"三美？"

三美轻轻笑笑。

"我听见了。"她说，"那天晚上，在借宿的窑洞里，我说过，如果能顺利翻过黄毛野梁，平安抵达台怀镇，我就把我的事，告诉你，我没忘记。"她又笑笑，"其实，不说你也能猜到吧？我的所谓故事，特别简单。我这个人，一向是个没故事的人，所以，你别指望听到一个什么惊心动魄的故事，没有。"

"你恋爱了，对吧？"素心直截了当地，这么说，"和谁？"

"导演。"三美也回答得爽快。

"我猜也是。"素心叹口气。

"你为什么叹气？"三美问。

"我不知道。"素心回答。

"我知道，我告诉你，"三美笑笑，"他比我大将近二十岁，离异，丢了导演的职业，是个无药可救的酒鬼，在工厂俱乐部里收门票。而我，年轻，还算好看，在我们生活的城市里是个受欢迎的演员，你觉得，他配不上我，对吧？可我就是喜欢上他了。你说怎么办？"

素心没有回答。

"是我喜欢他。是我在追他。他一直在躲。可我知道他也喜欢我，也许，比我喜欢上他还要早。可他害怕。他说他不能毁掉我。我说，我不怕毁掉。他说，他怕。他说他不能做一个罪人，不能愧疚一辈子地活着，那太可怕。我说，为什么要愧疚一辈子？为什么我们在一起就一定是个悲剧？罗切斯特和简·爱，最终不是幸福地生活在一起了吗？他说那是小说。我说，好，那鲁迅和许广平呢？他们不是小说里的人物吧？他说，假如我是鲁迅，我一定先向你表白，可惜我不是，所以我不能。他说孩子，他甚至叫我孩子，他说我告诉你孩子，这个世界，就是这么残酷、势利、没有心肝……"三美眼圈红了。

素心无语。她懂这种感觉。太懂。

"一个月前，他突然结婚了，当新郎了，是别人的新郎。那个新娘，是他们那个工厂子弟小学的老师，和他年龄相仿，有过婚史，几年前死了丈夫，还有两个十多岁的孩子。听说是别人介绍他们认识的。他们一共也没认识几天，就匆忙结婚了，我知道，他是要用这种方法让我死心。"三美笑笑，"他要让我死心，也让自己死心。"

寺院松林里，一片清亮的鸟鸣。阳光晒出了松香的味道，那味道，凄清、苦涩、无边无涯。

"听到他结婚的消息，我这里——"三美用拳头敲着她的心口，"我这里好痛。我眼前没路了，没有明天了。我突然好厌恶这个世界，我想逃，所以，我来了这儿……"三美轻轻说。

"遁世吗？"素心问。

三美摇摇头。

"有过冲动，但是，现在我知道了，我没有慧根。我'遁'不了。无论在深山还是闹市，我都是一个凡夫俗子。我热爱人间烟火，我贪恋生，我不能视死如归，这是黄毛野梁告诉我的真相。"

素心想，我也一样。我们都一样。所以我们是"众生"。

那天晚上，她们躺在炕上，熄了灯。素心忽然叫了一声三美。素心说："三美，你为什么不问我呢？"

"问你什么？"三美说。

"我也答应过你，要是能翻过黄毛野梁的话，我想给你讲一个故事，你，不想听吗？"

"我——"三美沉吟许久，说，"不想听。"

"为什么？"

"因为，我害怕，"三美回答，"不知道为什么，我觉得，你的故事，会让我害怕。"

"那好吧，"素心凄伤地笑笑，"我不讲了。"

是的，你会害怕，你会——唾弃我，痛恨我，然后，过很多年之后，有可能，你会原谅我……所以，我不讲了。素心想。就让这可怕的故事埋在我身体里，让这罪埋在我身体里，成为我的血肉，我的灵魂，我的黑夜和白天，我的四季，我的每一次呼吸每一次心跳和每一下脉搏的律动，成为我。我做了，所以，姚素心，我不赦免你。永远。

七个月之后，1977年12月，一个下雪的日子，素心懵懵懂懂胆大包天地走进了史上规模最大的高考考场。

那一天，同时走进考场的，还有凌子美、凌三美姐妹。三美的考场，在城西，而子美的考场，则是在古城平遥。

雪，飘飘洒洒，覆盖了这省份的每一个城市、乡镇、村庄，每一座山川和冰封的河流。

每一个考生，细细听，都能够听到雪落大地的沙沙轻响，以及，他们自己不同往常的心跳。

全世界在听。

有一个瞬间，素心走神了，她想，那个失踪多年的人，会不会也在某一个考场里呢？

下篇

...

玛　娜

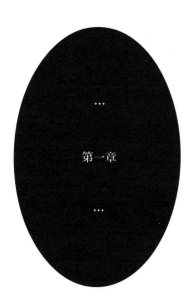

第一章

/ 一 /

　　凌三美回国探亲，很少联系从前的同学。但是这一次，她在首都机场三号航站楼转机的时候，遇到了一个宣传队的同学，几十年没见面，这同学竟然认出了她。当时她正坐在登机口，捧着一本杂志埋头闲看，一个女人走了过来，问道：

　　"是凌三美吧？我没认错吧？"

　　三美抬起眼睛，困惑地，望着眼前这个女人。那是一张胖胖的、早已不再年轻的脸，但保养有术，一时让人辨别不出年龄。

　　"真是你啊凌三美！"女人兴奋地叫出了声。

　　"李丁丁？"三美不确定地、试探地说。

　　"对啊，是我是我！李丁丁！"对面的女人大叫，"看来我们都还没有老到认不出来！真没想到啊，咱们多少年没见了？有四十年了吧？"

　　可不是四十年？三美忽然觉得惊悚，她好像听到了时光的大风，呼呼地，在这人头攒动的候机楼里，呼啸而过，瞬间，卷走了她们几十年的岁月。当初，别离时，她们还都是豆蔻年华的小姑娘，转眼，再见时，已是两鬓苍苍。

时间都去哪儿了？她想起了一个歌名。

"你回国探亲？还是不走了？"李丁丁问。

"探亲。"三美简洁地回答，"你呢？也坐这趟航班？"

"是。"李丁丁回答，"我们是来北京参加一个合唱比赛，本来是昨天的航班返程，我有事耽搁了，改签到今天。真巧，要不然，也见不到你了。"

三美笑笑。

"哎对了，你这回回来，到我们合唱团给我们指导指导吧？"李丁丁突发奇想。

"天哪！"三美叫了一声，"我有多少年不唱歌了？我早改行了。我就是因为改行才出国的。"

"可你当年毕竟在中国最好的歌剧团里唱主角呀！"李丁丁不依不饶，"当年你可是大腕哦！在报纸上常能看到你的消息。要不，你去跟我们的团员们见个面，做个音乐方面的讲座？我们是业余合唱团，能坚持下来，不容易。"

"我当年，是因为声带出了问题，本来是个小手术，没想到，失败了，我只好改行。"三美这样回答，"所以，直到现在，我也还没过去，不想触碰和唱歌有关的一切，真是对不起了，丁丁。"

"哦——"李丁丁恍然大悟，"我说呢，怎么突然你就销声匿迹了？后来听人说你出国了，以后就没了消息。那你现在在哪里？美国？澳洲？还是加拿大？"

"都不是。是瑞士。瑞士一个小镇，说出名字来，你也不会知道的那种地方。"三美笑着回答。

是，那小镇，没有几个中国人听说过它。多年前，在没有互联网的时代，那里也许就是天边吧？有辽阔的安静和寂寞，有无边的从容和祥和。从她卧室窗子里抬眼一看，就是阿尔卑斯山。冬天，它白雪茫茫，夏季，山坡上绿草如茵，山巅之上，仍然，依稀可见雪的痕迹。三美爱它。远远地爱着。不求甚解地爱。她从没尝试去攀登它，她喜欢这安全的距离感。特别是冬天，她会烫一壶中国的黄酒，里面加一粒话梅，对着窗外的雪山，自斟自饮，相看两不厌。一壶酒喝完，山就变得模糊了。

拒绝了去合唱团做讲座的邀请，却拒绝不了其他。那一天，她们自然相互留了手机号码，甚至，添加了微信。所以，三美此次的回乡之行，注定不可能安静了。李丁丁是个热心肠，她把与凌三美巧遇的事情，大肆传播，于是，就有了一次老宣传队的聚会。李丁丁在微信里说：

"这次聚会，是专为你举行。三美童鞋，大家都特别想念你哦！"

一个专为她举办的聚会，三美"童鞋"想不出拒绝的理由，于是，就参加了。

参加了一个，就有了第二个。宣传队里，有她一个初中的同班同学，于是，就又有了一次和初中同学的聚会。

如果说，那次宣传队的聚会，是一个热闹的"大趴"，那这一次，就是一个小沙龙了。

聚会地点，是一个同学的家。那同学，早年下海，如今早已有了不菲的身家。他在这城中东山脚下买了一栋别墅，用来度周末和招待私密的朋友。三美原以为会看到一副土豪暴发户的嘴脸，金碧辉煌或者，全堂红木家私之类。没想到，这"土豪"竟有些品位，院子里，茂林修竹，房间里，朴素沉静。带地下室总共四层的内装，走的是中西混搭式的田园风，不拘一格。有不事雕琢的老榆木大餐台，也有欧洲古董级别的沙发椅。有不值钱的民国年间的春凳，也有真正明代的精品条案和屏风。它们在同一个空间里，共生共存，亲密无间，竟毫无一点违和感。

那天的菜品，全部都是女主人主厨，亲手烹制，钟点工只负责打下手。菜品都是寻常材料，不奢华，不靡费，却有心有意，样样精致。酒也是本土风光，白酒是"汾酒"的二十年陈酿，红酒则是"怡园"干红。酒宴开场，男主人举杯祝酒，说道：

"少小离家老大回，没别的，先喝一杯家乡的酒吧。"

三美心头一热。

男主人一饮而尽，说道：

"喝过那么多酒，还是觉得，汾酒最好喝。"

三美啜了一口"怡园"干红，说道："你们还记得吗？从前，咱们城市，有一种红葡萄酒，是清徐露酒厂出的，没脱糖，是甜酒，那时候最常喝的就是它了。"

"记得呀！"大家异口同声。

"那个厂，还出一种青梅酒，碧绿碧绿，很便宜，也很好喝啊。"三美说。

这个话题，让大家陷入了回忆。

"清徐的葡萄太谷的饼，都是在论的，"男主人说，"可现在，太谷饼没什么人爱吃了，可太谷的'怡园'葡萄酒，风头压过了清徐呀。"

"那个厂，清徐露酒厂，好像已经不在了，没有了吧？"一个女同学说。

"是，"一个做过记者的男同学回答，"我们报社当时有人采访过那个厂，那曾经是一个国营大厂，老厂，据说，1949年开国大典的酒宴上，上过这个厂的葡萄酒。"他说，"这个厂，1921年创立，创立者叫张治平，好像是个天主教的神职人员，据说他建厂的初衷就是'进口替代'，用当地葡萄酿成的酒来替代进口的弥撒酒。"

"哦——"三美不知道这里还有这么多故事。

"解放后，酒厂收归国有，上世纪五六十年代发展壮大，到八十年代到达顶峰。那时候当地有句民谚，说，'宁看露酒厂工人下班，不看清徐麻烦剧团'，有过辉煌岁月啊，后来，就不行了，再后来，就销声匿迹了。"

沧海桑田。何况一个小小酒厂。

"听说，当初那种青梅酒，是用青杏来酿造，咱们这里的水土，不长青梅。"

原来，那种绿，那种清澈诱人的碧绿，是青杏的绿。三美突然那么想喝一口那酒，喝一口绿的，喝一口红的，就像从前，很久很久的从前，她还是纯真少女的时候，她们几人，姐姐、安娜，还有——素心，她们在那个叫洪善的村庄，痛饮……

"哎，对了，凌三美，"那个记者同学忽然发问了，"你和姚素心还有联系吗？"

三美怔了怔，心里微微一痛，她摇摇头。"没有了。"她平静地回答。

这么多年，她不愿意和同学们联系，不愿意和从前联系，就是怕这个提问，怕这个名字。"你和姚素心有联系吗？"没有了。姚素心，从三美的生活中，消失了。不对，是三美自己，用一把刀，一把利刃，从自己的心里，活生生，滴着血，把这个名字，这个人，剜掉了。

"是吗？她和你都失联了？你们从前那么好，好得就像是一个人一样，她和所有人失联也就罢了，怎么能连你也不理睬？"

"人家现在大小是个名人了，"一个女同学这么说，"还理咱们这些平头百姓干什么？"

"不，不是，"三美匆忙打断了她的话，"素心不是这样的人，我们之间不联系，是因为我，我当初声带手术失败，心灰意冷，谁也不想见，谁也不想理睬，仓皇出逃，远走海外，和所有人都切断了联系。所以，不怨她，怨我。"三美抱歉地笑笑。

三美自己也不知道，为什么要替那个人，那个"她"辩护，也许，是出于习惯吧？不见她，已经有二十多年了，可她仍然像当初一样，不忍心听到别人对她的诟病。她还好吗？她在心里问。

"这些年不太听说她了，她最红的时候是上世纪九十年代吧？她的小说改编成了电影，她是编剧，获了一个国际奖，那时候总见她出镜，报纸上也常有她的消息。这些年没听说她有什么新书出版，似乎是淡出了。"男主人这么说。

"前几年她出了一本长篇，在文学圈里热闹过一阵，但大众不知道，因为不是畅销书。听说她现在人在北京，好像在做小剧场舞台剧，不知道是不是真的。"记者同学补充说明。

"百度一下呗，"一个女同学说，拿起了餐桌上放在手边的"苹果"，一边触屏一边问道，"她笔名就叫安娜吧？不带姓吧？"

"就叫安娜。"

"哎，出来了。"女同学说，"安娜，女，原名姚素心，当代作家。毕业于某某大学中文系，曾供职于某某学院，九十年代辞职为自由撰稿人，现居北京。"

"八十年代中期，开始以笔名安娜发表小说。九十年代出版代表作《致幻剂》，引起文坛关注，并被著名导演某某某搬上银幕，安娜出任编剧，同名电影获某某电影节银奖。"

"此后，长居北京，做小剧场话剧，由她编剧、导演的话剧《完美的旅行》，参加了第某届乌镇国际戏剧节展演，获得不俗的评价。"

"嗨，这么简单的事，忘了她是名人，一百度就出来了。还经常向人打听她的消息呢，问来问去的，谁都不知道，谁都和她没联系。"男主人笑着说。

"哎，你为什么总打听人家呀？"那个"百度"的女同学笑着发问，"你上学那时候是不是暗恋人家呀？"

"瞎说瞎说，"男主人笑着摆手，"我知道她是个作家，有时候有种冲动，想把这些年的经历，讲给她听听，特别不容易、特别难熬的时候，这种冲动就很强烈。当然，过去也就过去了。其实，人人都不容易，你觉得自己经历的事情是独一无二的，其实，人人都差不多。"他笑笑，"我家领导可是在这儿呢，别瞎说啊！"

女主人显然，要比他们年轻许多，刚刚在厨房里煎炒烹炸半天，此刻素面朝天，家常衣裳，坐在餐桌旁，却仍然给人清爽秀丽的感觉，颇有风韵。听丈夫这么说，她抿嘴笑笑，说：

"他是有暗恋的人，不过，不是你们说的这位女作家，"她举起了手边的酒杯，朝三美那边示意，说道，"三美姐，我敬你一杯，替我们家老方，这么多年了，他说，他总是忘不了你当初在舞台上演李铁梅的样子，他说那感觉特别美好。我听了，嘴里抱怨他'精神出轨'，但心里其实很感动，我觉得，一个人能把某个纯真美好的形象，在心里珍藏那么多年，是特别美好的事情。三美姐，我谢谢你了。"

"哦！"大家哗然，"原来是这样啊！怪不得呢，怪不得要设家宴款待凌三美，原来是有秘密呀！嫂夫人好大度，三美，你快举杯呀！"

三美知道，在这样的聚会上，永远少不了这一类桥段。她大方地笑了，爽快地站起身，端起红酒杯，说道：

"谢谢嫂夫人今天这番话，要不，我还以为，当初，在学校这几年，我毫无吸引力呢！我是个特自卑的人，谢谢你让我找回一些自信。来，干杯！"

男主人，老方，此刻也举杯站了起来，说：

"哎哎，你们俩干杯算怎么一回事？来，加我一个！"

"砰"一声，酒杯碰在了一起，声音异常清脆，听上去竟有些惊心。

"老方当初就是我们班的大哥，他比我们都大一岁，大家都服他，"三美对女主人这么说，"来，敬大哥大嫂一杯。"

两位女士各饮一口，老方则爽快地干掉了杯中的老白汾，说道："真是可怕呀，好像还没好好活，一眨眼，四十年过去了。凌三美，你还没退休吧？"

三美摇摇头，她庆幸话题终于从"安娜"身上滑了过去。

"咱们班大多数同学都退休了。有的人更早，人到中年就下岗了。几次班里同学大聚会，他们从来都不参加。"老方说，

"我几次都想把人召集齐全，想办个真正的大聚会，名字就叫
'一个都不能少'，然后照一张合影，出个纪念册，把咱们毕业
时的合影和现在的合影做个对比，可根本不能实现。"他笑笑，
"是啊，那些早早下岗的、四处给人打工、做家政、做保安、在
饭店后厨给人洗碗洗菜的同学们，哪里有那份怀旧的闲情？怀旧
实在是件奢侈的事情啊。"他这样感慨。

"是啊，"那个记者同学也感慨地说，"何况每次聚会，也
真有些没素质的人，撒着欢儿炫耀自己的成功人生，一来二去，
聚会就变味儿了，变成了成功人士的人脉沙龙。"

"也不完全都是因为境遇不好，不想见同学们，比如姚素
心，如今的作家安娜，她也算成功人士了吧？可她为什么也从
不跟任何一个同学联系？"一个女同学这么说，"我也和三美
一样，觉得她并不是那种自大狂，倒像是在逃跑，想逃离某种记
忆，不想触碰。对吗？三美？"她转过脸认真地这么问。

三美怔住了。许久，她摇摇头，说：

"我真不知道。我出国前，我们就不联系了。"

这话，她刚刚已经说过了，此刻重复，她自己也觉得乏力。
她看大家都盯着她看，只好抱歉地笑笑："人，可能都有不想触
碰的东西吧？何况素心一向敏感，又太要强。"她这么说。

"好了好了，喝酒！"老方在一旁打圆场，解救了三美，
"尝尝这个菜，这个是我老婆的看家菜，我们家的保留节目，面
包虾仁。"

　　大家的眼睛，都被这道刚刚端上桌的美味吸引住了。它颜色极其鲜明，虾仁雪白，切成菱形小块、油煎过的面包金黄夺目，而上面，则点缀了三两粒鲜艳的红樱桃。大家齐声喝彩，女主人说：

　　"好久不做这道菜了，因为面包要过油，不够健康，这些年，做得很少。我家老方其实最爱这道菜，这是我婆婆教给我的，是我婆婆的看家菜。"

　　老方笑了，说："是，可能别人觉得未必有多好吃，但我吃的是我妈的味道，我妈走了十年了，今天要不是你们这些贵客临门，我家领导也不会给我做，她天天看的都是那些养生节目，每天给我喂的都是植物，我说我不是兔子，可是抗议没有用。"

　　大家都笑了。

　　那道菜，果然精彩，面包酥脆，虾仁鲜甜坚实弹牙，是一种微妙的搭配。但三美却没有吃出什么滋味，她想起了太多的往事，一时间，她有种被淹没的窒息感。一句话鲠在她的喉头，膨胀着，吐不出又咽不下，几乎憋出她的眼泪。那句话就是：

　　"姚素心，你这个残忍的坏女人，你在哪里？我好想你啊！"

/ 二 /

二十世纪八十年代初叶，三美从省立大学声乐专业毕业，留校任教。几年后她又考入了中国音乐学院的研究生，毕业后，被分配到了北京一家著名的文艺团体，成为一名独唱演员。有几年，她在舞台上崭露头角，出演了几部中外大歌剧的女一号，风头正劲时，声带出了问题，长了息肉，必须手术治疗。但，谁也没有预料到，一个常见的小手术，竟然失败了。手术后，她再也没能恢复她曾经被素心称为"金嗓子"的美妙歌喉。

那是九十年代的事。

此时的三美，已经三十六岁，却还没有结婚成家。她在接受媒体采访时，说她此生许身给舞台了。这是真心话，但不是全部。只有素心、她姐姐子美几个人知道，她有伤痕。说来，伤痕人人都有，可她的伤，一直，未曾痊愈。她并不是一个敏感的人，不是一个痴情的情种，可她"轴"，她认死理。她是个处女座，所以，她追求完美。

　　导演在八十年代初期，就被调回到了北京，他终于拥有了一个阔大的天地和舞台。离开客居多年的城市时，他给她写了一封信，那时她还是大四的学生，他的信，写得非常克制、理性，像一个真正的师长。只是在最末尾的地方，他这样写道：

　　"我想让你知道，假如，我能预知未来，我能知道命运还会给我今天，那么，当初，做任何决定时，我都能更勇敢一些。谢谢你，三美，谢谢你曾给予我的最美好和珍贵的一切。谢谢我们曾有过的秘密。再见！未来的玛格丽特，未来的巧巧桑，你会拥有这世上最大的舞台！"

　　这是一封诀别信，三美知道。他在知天命之年，挈妇将雏，去往京城，从此就是他生命中新的一页。他们错过了，错过，就是千年、永远。她听懂了，她不挣扎，她认。从此他们没有在任何私人场合见过面。他导演的舞台剧，轰动一时，三美特地从省城乘一夜火车去北京，在剧场门口排队买票看戏。谢幕时，全体演员一个盛情邀请的动作，于是，导演隆重出场，笑容满面。有人上去献花，他手里捧了不止一束的花束，那些香气四溢的玫瑰、百合，那些天堂鸟和康乃馨，遮住了他半个脸。那是他们最近距离的相见：他在舞台中央，而她，则在掌声雷动欢腾不已的观众人群里，她没有买到前排的座位，她的位置，又远又偏，她知道他不会看到她，她安全地、欣喜地欣赏着他的春风得意，可她的眼睛却被泪水模糊了。

　　做出考研的决定就是在这次北京之行之后，她想，你说得不错，我是需要一个更大的舞台。她来到了北京，重新做一个学生，她想，有一天，也许，他会在台下，看到在舞台上闪光的自己。那是一个美好的梦。她知道，当初，就是因为这样一个遥不可及的梦想，他撒开了手，放弃了她。

后来他又从舞台剧转向了电影。他一连执导了两部口碑很不错的文艺影片。但很快地，就传出了他和片中女主角的种种传闻。起初，三美死活不相信。她不信他会在经历了那么多创痛之后，在经历了他们之间那种生拉活扯的撕裂之后，还会如此轻易地动情。她从鼻子里冷笑，笑那些小报记者的无聊和无耻。但是，不久，流言变成了事实：他离婚了，并且，迅速地，和流言中的女主角结了婚。那女主角，比当年的三美大不了多少。这一下，三美蒙了。

她想，他怎么能这样啊。

小报上，有对他的采访，他说这是一个严肃和痛苦的决定。他决定为了爱情搏斗一次。和世界，也和自己。他说他从来没有这样爱过，他说爱比死痛苦。他说他对不起自己的前妻，那是一个最不应该伤害的女人，她在他最落魄最颓唐的时候，来到了他身边，他曾发誓，此生，山崩地裂也不会辜负她。但他辜负了。他说，那就让我下地狱吧！爱情，本来就是地狱里的黑暗之花。最后，他这样说，在经历了最压抑的时代之后，我们需要希腊神话中的酒神精神。

那么，我呢？三美追问。

她苦苦追问，我呢，我呢？我是什么？

原来，所有的一切，那种撕裂的滴血的疼痛，那种煎熬，那种无望的挣扎，都是三美一个人的，是吗？他发乎情止乎礼，是因为，他并不爱，或者，爱得不够深吗？还是，在生活的黑夜里，他惧怕地狱里黑色的花朵呢？

她不知道。

但她心里，有什么东西塌陷了，粉碎了。血肉模糊的一团，让她自己恐惧和束手无策。她不再相信自己。她怀疑自己的眼睛看到的、耳朵听见的、身体触摸到的、内心感受到的东西，是否是真实的，这个世界是否是真实的。这种疑问折磨着她，息肉就是在这样的时候悄然来袭，然后，就是手术的失败。

素心就是在这个时候，来到她身边，接她回乡。

素心那时还在省城一座名不见经传的小学院里教书，讲授当代文学。业余时间写过几篇小说，品质不俗，却没能大红大紫。她没有使用自己的本名，却选择了"安娜"这样一个故人的名字做笔名，很是让三美感慨。记得三美曾经问过她："你为什么对自己这样狠？你为什么不肯放自己一马？"素心回答说："我活一天，安娜就活一天。还能怎么样呢？"这回答很蹊跷，三美知道其中一定有些隐情，而这正是让她害怕和恐惧的事，她闭上眼睛，掉过头去，不深究。她想，安娜死了，这已经是最坏最坏的事情，还能有什么比死更坏的事情呢？不会，也不能有了。

正值暑假期间，素心放假，她本来有一个笔会要去长白山，但她放弃了。她不能在这样的时候弃三美而去。她四处寻找那些偏方之类的东西，想让那金子般纯净明澈的声音重新回到这个受到伤害的身体里。她当然知道发生了什么，导演的离婚、再婚，她从那些小报上早已获悉，但三美不提，她也就不问。再没有谁，比素心更知道这个，更懂这个，那就是，有些时候，沉默、不追问，就是最大的恩义。

几年前，素心家分到一套大房子，在汾河岸边，是一处新建的高层公寓，属于政府为高级知识分子提供的福利房，如今房改，只花了很少的钱，就领到了房产证。这是一套四室二厅的单元，比起从前那套两居、没有厅堂和阳台的老式房屋，真是天壤之别。平时，这套房屋，只有父母和素心三个人住，妹妹"意外"，在上海读完研究生后，就留在了那里工作，如今，在那个东方魔都，结婚、成家，并且，马上就要生产分娩，做小母亲了。"意外"除了出生让父母感到意外之外，她的人生轨迹，毫无意外。该上学时上学，该用功时用功，该结婚就结婚，该做母亲就做母亲，一点不出轨，一点不矫情，不标新立异，特别让父母省心。素心很感慨，她对妹妹说：

"幸好有你，要不，爸妈他们的人生该多失败啊！"

"你还好意思说啊？我是被逼无奈，一家子，不能人人都'作'啊，总得有个正常人不是？"

素心笑笑。

为了妹妹分娩，素心父母去了上海，家里只有素心一人留守。素心就提议三美来和她同住。

三美家那时还住在从前的老房子里，除了父母，妹妹五美还在家里住，凌家三姐妹，三朵花，子美、三美和五美，除了子美在外地结婚、安家，另外两朵花，还都是独身。住了几十年的老旧房子，日积月累的旧物，如同生活的蝉蜕，堆积得满坑满谷，看在三美眼里，处处皆是岁月的凄凉。于是，她逃进了老友素心的家里。

住了留给"意外"的房间。

这屋子，"意外"其实没怎么住过，所以，里面几乎没有多少她的痕迹。只有床头一张小柜上，摆一张旧照片，还是黑白摄影，是五六岁时的"意外"，和姐姐素心两人，在某个湖边的合影。照片上，姐姐微蹙眉头，一脸严肃，而妹妹紧紧依偎着姐姐，笑靥如花。

三美久久凝望这张照片。

"素心，那时候你多大？"她问。

"十三四岁吧？我忘记了。"素心回答，"是我心里最安静的时候。"

三美明白了，为什么这张照片让她心里感动，是因为，那个久违的小姑娘，那个看上去严肃，但内心清明，没有被沉重的负罪感折磨，也没有黑暗秘密的青涩小少女，那个让她无比想念、无比怀恋的少年朋友，她是多么喜欢这个照片里的素心啊。

"好久不见。"她在心里这么说。

"我俩很少有那时候的合影，"素心说道，"小时候我不爱和她照相，现在她每次回家，都要拉着我照一大堆照片，可是奇怪，她唯独挑出这一张来摆，"素心笑笑，"可能，她也更喜欢那时候的我吧？尽管那个时候我对她常常像个凶神恶煞。"

我也更喜欢那时候的你。三美在心里说。

三美的妈妈宋阿姨是个中学教师，退休后，没有出去带补习班之类，也没有在家里辅导学生，而是迷上了烹饪。从前，当她还是个职业女性时，非常反感做家务，特别是讨厌做饭。起初，婆婆和她们一起住，替她打理家务，操持一日三餐。后来，婆婆去世后，她没办法，只好学着做，但秉持一条原则，"凑合"，凑合能吃就行，她觉得把时间浪费在做饭上是一种堕落行为。所以，三美才特别羡慕素心有那样一个厨艺精良的母亲。不想，晚年的母亲，突然转性，开始迷恋上烧菜，并且超级大胆，敢于尝试一切高难菜式，还特别喜欢创造稀奇古怪的"黑暗料理"新菜式，逼着家人品尝，弄得一家人哭笑不得。此刻，三美病休在家，更是她大展身手的好机会，所以，她三天两头煲汤烧菜，做好了，坐公交车长途跋涉送到素心家中，足够两个人吃两天。所以，三美和素心，可以游手好闲地过衣食无忧的日子。

素心笑着对三美妈妈说："宋阿姨，这么远的路，大热天，您别跑了。我会做饭，不会饿着你家三美的。您是怕我苛待她呀？"

"瞧你说的，"三美妈妈回答，"我知道你会做饭，门里出身，自带三分，三美从小就羡慕你有个会做饭的妈妈。不过，这是我的乐趣，素心，你别剥夺我的乐趣好不好？我现在也想做个会做饭的妈妈了。"

母亲走后，三美笑了笑，说："现在想做个会做饭的妈妈了，晚了几十年。"

素心看看她，说道："退休了，才有时间啊。她们那一代人，年轻时候，哪里有一点私人空间？"

"那你妈妈呢？她是怎么做到的？"三美争辩道。

"我妈不一样，她从小上的是教会学校，接受的是淑女型的教育，有家政课，而且她和时代也比较疏离。再说，我家孩子少，很长一段时间，家里就我一个小孩儿，人少，要轻松一些吧？"

"孩子少不算理由，"三美回答，"安娜家孩子不少吧？比我家还多呢，她妈也没上教会学校，可是安娜妈妈做饭，也特别好吃啊！就连当年彭也说——"她脱口说出了这个名字，突然醒悟，戛然而止。

"彭说什么？"素心不动声色地问，"怎么说半句话？"

三美迟疑一会儿，回答说："他说，他从来没吃过那么好吃的饺子。"

素心安静地笑笑，说："这话可不能让我妈听到，她会伤心的。"

一阵静默。

这套河边的房间，正南正北，通透明亮。客厅里开着窗，有风吹入，吹来河的气味。还有，盛夏的浓郁气味。那还不是一个空调盛行的年代，何况，这个城市的夏天，也从没有华北平原上那种蒸人的暑热，黄昏时分，开着窗，连电风扇都不需要。夕阳还没坠落，但黄昏的天空，永远有一种辉煌的哀伤，像是对白昼的凭吊。

"三美，"素心突然开了口，"你说，他现在在哪儿？"

他——她们很久很久没有触动过的一个话题，一个禁忌，就这样，悄然而至。三美摇摇头，诚实地回答："我不知道。"想了想，又说："就像蒸发了一样。"

"可人是不会蒸发的呀，除非，死了。"素心说。

"一度，我特别恨他，"三美轻轻说，"他为什么这样大摇大摆跑来，扰动我们的生活？改写我们的人生？"三美笑笑，"可现在，好像也没那么恨了。他一定在什么地方活得好好的，不会死，他罪不至死。"

"罪"这个字眼，让素心一阵惊心。

"他没罪。"许久，素心说。

"是啊，他没罪，难道你有罪吗？"三美愤愤不平地说，"为什么只有你一个人至今还活在黑暗之中呢？你知道吗？在你面前，我常常觉得自己也有罪，为什么当初我要告诉你笔记本的事？我为什么要把这个秘密告诉你？挑起你的妒忌？假如，你压根儿不知道有那个笔记本存在的话，一切，也许就不会发生了。"三美叹口气，"人，千万不要轻易去挑战人性中的弱点，如果说有原罪的话，人性中的弱点，或者，恶，就是我们的原罪……素心，我们都有罪。"

不是这么回事，素心冲动地，想叫，想说，想喊，可是，她终于、终于还是没有说出口。那是一句太难出口的话，一出口，会炸毁她的世界。炸毁她珍惜的东西，比如，眼前这个如夏天般热情、如春水般明净的友人，这个心地善良的姑娘：她承受不起这个。素心深深懂得，所以，她必须守口如瓶。必须，把这个如同癌瘤一样的秘密，藏在她的身体里，血液里，每一个细胞里，让它们在不见天日的身体深处，肆意滋长、蔓延、腐烂，占领每一寸能够占领的领地，直至吞噬掉她整个生命和灵魂。它和她同生共死，不离不弃，如同最痴情的恋人：上邪！天地合，乃敢与君绝……

多年后，三美回忆这一切，她想，原来，曾经有好几次，素心想对她说出那个秘密的，她想倾吐、告解、忏悔，但是，三美没有给她这个机会。三美本能地，拒绝着这个机会，这个秘密。她害怕。她闭上了心里的眼睛。她无法和这个作恶者一起，分担那罪。

/ 三 /

认识白瑞德，是在一个咖啡屋里。

八十年代中叶之前，这座内陆城市，没有茶馆，也没有咖啡屋，说不出从什么时候开始，这种休闲的场所，突然在城中遍地开花。离素心家不远，某个公园旁边，新开了一家咖啡屋，不光卖咖啡和茶，还卖中西式简餐。而到晚上，则兼顾酒吧的职能，除了酒，还有驻唱的歌手。

素心和三美，有时，喜欢到这里吃煲仔饭。

那天，就是在吃煲仔饭的时候，碰上了白瑞德。

素心喜欢他们家的腊味煲仔饭，三美则喜欢吃鱼香茄子煲，她们一般喜欢在午餐时来这里吃饭，因为人比晚上要少很多，更重要的是，餐后还可以点一杯现磨咖啡。假如是晚餐，就得舍弃那杯咖啡了，因为怕失眠。

但这天，她们却是在晚餐时来到了这家店。

八月末的天气，这个城市，已经凉爽下来，特别是一早一晚，需要添加长袖的衣衫。抬头看天，天空变得高远，阳光已是秋天的阳光，明净中总有一些凄清的况味。素心那时还在本城一所名不见经传的大学里教书，还没有去职，暑假将尽，她马上就要开学。三美计划在她开学前回北京去，所以，她们昼夜相处的时间，不多了。这一晚，她们心血来潮，想喝一杯酒，于是，就去了这家叫作"1854"的咖啡屋。

点餐时，她们点了一瓶红酒。

"知道我想喝什么吗？"三美对素心说，"我想喝青梅酒。还记不记得？"

"当然记得，"素心回答，"可惜这酒早绝迹了。"

"是啊。"三美笑笑。

煲仔饭吃完了，她们叫了一盘水果，喝酒。这是一个临窗也僻静的角落，城市在她们眼前，沉入夜色，然后，一点一点，被万家灯火，描绘出轮廓。只有轮廓的城市看上去比白昼要神秘和美。风吹来河水的味道，腥，还有些异味。她们都沉默了，心里有什么东西在涌。一杯酒下去，又是一杯，那涌动的东西，到了她们的眼睛里，她们的眼睛，变得波光粼粼。然后，她们听到了歌声，是驻唱的歌手，开始了夜间的表演。

起初，她们没有在意，但渐渐地，那歌声吸引了她们，是英文的歌曲，乡村民谣。那是一个特别安静的声音。三美不禁抬起眼睛去寻找那个歌者，她看到了，小小的舞台上，坐着一个怀抱吉他的小伙子，金发碧眼，唱得十分投入，而四周则一片喧哗，显然，他没有几个真正的听众。

　　"咦？"素心忽然轻轻叫了一声，"这不是白瑞德吗？"

　　"白瑞德？"三美问。这名字可不陌生，是《飘》里的男主人公的名字。

　　"对，他是我们学校外语系的外教，中文名字叫白瑞德，"素心回答，"可他怎么会在这儿唱歌？"

　　"哦？"三美听素心这么说，觉得意外，"你认识他吗？"

　　"巧了，还真认识，"素心说，"他听过我的讲座，那天本来是给学生讲的，结果他去了，听得很认真，还提问，就认识了。"

　　"他唱得真的很好，"三美一边听一边说，"这首歌叫《心跳加速》，我非常喜欢的一首歌。"

Love，love，where can you be?
Are you out there looking for me?

　　那是一种没有污染的纯净的声音，没有污染的流水，没有污染的天空和流云，没有污染的时间，从容、悠远、诗意，像人类童年的声音。她们静静地听，一首、两首、三首……他一共唱了五首，站起了身。传来零零星星心不在焉的掌声。于是，三美站了起来，冲着歌者，认真地，诚挚地鼓掌。

他看见了她。

素心也站起来。

他惊讶。然后，朝素心挥挥手，跳下舞台，朝她们走来。

"嗨，姚！你怎么在这儿？"他的中文十分、十分流畅。

"这话该我问你，"素心回答，"你怎么会在这儿？在这儿唱歌？"

"说来话长，"他粲然一笑，"我——"

"素心，"三美轻声叫了一声朋友，"请人先坐下说话吧。"

"哦！"素心笑了，"还是先介绍一下吧，这位是我最好的朋友凌三美，歌唱家。这位是白瑞德，来自美国，我同事，"她直呼其名，看来，他们确实很熟，"方便的话，介意坐坐吗？"她邀请道。

"很荣幸，"白瑞德说，"能认识一位歌唱家。"他坐下来。

添了一只干净的酒杯，斟上红酒，素心说："现在可以说说，你为什么要在这里唱歌了吧？"

"长话短说，"他笑着回答，"因为我喜欢。"

这当然是一个最好、最充分的理由。喜欢，就足够了。足够让他放下一个高校外教的身段，来这嘈杂的、不禁烟的异国他乡小酒吧里，唱一些他心爱的、却不一定与时尚合拍的歌。唱给……想象中的知音，唱给，湮灭在人群中的某些耳朵。一时间，三美和素心觉得有些感动。她们都是那种为了所爱的事物可以奋不顾身飞蛾扑火的人，所以，她们懂。

"每晚都来吗？"素心问。

"不，一周只来两次，周六和周日。"他回答。

"只唱乡村民谣吗？"三美问，"你今天唱了五首，都是民谣，而且，都是我很喜欢的，"三美诚恳地说，"唱得真好，你的声音，不属于嘈杂的城市，不属于流行和时尚，它们就像……最干净的一个圣婴。"

他望着三美，年轻的脸和眼睛，变得严肃和深邃。他默默望了她一会儿，站起身，伸出右手，说：

"我们重新认识一下吧，我叫白瑞德，这是我的中文名字，我的英文名字是马丁·史密斯，来自美国南方弗吉尼亚州。歌唱家，很高兴认识你。"

三美也站起身，说：

"我不是歌唱家，我的职业是歌唱演员，演过几部歌剧而已，而且，那也已经是过去时了。"她握住了他的手，说："凌三美，前歌唱演员。"

"为什么是'前歌唱演员'？"他问。

三美笑了。"嗓子坏掉了。"她简洁地说。

他瞪大了眼睛。好一会儿，他说："对不起——"

"没什么，"三美回答，"没什么。"

他们坐下，喝酒。怎么可能"没什么"？当然是"有什么"

啊。可是，又有什么办法？三美突然悲从中来。这短短几个月时间里，她失去的都是她生命中最宝贵的东西：支撑她多年、被她无限放大和夸张的爱情，以及，她的天赐歌喉。曾经，她并不很知道这后一桩的珍贵，特别是青春年少时。但当她知道自己失去它的那一刻起，她才明白，那是多么宝贵和稀有的恩物：上帝或者说命运曾经多么厚待她。

她不想谈自己。

他们聊民谣。聊蓝调。聊黑人灵歌。

"你中文在哪里学的？太厉害了。"三美忽然这么赞叹。

"在台湾，"他回答，"我大学是在台北读的，汉语是我的专业。"他笑了。

三美有些惊讶。一个美国年轻人，万里迢迢跑去台北学汉语，还真不多见。他显然是有语言天赋的，能把汉语学到这样的程度，却又在一个不知名的内陆城市一座名不见经传的小大学里当外教，业余时间又在酒吧卖唱，这样的人生，真是有故事性啊。她刚想问，为什么不到北上广这样的城市发展，或者，南京、苏杭、西安这些名城居留，却要选择这里，这样一个干旱、风沙漫天、没有风情的工业之城呢？

"白瑞德的祖上，有人做过传教士，他传教的地方，就是我们这里。"素心似乎听到了三美心里的疑问，这样解释道。

哦——原来是这样。怪不得。三美想。

"而且，这位高祖，还娶了一个中国女教徒做妻子，生下了三个儿女。所以，白瑞德身上，有不知道多少分之一的中国血统。"素心继续解释。

这不知道多少分之一的中国血统，在眼前这个年轻人身上，看不出一丝一毫的痕迹和端倪。三美瞪大了眼睛，毫无斩获。她笑了。她想起了那个叫作《根》的小说。

"原来，你是寻根来了？"三美这么问。

"好奇，"对面的年轻人回答，"所以想来看看。"

关于和"传教士"有关的历史，无论是三美还是素心，她们几乎是毫无了解的。她们只是在从前的教科书上，学到过一些，诸如：帝国主义的文化侵略，宗教的欺骗，等等。可对于那段错综复杂的历史，仍然是一无所知。三美好奇地望着白瑞德，想，多么奇妙，这竟是一个传教士的后人。

"要不要再重新认识一下？"白瑞德笑着问道。

三美也笑了。她喜欢幽默的人。

"不必了，"三美回答，"我只需要知道——一个传奇人物就行了。"

"说大了，"他回答，"一个不安分的人还差不多。"

"还算有自知之明。"素心笑着说。

那天，分手后，在回家的路上，三美忽然意识到，素心和这个叫作白瑞德的年轻人，似乎很熟悉。

"素心，你和这个小外教，不仅仅是认识吧？"三美问道，"你好像知道他挺多的事情，是吗？"

"不算多吧？"素心回答，"至少，他在酒吧唱歌这么大的事，我不是一点都不知道吗？"

是啊。三美想想，也确实如此。

"不过，你说的也不算错，我们聊得是比别人要多一些，他在翻译我的小说。"素心说道。

"哎呀，那可真好！"三美叫起来，"这个白瑞德，真是又让我吃一惊啊！"她高兴地问，"他翻译你哪篇？翻完了吗？发表没有？"

"我写得本来就不多，他说他想慢慢都译出来，"素心回答，"我说可以，你就拿我这个小作者练手吧。他译好了两篇，没想到，居然被收在了哥伦比亚大学出版社出版的一本中国当代小说选里。"素心微微一笑，"很意外，看来，他还有点实力。"

"书呢？你有这本书吗？"三美问，"我想看看你的小说变成英语长什么样。"

"咦？你什么时候这么厉害了？都能看懂英语小说了？"素心笑着调侃。她知道三美的英语水准。

"去你的！不厚道！"三美推了朋友一把，"我说我想看看它长什么样，给它相相面，不行吗？"

"我敢说不行吗？"素心回答，"回家就给你找！"

晚风拂面。吹着她们发热的脸，那是因为酒精的缘故。红酒使她们的脸上泛起春色。满天星光，身边不远，是那条几乎流不动的老汾河，就要枯竭的老汾河。从前，她们更年轻些时，曾经在那河里游泳，夕阳西下，带一身、一头、一脸、一嘴的沙子回家，似乎，还只是刚刚过去不久的事……还要再过一些年，再过几年，这城市会重新疏浚、治理这条河，它将会变成一条水底被硬化的人工的河流，贯穿这城市的南北，它的两岸，将会是一个蜿蜒十数里的滨河公园。此刻，她们不知道这条河的未来，这城市的未来，也不会知道她们自己的未来。有许久，她们没这么疯癫和放松了，没这么轻盈地快活了。三美真心为素心高兴，她想，我们，我们中间，总应该有一个人，幸福一些吧？

她希望这个人是素心。

回到家里，三美马上逼着素心给她找那本书。

书在素心自己的卧房里。那是向阳的一间大房子，兼做她的工作间和书房。一面墙的书柜，顶天立地，在其中某个柜子的底层，都是素心自己的资料：刊有她文章的期刊、收录过她小说的合集，以及，一些重要的手稿和笔记之类。三美很少到素心的房间里，她知道素心会利用难得的假期写作。此刻，那本英译本小说，就捧在了三美的手里。书极朴素，银蓝色的封面，毫无修饰，看上去却有一种老中国的端庄。三美打开书页，寻找着目录，看到了那个名字——安娜。她用手轻轻抚摸，抬起脸，说道：

"今天，我要让它在我枕边，陪我一晚上。"

素心犹豫一下，说："好啊。"

　　三美没有好意思告诉素心，这几年，在北京，由于剧院经常请外国导演来指导或排戏，三美恶补了英语，她上了一个价格昂贵、一对一的英语班，进步神速，她的辅导老师对她说："你好有语言天赋。"她想，大概，学音乐的人，都有这样的天赋吧？几年下来，那老师竟怂恿她去考考雅思或者托福。她没考，是因为，她没准备出国，更重要的是，她并不相信自己真就具备了那实力。

　　入寝后，她靠着枕头，把台灯调得暗淡一些，她觉得，读素心的小说，不太适合过亮的灯光。

　　她试着阅读。

　　题目很陌生，《玛娜》，咦？三美努力回想，不记得素心在国内期刊上发表过这篇小说啊？是译者改了题目吗？她读了第一句，就知道，这是一篇没有在国内发表过的小说。

附录：《玛娜》

玛娜，是我的教名。

给我起这名字的人，是我的教母。

很多年之后，我才会知道这名字的意思。

我第一次见到她，是在一个雨后有彩虹的傍晚。她敲开了我
们家的房门。那时，我已经是一个十六岁小少女，傻，什么都不
懂。可是在看到她第一眼，我就觉得，她，和我之间，有种深刻
而奇妙的东西。

她看着我，对我母亲说："是咩咩啊，长这么大了！"

咩咩，那是一个很久没有人再叫过我的小名。显然，她是一
个家里的旧相识，一个故人。她见过小时候的我，但我全然没有
了记忆。我们举家迁移到这个城市，是在我五岁那年。她看我的
眼光，欣喜，欣赏，还有，爱。那不仅仅是客套，而像是在看一
个藏在心里的孩子。

我喜欢她。

她的到来，让我的妈妈兴奋不已，兴奋得语无伦次。她是我妈妈这一生最好的朋友，她们曾经是北京协和医院的同事，她应该还算是我妈妈的学姐。但我看得出来，我父亲对这个不速之客，有一种戒心。当我妈在厨房里临时添菜张罗晚饭的时候，我听到我父亲悄悄问我妈："这种时候，她突然跑来干什么？你当心啊！"

"嗞啦——"一声，我妈把一把葱花投进了热油锅里。"你不觉得，你越活，越像一只地洞里的田鼠吗？"我妈这么回答，"你要是害怕，你就躲出去吧。"

我爸不满地从厨房出来。他身穿一件很旧的"二股筋"破背心，上面都是汗渍，这让他难堪。他进房间加了一件衬衫套在身上。这下他像一只比较体面的田鼠了。他关上了窗户，把傍晚雨后的凉爽和微风关在了窗外，才和来客寒暄，说："彭大姐，这么多年不联系，还好吧？"

彭，这是她的姓氏。一个普通的、常见的中国姓氏。毫无奇怪之处。但是后来我细细回忆，这是我生活中认识的第一个姓"彭"的人。接下来，还会有第二个。命中注定的，那一个。也是我要写这故事的原因。

她注意到了我父亲关窗户的动作。这让我羞愧。她微笑着对我父亲说：

"我还好，平安无事。如今，平安无事就是最大的好了。"

　　我父亲立刻放松下来，他垂下了两条长而无力的手臂，说道："是啊是啊，大姐，我胆小，平安无事就好！"

　　我走过去，把关上的窗户重新打开。凉风涌入。然后，我就看到了彩虹。越过楼群，在西山顶上，横空划过。赤橙黄绿青蓝紫，无比清晰，美好，有如梦幻。

　　她是来告别。

　　和我母亲。也和我。她唯一的教女。尽管我并不知情。

　　她身患绝症，已是病入膏肓。那一夜，我父亲出去住办公室了。她和我妈妈，睡一个房间，一张大床。她们几乎彻夜未眠。

　　我母亲问她："你害怕吗？"

　　死。这是我母亲的问题。

　　她回答说："你忘了？我有信仰。"

　　这是她们俩的区别。她是有信仰的人。而我妈不是。这也是我父亲担心害怕的原因。她是一个基督徒。并且，始终独身。直到今天，我也不知道她是天主教徒还是新教徒。但不管她隶属什么教派，1966年之后，信，则都是罪孽。

　　可她面对死亡，却这样坦然地告诉我妈妈："我有信仰。"

　　但她的手，却在微微颤抖。我妈轻轻握住了它们，哭了。

　　就是在这个告别之夜，她把她在这个世界上的唯一血亲，她的侄子，一个无父无母的孤儿，一个插队知青，托付给了我的妈妈。

在她生命的末路，她曾经这样憧憬，她说：

"也许，有一天，这两个孩子，会走到一起，那我会很高兴。"

我母亲也被这样一个花好月圆的美景迷惑了。我母亲回答说："是啊大姐，那该有多好。"

我十七岁时，彭第一次敲开了我家的房门。看到他的第一眼，我就被迷惑了。他像一个从小说里走出来的人物，那是我对他的第一印象。

他翻开我摊在桌上的一本书，诧异地说："咦？这里也能借到这样的书啊？"

那是一本诗集：《欧根·奥涅金》。

对"这里"的小觑，让我不快。我回答说："这里也有青春啊。"

他眼睛一亮，注意地看了看我，说："不错，野火烧不尽啊。"

然后我们笑了。

他爱普希金。他大段大段地给我背诵《欧根·奥涅金》。那是我们初次见面，但我一点不觉得他是在卖弄。我被他的背诵迷住了，世界只剩下了他的声音：如同光线一般笼罩了我和整个房间。要过很久之后，我才会明白，他背诗，也许只是为了打发时间，他和我，没有更多的话题。

现在我回头，穿越时光，打量十七岁时的我，连我自己都厌恶那个小城土土的女孩儿：瘦骨伶仃、完全没有发育的身体，巴掌大的脸上，一张大嘴几乎占去了半张脸。稀疏的眉毛紧锁着，似乎永远在生气。是，她永远在挑剔着生活，挑剔着眼前的一切，心高气傲，怒气冲冲，没有笑容。她不知道自己偶尔笑起来是美的，等她知道这个的时候，她却再也没有真实的笑容了。她再也没有从心底深处笑过一次。

这样的女孩儿，不可能吸引她心里的白马王子。她的白马王子，爱上了别人。

古往今来，这样的故事成千上万。

毫无出奇之处。

本来，应该是这样。但是，就怕这个"但是"……

我叫她什么好呢？就叫她"安"吧。

安是我的朋友。我们的朋友。我们几个人，常常在一起玩。我们是一群不快乐的孩子，生活让我们郁闷。何止是郁闷，有时，它让我们恐惧和窒息。当我们几个人在一起时，我们会感到某种对抗的力量：那是我们生活中的光亮。

安是我们之中，月亮般的存在。

她很美。

也许，按照那时我们这个城市的审美标准，她不算漂亮，这个城市的美人标准是：柳叶眉，杏核眼，樱桃小口一点点。这几点，她一样也对不上。可是，她就是美。你在人群中，在芸芸众生之中，第一眼，看到的，不一定会是她。但是，你只要静下心来，她就会向你走来：如同月亮一般柔美皎洁。我的白马王子，我的梦幻，毫不意外地，被她吸引了，就像熟透的苹果必然坠落一般天经地义。

我非常痛苦。

痛苦就像蚂蟥一样，钻进我的心里，一刻不停，吸我的血。那是我的初恋。我无比珍爱。我不肯承认这只是我自己的一厢情愿，不肯承认那只是一种恋爱的幻觉。我把这一切怪罪到了安的身上。我觉得是她，横刀夺爱。

也许，没有后来发生的事，一切，是会过去的。就像人们常说的那样，时间会治愈伤口。也许，我也能够在此刻、在这么多年之后，平静地回忆那一切，说一声：年轻时候可真傻。年轻的时候啊！

能这么说，真幸福。

安是个病人，她的病，在那个年代，是很难治愈的。可以手术，但却要承担很大的风险。但安毫不犹豫拒绝了手术。我们几个人，曾经问过她，为什么要这么轻易地放弃，她回答说：

"我是瘢痕性体质。"

起初，我们都没有明白她的意思，不明白这两者之间的关系。她见我们一脸懵懂，"嗨"了一声，说：

"这有什么不懂的？我不想在我的胸口留疤。"她轻描淡写地这么回答，"它美，我不想破坏它。"

这就是她的理由。美高于生命。

有很长一段时间，我不想见她。也见不到彭。彭许久不到我们家了。我妈时不时地会念叨他，仿佛是自言自语，其实是说给我听，我妈说："怎么这么久也不露个面？是出什么事了？"

我装没听见。

"出什么事了"这句话，是我母亲的口头禅。她一天到晚活得提心吊胆，总是怕出事。那也确实是一个总是在出事的年月。有一天，她终于忍不住问我了，说：

"你们吵嘴了？闹别扭了？"

"没有。"我回答。

没有提名道姓，可都知道是说谁。

"那他怎么不来了？"

"不知道。"

"最近他给你写过信吗？"

"没有。"

"那会不会是出事了？"我妈担心地说，"你们平时在信里，是不是写过什么不该说的话？犯禁的话？"

"写过！"我不耐烦了，说，"写的都是反动话，行了吧？"

这个世界上，能够容忍我所有的坏脾气、所有任性举动的，只有这个傻女人，这个亲人。我一句话把她撞到南墙上，可心里却又歉疚。她没有和我计较，看着我的脸，小心翼翼地，补了一句说：

"信都烧了吧，别留着。你看现在，不是到处都在追查什么手抄本？你爸胆小，回头让他看见你们的信，他会害怕。"

我珍爱那些信。我们在信里，谈论的都是书。书是他借给我的，读了，我会写一些小感想给他，他则会写一些自己的理解给我。这就是我们的交往，如同一对师生，一对兄妹，与风月无关。可在我眼里，那就是——情书。

我当然不会让它们葬身火海。

但是安来了。

久不见面的安，带来了一个难题。

她没有寒暄。我们之间，一向不需要俗套。我刚关上房门，她就从包里掏出了一样东西，一个——笔记本。黑色的皮面，要到很久之后，我才知道那皮质是小羊皮。她开门见山，说：

"能把这个暂时托付给你吗？"

"什么？"我问。

"彭的笔记本。"她回答。

我的头轰地一响。他的笔记本。他！他把这么重要的东西、要命的东西，交给了她……尽管，我已经得知了他们在交往的信息，得知了他对她的深深迷恋，但，当证据、铁证突如其来交到我手上的时候，我感到了动魄惊心。我昏头昏脑接过了它，听她诉说原因，原来，她一直把它藏在自己的枕头套里，但，由于插队的姐姐姐夫的突然到来，她母亲在腾房间收拾床铺的时候，意外发现了它。她母亲是个害怕所有白纸黑字的人，所以，趁她还没有从大女儿意外归来，并且领回一个女婿的震撼中清醒过来，安迅速转移了它，把它转移给了我。

安说："彭说过，在这个陌生的城市里，你们就是他的家人，你就是他的亲妹妹。我想来想去，把它交到家人手里，交到你手里，应该是最安全的，对吧？"

我忘了自己是否点头。

家人。妹妹。是谁，强加给我这样一个兄长？我不要一个哥哥。我毒！我八岁那年，有了一个妹妹。我给我父母下了通牒：要么扔了那个哭哭闹闹的小东西，要么，我就离家出走。我真的走了。八岁的孩子，砸碎了扑满，拿着一堆零钱买了火车票，只身远行，去投奔六百多里外的姨妈……所以，我为什么要在年满二十岁的时候，给自己找一个亲哥哥？

我在心里说，安，你欺人太甚。

但我却舍不得把那个铁证，推出去。我舍不得。舍不得。舍不得。那是他：他的思想，他的血肉，他的一颦一笑，他的喜怒哀乐、悲欢离合，他的过往，他的履痕，那是让我疼痛的一切，但是，我舍不得撒手。就像那痛、那疼，它们已经弥漫在我的全身上下，奔流在我的血管中，潜伏在我的每一个细胞里，我怎么能把那疼剥离出去？

安走后，我读了笔记本。

是一本类似小说的东西。

原来，真有所谓"手抄本"的存在啊。只不过，在此之前，我从来没有见过它们的真迹。我听人讲过《第二次握手》，那是我工厂里的一个工友，那故事，其实，并没有什么出奇之处。但，我却听得泪流满面，有一种特别的深深的感动，让人久久难以释怀。也许，这份特别的感动，是源自于禁忌，它是一枚禁果，在黑暗中散发着幽光，就像卖火柴的小女孩手里划亮的那一根火柴：那光，会带给人幻觉。

这笔记本里记录的，当然不是《第二次握手》。

是他的初恋。是爱和死。是美和幻灭。是丑陋和罪恶怎样吞噬了一个纯洁的生命。

每一页，每一行，都让我心里滴血。

三年了。从他敲开我家房门的那个傍晚算起，我们已经认识了三年。那个闪耀着普希金的诗句和涅瓦河星光的傍晚，距今，已经过去了一千多个日日夜夜。可他，从没有给我讲过和这个故事有关的只言片语，哪怕是半个字。可是，他和她，和安，认识了不到三个月，就把自己和盘托出，把自己血淋淋的往事，如同献祭一般，托付给了她……

我心痛如割。

我想恨他。可我，恨不起来。于是，我恨安。

我不信安毫无察觉。我不信她读不出我的隐秘心事。聪明如她，敏感如她，历练如她，不可能看不穿我的那一点可怜的痴情，但，她却如此无视，如此傲慢，对着我的眼睛，坦然说出"亲妹妹"这样的字眼。

我为什么要替她保存这个？为什么要替她扛起这危险？我想把它还给她。可是，可是，我舍不得。我舍不得让那个可恶的家伙身陷险境。我知道安的母亲，那是一个时刻生活在恐惧之中、被吓破了胆的女人，一个抚育了四个孩子的寡母，一个认定了落在纸上的文字都有可能是罪证和祸端的被害狂，这笔记本一旦被她发现，付之一炬葬身火海是必然的结局，或者有更极端的行动，出首揭发以求自保也并非完全不可能。安一定是慌不择路了，否则，她怎么可能把这样一个秘密交到我的手里？

但我把它藏到哪里好呢？

二十世纪六七十年代，在我们的城市，家家户户，都没有宽裕的住房。当然，特权者除外。而我的朋友们，我生活的圈子里，人人都是平民之家。像我们家、安的家，拥有一套老式的两居单元房，配一厨一卫，已经是不错的家居环境了。我和我的妹妹，共用一个不大的房间，而我们的卧房，同时还是我们家的餐厅。我们俩，共用一个衣柜，一个书架，一个书桌。书桌其实是一张折叠餐桌，没有可以藏匿秘密的抽屉。整个房间，没有可以让一个秘密容身的角落。何况，我的爸爸，也是一个谨小慎微的家长，自从彭来到我们家的那天开始，他就总是忧心忡忡，担心他把我引入"歧途"。有几次，我发现他在偷偷地检查我的书架，被我察觉后，他很尴尬。

想来想去，它只有一个去处：我的书包。我只有把它带在身边，白天，太阳升起来，我背着它，我们一起出门，晚上，太阳落山了，再一起回家。

我不能让它离开我的视线。

我以为，这是最安全的办法。

但是，我错了。我犯下了此生最大的一个错误。

当我意识到是抢劫的时候，哐当一声，人已经倒在了地上，我的书包，不知怎么已经在了他的手里。

加班。一个人骑车走夜路。那天，本来要干到深夜，我的师傅照顾我，让我先走了一步。师傅是好心，但是，原来，好心也可以杀人。

这个城市，是夜城。黑暗之城。没有一盏路灯亮着。所有的路灯，都瞎了。

我在下，他在上。一张白脸，居然，冲我一笑，掉头而去。

我来不及站起来，一下子，扑上去，拽住了他的自行车后座。我听到了一声撕心裂肺的尖叫，我不知道那就是我自己的声音：

"还给我！还给我——"

一只脚朝着我的胸口，狠狠一踹，就像一匹暴烈的马，朝后猛地一尥蹶子。我被重新踹倒在了地上。

我不知道自己哪里来的勇气。忘记了恐惧，忘记了害怕，忘记了一切，世界，我的世界只剩下了一件事，那就是，保住它，保住属于他的秘密。我又一次扑上去，拼命地，拽住了他的自行车后座，我说：

"包你可以拿走，它是一只真正的'军挎'，我知道你要的是军挎，但我跟你交换一样东西，我用自行车、手表，和你交换一样东西，算我求你——"

我发着抖，语无伦次，可我就是死死地，拽着他的车，不松手。

他用脚支着地，回头看我。大概，他从来也没遇到过这样的状况，这让他好奇。

"你要和我交换什么？"他偏着脑袋这么问。

"一个笔记本，"我回答，"就在书包里。"

"笔记本？"他笑了，"你拿自行车、手表，就和我换一个笔记本？"

"对。"我回答，"我的手表是新的，全钢的上海表，我的自行车是大链盒凤凰，我的军挎也是真的，你可以把它们都拿去，只把笔记本留给我，要不，我绝不，绝不撒手，除非你拿刀把我的手剁了——！"

他从车上下来了，看着我，说：

"我可以和你交换，可以把你要的东西给你，"他笑笑，"可是我不要自行车，也不要手表，我要别的，你给吗？"

"你要什么？你说——"我觉得浑身冰冷。

"你，你自己。"他云淡风轻地回答，"交换吗？"

黑的水，漫上来，漫过了我的心口，漫过了我的口鼻，漫过了我的头顶，淹没了我，吞噬了我。我用力点头。说不出话。

"你真交换？"他诧异地问。

"成交——"我像跃出水面的鱼一样，吐出了这两个字。

然后，沉入漆黑如死的水底。

那条路，从前，是我最喜欢的一条路。路两边的行道树，是马缨花，也叫合欢树。我们城市，只有这一条路，是用夹道的合欢树来绿化。我尤其喜欢这条路的夏天，那是合欢花盛开的季节，粉红如絮的花朵，在清晨，灿若云霞；夜晚，则有一种说不出的忧伤之美。而阵阵清香，若隐若现，整条路，整条街，都被这使人魅惑的清香笼盖。只是，我从来也不知道，这条路，将夺去我的初夜。

就在树下，在一道墙根，我交出了我自己。我闭上眼睛，我不能看他的脸，我更不能看满天的星光，和月亮。我那么爱的月亮和星星，从此，我不敢再抬头看它们。它们见证过我的羞耻。还有我的树，我的合欢花，我的清香袭人的街道，我从此再也不能爱它们。它们见证了我最丑陋和难堪的时刻。见证了我心甘情愿俯首帖耳地被践踏。见证了我的清新的处子的血，怎样被玷污……他似乎也被我的血惊了一下，我听到他问：

"你是第一次？"

我没有回答。

我的第一次，我的初夜，我珍爱的身体，我头顶上的星空，我长满合欢树的故园，都被我拿来交换了。

我换回了它。换回了他的秘密。也许，还有他的安危。

从此，我再也不能仰望星空。一生一世。

结束后，他故意把笔记本扔到了我赤裸的下体上，说了一句：

"没见过你这么傻的人。"

那一夜，我把它，这封面上沾染了我初血的本子，藏在衣服里，紧紧抱在胸前，贴着我被弄脏的皮肤，挨着我原本如花蕾般清香的乳房。我抱着它，如同发疟疾一般，发着抖，一会儿被烈焰灼烧，一会儿沉入冰窟。它们俩，这高级的、羊皮面的本子，和我的身体，都脏了。如今，它们般配了。它们都让我厌恶和恨。可我也只有它了，我一无所有地抱着它，就像一头母狼抱着它刚刚出生的幼崽。对，就在这个耻辱的夜晚，我生了它。

第二天傍晚，安气急败坏敲开我家房门，问我讨要笔记本时，我告诉她，说，没了，被抢走了。

说完这句话，我嗓子里，涌上一股腥甜的血的味道。

我用我的血和命交换过来的东西，我怀着剧痛生下的幼崽，凭什么，要拱手给她？我凭什么要成全她呢？

至少，我要让她和我一样痛苦，我要让她疼痛。尽管，那疼，远不能和我的剧痛相比，可她必须疼。

哪怕，只有几天也好。

可我错了。我碰上了一个世界上最强劲的敌人。这个敌人，仅仅在被我拒绝的第二天清早，就选择了自杀身亡。

她好干脆利落。她好杀伐决断，她才不愿忍受折磨。她利落地杀了自己，然后，让我堕入人间地狱。

此生此世，我将负罪而行。

我既不能抬头看天，也不能低头看我自己，这么脏，这么坏，这么恶毒，这么罪孽深重。可还得活着。活着，忍受着，等待着，等待有一天，他回来，把那个夺去了安的生命、夺去了我做人的全部尊严和幸福的东西，一个我生出的怪胎，交给它的主人。

然后，听他鄙夷地骂一声：

"杀人犯！"

他的姑妈，我的教母，曾经给我起了"玛娜"这样一个奇怪的名字。我一直不知道它是什么意思。后来，我读《圣经》，在《旧约·出埃及记》里，看到了有关"玛娜"的解释，原来，那是神赐予摩西族人的"灵粮"，在他们行走在没有人迹的旷野中，没有吃食时所显现的"神迹"：

"早晨，在营地的四周有露水，露水上升之后，不料，野地上面有如白霜的小圆物。以色列人看见，不知道是什么，就彼此对问说：'这是什么呢？'摩西对他们说：'这就是耶和华给你们吃的食物。'"

摩西告诉他的族人，按照耶和华的吩咐，这食物，每人要按照自己的饭量，按照各个帐篷里的人数，各拿一俄梅珥。并且，不许留到第二天早晨。有人不听，把多余的留了下来。结果，到早晨，那留下来的食物全都发臭、生虫。神以这种方式警示了那些贪心的人。

《圣经》上这样说：

"这食物，以色列家叫吗哪，样子像芫荽子，颜色是白的，滋味如同掺蜜的薄饼。摩西说：'耶和华所吩咐的是这样：要将一满俄梅珥吗哪留到世世代代，使后人可以看见我当日将你们领出埃及地，在旷野所给你们吃的食物。'"

……

原来，我，玛娜，是一种救命的恩物，是神的奇迹。是施与和舍。

我舍过。我舍出过我自己，在最凶险的时刻。

可我留下了不该留下的。

…

第二章

…

/ 一 /

　　素心永远不会忘记那个早晨，那个微醺之后的早晨。她起床，打开房门，去厨房准备早餐，却看见三美坐在客厅里，身旁，是她随身带来的行李箱。素心一愣，还没醒过神来，只见三美把手里的东西一举，说：

　　"你对我说句实话，"她声音有些嘶哑，"这，只是一篇小说，虚构的小说，还是……真的？"

　　她举着的，是那本译著，银蓝色的封面，沉静、忧郁而美，像中国北方的天空。素心仿佛听到了从那里传来的一个声音，声音说："该来的，终究会来——"她的心沉下去，沉下去，而她的身体，则似乎是一个无尽的深渊。

　　"你读了？"许久，她努力说出这几个飘忽的字。

　　三美点点头。

　　她没有回答，没有解释，却转身回到了自己的房间里。几分钟后，她走出来，手里捧着一样东西。她把那东西轻轻放在了三美面前的茶几上。隔了那么久远，三美还是一眼就认出了它，黑色的封面，一无修饰，就像它的旧主人：尽管当年她只是远远地一瞥。

三美的眼睛里，慢慢涌满泪水。

它啊。

她看不清它。它有太多太多可怕的秘密。这罪恶的它。这死而复生的恶灵。

她拉起自己的行李箱，朝门口走去。

素心没有阻拦。

她走到门口，停了一下，不回头，说了一句，她说：

"素心，你说得不错，你欠安娜一条命！"

说完，她开门，走出去。她知道，她又丢失了一样珍贵的东西，她在这世界上最好的朋友。

哐当一声之后，她没有看见，素心，她曾经的挚友、知己，颓然跌坐在了地上。

当晚，三美就坐上了夜行的列车，去往北京，那个悲情城市。原本，她回来是为了疗伤，结果，所谓故园，更是伤心之地。

没有买到卧铺票，只有硬座。她坐在拥挤的夜行列车上，一眼不眨地望着黑漆漆的窗外。望着看不见的群山、河流、庄稼地和原野。偶尔有灯火一闪，像黑夜的伤口。她告诉自己，走吧，走吧，走吧。这一切，太疼痛了。

她上了一个托福的培训班，然后，参加了托福的考试，成绩不错。可是她的年龄毕竟大了些，申请合适的学校、一切从头开始自然不那么容易。考虑许久，她选了有关"音乐教育""音乐史"之类的专业——她还是放不下她热爱的事情。一年后，她去了美国中西部一座不那么有名的大学，修"音乐教育"的硕士学位。

人人都觉得她发了疯。这么大年龄了，瞎折腾。

剧团也挽留她，说，不能在一线做演员，但是可以改行做行政管理，或者，送她去进修，学导演。

她婉谢。

姐姐子美来为她送行。子美当年在东北读了大学，毕业后，分在了沈阳一家国企上班，在那里，结婚，生子。子美赶来送行，一肚子的怨气，说：

"从前，咱们姐妹仨，就数我最'作'，现在，轮到你了，凌家没个'作'的人，看来是过不去，轮着来！"

三美最怕见的人，其实，就是姐姐。一看到她，就想起太多太多的往事，想起姐姐趴在安娜的身上，用拳头狠狠地捶打她没了知觉的身体，一下一下，神鬼心惊，嘴里喊叫着："你起来，你起来！你起来！你个坏东西——"还记得她豁出命一般死死拽着那尸车，哭、喊、满嘴的鲜血，不许人把她最好的朋友推进那熊熊烈焰之中……她不敢和姐姐的眼睛对视，似乎，怕姐姐从她的眼睛里看出什么端倪，好像，她亏欠了姐姐一般。她心里有鬼。

临行前一夜，姐妹俩，头挨头，挤在一张不宽的床上。那原本是剧院分给三美的宿舍，旧式的单元房，小小的一套，卧室、厨房、卫生间，以及，窄窄的过道，倒也五脏俱全。后来恰逢"房改"，三美就用积蓄把这房买了下来。现在，她把房屋的钥匙和房产证之类的东西，都交给了姐姐，说："留给你吧，我用不着了。"

"你拿了学位不准备回来了？你总得给自己留后路啊！"姐姐说。

"我不要后路，"她回答，"我学项羽。"

"别把话说那么死，前路未卜，一切皆有可能。"姐姐说，"我先替你保管吧，等你回来，我完璧归赵。"

"小酒窝将来上大学，要是能分到北京工作，这房子就给她了。"三美回答。小酒窝是姐姐的独生女儿，也是凌家目前唯一的第三代。一向，三美很爱她。

"想什么呢？酒窝才八岁！"子美笑了，"还是留给你未来的孩子吧！"

"我不要孩子，"三美断然回答，"不管我将来是独身还是成家，我绝不会要孩子！"

"为什么？"子美非常诧异，"这可不像你，你看你多喜欢酒窝啊！"

　　"人太坏，"三美轻轻叹口气，"不想让这世界上再多一个坏人，这是我能为这世界做的唯一一点好事。"

　　子美沉默了。

　　"谁知道酒窝将来会变成什么样的人？想想就害怕。人是战胜不了人性中的恶的，一辈子太长，它终究会在某一个地方某一个角落等着擒获你，让你一生成为它的奴隶：这就是人类的共同命运。这就是人类大同。"三美眼望着惨白色的房顶，这么说。

　　"三美，"子美怜惜地、伤感地握住了妹妹的一只手，"这么些年了，该放下了，原本导演他也没有错啊，他从来也没有给过你承诺，自然谈不上背叛，对不对？是你，太痴情，你居然为了他，丢弃一切，这么大年龄，漂洋过海，去'洋插队'，何苦——？"

　　"我不是因为他，"三美打断了姐姐，"我是因为，这里，没有一处地方，能让我不伤心……"

　　夜深了。窗外划过一道闪电，然后是隆隆的雷声。

　　"下雨了。"子美说。

　　雨点砸下来，砸着玻璃窗，雨势渐渐变大。姐妹俩，沉默了，沉默着听雨。大雨冲刷着京城郁积了多日的闷热，以及，这小小房间里明明暗暗的重重心事。许久，子美说道：

　　"这么大的雨，明天早晨的航班，不会有问题吧？"

　　"姐，是今天了，"三美说，"过了零点了。"

　　"那，现在已经是八月二十五号了，"子美顿了一顿，说，

"八月二十五号，就是今天，是——安娜的生日……"

三美吃了一惊。她不知道这个。

"三美，还记得安娜吧？"子美问。

黑暗中，三美点点头，说不出话。一道闪电划过，随后就是一声炸雷，天被炸开了，地动山摇。

"你别笑话我啊，"子美笑笑，"每年清明，还有她的生辰、忌日，我都会给她烧点纸钱。我不信这些，只是，心里就是过不去。平时忙乱不堪，顾不上想啊，伤感啊，可是一到这些日子，心里就难过，排解不了，只能做些这种没用的事……"

"姐——"三美不知道该说什么。

"你说她傻不傻？冰河刚刚化开，她就敢跳下河去救一只小猪仔，东北的冰河，那真是刺骨的冷啊！坐下了治不好的大病……还好，一命换一命，至少她救的是条生命，有人不是还因为捞一根集体的木材淹死的吗？那就是我们的青春啊。"子美又淡然地笑笑，"我太知道她，她怕拖累家里，偏偏她又恋爱了，她不想让自己陷进去，更不想让人家陷进去，只好先走一步……"她说不下去了。

姐姐，对不起，对不起，对不起！三美在心里说了无数个对不起。她不知道为什么要由自己来说这三个字，她替某个人道歉，似乎，是不能推卸的命运。这么多年，她从来没听姐姐提起过安娜，她以为，时间会医治好姐姐的伤痛。她也一直以为，姐姐不是一个特别深情的人，她早已不是那个为了奔赴边疆割破手指写血书的激情少女，日复一日，她早已被生活造就成了一个实用、自私、庸俗、欲望满心的妇女，除了孩子和丈夫，心里再也装不下别的东西。却不知，她竟把她的安娜，她少女时代的朋友，藏得这么深远和深邃。

清晨，雨停了。被大雨洗过的天空，碧蓝干净。飞机轰鸣着冲上天空时，三美在心里默默地说："再见了，凌三美！"她和自己告别，她不想带着那个过去的自己，飞往新世界。

/ 二 /

周日的晚上，素心又来到了"1854"。她来听白瑞德唱歌。半年多来，这几乎成了她的固定日程。

是从三美弃她而去的那一天开始的。

那天晚上，她来到了酒吧，要了一杯黑啤酒。整整一天，她没有吃东西。她不饿，一点想不起来吃饭这回事。清凉的黑啤酒入口，她感到了口渴，于是，她就把酒当水喝。

要了一杯又一杯。

白瑞德在唱歌。弹着吉他。唱的是什么，她不知道。她对这些民谣、蓝调什么的都不熟悉，几乎一无所知。但是为什么每一首都这么忧伤呢？人类是有多少的伤心事啊，说不出口，只能吟唱。幸亏可以唱，否则，就只能喝酒了。她飘飘忽忽地这么想。

Love, love, where can you be?

Are you out there looking for me?

　　这是个耳熟的旋律啊。刚这么一闪念，心猛地一痛。是，这是她，凌三美喜欢的歌。仅仅二十四小时前，她们俩，面对面，坐在这里，她对她说："这首歌叫《心跳加速》，是我特别喜欢的一首歌。"心跳加速，不错，她现在的心就像狂奔的脚一样在她胸腔里踩踏、踩踏。她放下酒杯，垂下头，用双手捂住了耳朵。放过我吧，放过我吧。她祈求。忽然她意识到这是撒娇，姚素心你在跟谁撒娇？上帝吗？命运吗？她松开手，抬起头，坐直了身子。你必须听，把每一句、每一个字都听清楚。她这样警告自己。

　　从前，如果说，每一天都是自我惩罚的话，从今往后，就不一样了。从今往后，这个世界上，有一双眼睛，如同天眼，时时刻刻，不分昼夜，在提醒着她，警示着她，监督着她，不许她有一分一秒，忘记她自己的罪，忘记她手上的血。她曾经最好的朋友，最亲的姐妹，如今，做了她的审判者。她无比清楚地告诉自己：

　　"你欠安娜一条命！"

　　她端起酒杯，才发现啤酒杯又空了。她叫了服务员，说：

　　"给我一杯烈的吧。"

　　一杯不加冰的威士忌。她一口，就倒进了嘴里。

　　一只手按住了她的杯子。

　　她抬头，看见那个歌者站在了她面前。他神情困惑又严肃，说：

"姚，喝太猛了。"他坐到她对面，望着她，"出什么事了吗？"

她笑了。说："你这口气，真像我妈，我妈一天到晚就爱问这一句话，烦人！"酒精使她的脸奇怪地变得惨白，"难道只有出事才能喝酒吗？快乐也可以让人痛饮啊！'人生得意须尽欢，莫使金樽空对月'，李白早就告诉我们了呀！"

"你快乐吗？"他严肃地问。

"我当然快乐，"她回答，"这个世界上，不是只有坏人最快乐吗？我没有理由不快乐呀！谁那么傻啊？做一个不快乐的坏人，那是多悲惨的事！"她笑了，招招手："服务员！服务员！一样的，再来一杯！"

服务员闻声而来，把一杯威士忌放到她面前。白瑞德没有再阻拦，他要了同样的一大杯，举起来，说："好吧，那就让我们醉一场，为了快乐！"

"叮——"一声，他们的杯子碰在了一起，素心努力睁大了眼睛，身子摇晃着，说："你为什么快乐？你也是个坏人啊？"

"不，"他回答，"我是个做过一些坏事的好人。"

"真幸福啊！"她这么说，又一口，饮干了酒杯，一口腥甜的东西突然从嘴里喷出，然后，她就什么都不知道了。

醒来时，已是第二天凌晨，她躺在床上，吊着瓶子，扎着液体。她环顾，不知身在何处，也不知发生了什么。只见床边凳子上，坐着一个打盹的人，金发白肤，脚边还立着吉他盒。她一惊，想起身，惊动了他，他睁开眼睛，两双受惊的眼睛碰到了一起，她问：

"这是哪儿？我怎么了？你怎么在这儿？"

"你喝多了，"他回答，"吐血了，我打了120。"

他简洁地解释，没有废话。一个人喝酒喝到吐血，要么是酒精中毒的酒鬼，要么，就是有大伤心。她显然不是前者，那么，就只有一种可能了。

记忆一点一点浮现："1854"、他的歌唱、啤酒和威士忌、狂饮，以及，他们的酒杯最后碰在一起的声响……她一下子捂住了脸。但是，只有片刻，她就把手放开了，她望着他，说：

"我忘了。你是在酒吧里唱歌的，喝醉的人，形形色色，千奇百怪，你见过的一定太多了，曾经沧海难为水，我不会惊着你的，对吧？"

他听她这么说，笑了。他怎么也没有想到她会这样化解尴尬。他回答说：

"是，你没有惊着我，也没有吓着我，你不必为此道歉，但是，"他指指自己的上衣，"喝醉的人，把血喷溅到了我衣服上，在下还是第一次遇到，所以，还是小小地惶恐了一下。"

那是一件银灰色的衬衫，很干净很柔和的灰色，上面，斑斑点点的血渍，污染了那洁净。她盯着那些血痕，那些不再鲜艳不再热烈的红，凋零的红，那些死亡的血，一时语塞，她被自己的血惊住了。

"哦，"白瑞德急忙解释道，"医生说了，这只是胃黏膜出血，很常见，没关系。你输完这瓶液体就可以出院了。"

她回过神来，笑笑，说：

"抱歉弄脏了你的衣服，血是洗不掉了，我赔你一件好了。"

他刚要说，没关系，只听她又说道：

"你的衣服不是名牌吧？名牌我可赔不起啊！"

"谁说不是名牌？爱马仕！"他笑着回答，"秀水东街买的。"

他们俩都笑了。而真正的心痛，却正是在这时候涌上他的心头。她多么会掩饰啊，他想。他还想，这个国度里的人，活得多么神秘。

下一个周日，素心踩着点来到了"1854"。她坐下，点了喝的，刚好是他登台开唱的时间。这回，她没有点酒，老老实实点了一壶热的柚子茶，要了两个杯子。她听他唱。好听。虽然听不懂。她坐在不显眼的角落里，但她知道他能感觉到她的到来。她觉得他是在唱给她一个人听。酒吧里一片嘈杂，没有几个人关心音乐和歌者。他弹着吉他，边弹边唱，如同一个游吟诗人行走在沙漠。他唱给天空听，唱给大地听，唱给某种精魂听。她觉得自己有些感动，她想，他是有多么寂寞，多么孤独，才会来人群中这样唱歌呢?

果然,五首歌后,他拎着吉他盒来到了她的台前。坐下。她微笑着,给他倒了一杯柚子茶,说:"润润嗓子吧。"

他端起来,一饮而尽。

"你这个时间喝茶,不怕睡不着吗?"他问。

"睡不着,正好可以工作,"她回答,"你忘了,我可是个业余作家,我只能用业余时间写东西。"

"你们woman,不是都很讲究睡美容觉吗?"他问道,"睡觉太晚,是会长皱纹的,容易衰老。"

"那是美女们应该关心的事,"素心回答,"和我无关。"

他看着她,不说话。

"中国有句俗语,英雄末路,美人迟暮,这都是令人感怀的悲凉处境,"她对他说,"但是像我这样的一张脸,多一条皱纹和少一条皱纹,有本质的区别吗?"

"当然有,"白瑞德毫不迟疑地回答,"那是青春之殇啊!青春对任何人,都是珍贵的。"

"脸上没有皱纹,就留得住青春啊?"她又笑了,"只有死于青春,才能留住它。"

"姚,"他叫了一声,说,"你很特别。"

她在心里冷笑。特别?从前,年轻时,多么希望在别人眼里,自己是特别的,与众不同的。那时不知道,其实,所有的青春都是相似的,只有罪恶,才能使一个人脱颖而出。如今,她是多么希望自己不"特别"啊。

"我说得不对？"他看出了她脸上微妙的表情。

她笑笑，不置可否。低头从她的大手袋里，掏出一样东西。

"送你的，"她说，"不是什么名牌，也不是出自秀水街，我选了衣料，请一个熟悉的我喜欢的裁缝做的，你回去试试，不合适的话，可以让他改。"她把包装得整整齐齐的一个纸包推到了他脸前。

那是一张深灰色的包装纸，一无装饰。他打开，里面，是一件银蓝色的衬衫，面料是重磅的桑蚕丝，丝绸微妙的幽光，使那银蓝色看上去有一种幽深的寂静和神秘。扣子则是贝壳的质地，那种珠贝的微光，闪烁着，如同某种生命的呼吸。他低头看了许久，他知道这是一件不能拒绝的礼物。

太用心了。

他抬起头，说："这是我来到中国后，收到的最贵重的礼物。"

"没多贵重，"她微笑着回答，"没花多少钱。"

"不是钱。"他说。

她知道他说什么。

"白瑞德，"她望着他的眼睛，"你知道吗？那天，对我来说，是非常糟糕的一天，我真是有点撑不住了。我知道你在这儿唱歌，我来了，潜意识里大概是来求救。我来对地方了，谢谢你。"她诚恳地说。

"我没做什么，"白瑞德轻轻回答，"但是，我很高兴，那天，你来了。"

从那天起，姚素心就变成了"1854"的常客。每个周日，她都会来这里，吃晚餐，听他唱歌，然后，他们俩，一起喝杯啤酒或者鸡尾酒。她办了一张会员卡，周日的晚上，会有人给她预先留座。他经常唱的那几首歌，渐渐地，她也听熟了那旋律，知道了它们的名字：《村路带我回家》《加利福尼亚梦想》《玫瑰玫瑰我爱你》，等等。只不过，那首《心跳加速》，她再也没有听他唱过。

然后，他送她回家。他推着自行车，他们沿着河岸慢慢散步。在她家小区门前分手。她从不邀请他上楼，他也不提非分的要求。他们就像一对姐弟，亲密而坦荡，没有杂念和私心。只是，他不知道，她其实是恐惧的，她害怕，害怕这情义催生出别的东西。

中秋节到了。这一晚，和平时一样，他们小酌一杯后回家。皓月当空。他们踏着好月色，走在一条河流的边上。被污染的河流，几乎流不动的老河，在月光下，竟然也有着点点波光。他比往常要沉默，该分手时，他抬头看看明月，说：

"在中国，这是一个团圆的节日。"

她说："是。"

"今天，能邀请我上楼吗？"他说，"今晚，我不想一个人待着。"

来了，她想。该来的，终究会来。她早就应该知道这个。
她静静望着他，郑重地说："白瑞德，我可以邀请你到我家坐坐
吗？今天是中秋节。"

"非常愿意。"他回答。他们都笑了。

她开了一瓶红酒，拿出两个酒杯，给它们斟上。她说："中
秋节，该吃月饼的。可我家就我自己，我没买月饼，也没人送我
月饼。抱歉了。"

他笑笑，不说话。

她满屋子找，想找点水果，却什么也没找着。她自己已经忘
了，有多久没买过水果了。她忽然觉得一阵悲凉。

"怎么款待你啊，什么都没有，"她努力让自己平静，"这
样吧，我来烙张饼吧，应个景。"

她跑去厨房，和面。还好，面粉总是有的，还有油。打开冰
箱，拿出两个鸡蛋，磕开，打在面粉里。她又打开一个橱柜，那
里，是母亲储存调味品的地方。她翻找着，找出了红糖、芝麻，
还有，干玫瑰花瓣。好，齐了。她炒芝麻，洗花瓣，把它们和红
糖以及少许面粉搅和起来，做馅料，包在饼里。然后，开煤气，
支饼铛，倒油，不一会儿，屋子里就弥漫起糖饼的香气。

做饭、烹饪，她家学渊源。

他在她身后，默默看着，看她像变魔术一样，变出了美食。
此刻，她看上去那么笃定，有条不紊，胸有成竹。恍惚间，他
觉得这场景很熟悉：那是……母亲的背影。他鼻子一酸，几乎

落泪。

"糖饼一张，权作月饼吧。"她端着盘子走来，糖饼一切四瓣，玫瑰和红糖芝麻融合在一起的特殊香味，热烈地，扑鼻而来，"你尝尝看，好吃不？"她把盘子举到了他脸前。

"一定好吃。"他掩饰地笑笑。

他提议坐在阳台上。她犹豫一下，同意了。那是和客厅相连的阳台，被装修成了一间玻璃阳光房。他坐在一张藤编的秋千椅上，喝酒，吃饼，看月亮。她则坐他对面，背对着月光。一张饼，被他一个人吃掉了四分之三，象征性地，给女主人留了一瓣。但是那一瓣，最终，还是被客人吃掉了，因为她说，她不爱吃甜食。

他一边吃饼一边说："这么好吃的美味，不喜欢吃，愧对人生啊。"

她笑了。

"你笑什么？"

她回答："我的人生，破烂不堪，区区一块糖饼，不吃也罢。"

轮到他笑了，他说："活到现在的年纪，难道，还有谁的人生，完整如新吗？"他望着她，望得很深："真要是完整如新，那不是白活了吗？"

他的眼睛，闪烁着月光，如同波光粼粼的湖泊，柔美，宁静。那里面，是另一种人生，岁月静好的人生。有她期冀、渴望

的一切，却与她相隔万里。她鼻子一酸，笑笑，一口喝干了杯中
的葡萄酒。他劈手夺过她的杯子，说道：

"你又想吓死我啊！"

然后，他跳下秋千椅，一把把她揽在怀里，出其不意地，亲
了她。

她如同被电击。

她抱住了他。抱住了这个年轻美好的身体。桦树般清香的身
体，泪流满面。

他捧起她的脸，亲她的眼睛，亲另一只眼睛。亲她的泪水。
他的嘴唇，不可阻挡地，滑下来，吻住了她的唇。她被吞没了。
化成了水。

如同黑海中剧烈颠簸的时候，她丧失了意识。

清醒过来时，她发现自己躺在地板上。她看见了他的脸。他
的眼睛。以及，那里面的星月之光。她一把捂住了自己的眼睛，
哭了。

多年前，很多年前，在那个羞耻的夜晚之后，她无数次发
誓，此生，她不会再允许任何人，进入她残破而黑暗的身体，她
对它说：从今往后，只有我和你，相依为命，惺惺相惜了。我们
彼此拥有，互不嫌弃，是我对你的忠贞，也是你对我的。可是，
她没想到，她的身体，是如此不安分，如此渴望着被攻陷、践
踏、摧毁，渴望缠绵和亲吻。那个肉身，是这样贪心和饥渴，这

样没有廉耻。它背弃了她。而且，这背叛来得是这样轻易，一个亲吻，就让它沦陷……

好吧，那就一起背叛吧。她和它，总有一个，要屈服对方。而屈服，竟是这样……美好。

他扳开她捂住眼睛的手，说："看我。"

她不看。闭上了眼。

"看我。"

"不。"她回答。

"为什么？"

"我怕看见你眼睛里的我。"她回答。

"那又怎样？"

"很无耻。"她说，"原来她是个荡妇。"

他笑了。他喜欢这样东方式的回答。纯洁的荡妇。这是男人的理想。他说："那，我是不是需要把我的眼睛弄瞎，就像《春琴抄》里的那个男主人公一样？我发誓，我听你的，只要你一句话，我愿意。"

她猛地睁开了眼睛，望着他，认真地，对他说："永远不要说这样的话，永远不要发誓，哪怕是开玩笑。"

"或许，"他俯身望着她，"我说的是真的？"

她伸手捂住了他的嘴："那就更不能说了。"她回答，一阵深沉的悲凉。不，她不要海誓山盟，无论真假，她都不要。她要不起。

他们就这样在一起了。

在学校里，彼此相安无事，守着他们的秘密。属于他们的时间，是周六和周日。她去"1854"听他唱歌，然后，一起回家。素心的父母，羁留在了上海，帮意外带孩子。意外顺利诞下一个男婴，他们的外孙，姚家的第三代。父亲欣喜若狂，爱如珍宝。北方这个空荡荡的家，就成了他们的周末密巢。她为他做宵夜，做第二天的早餐和午饭，精心地、快乐地施展着她从母亲那里继承下来的厨艺。宵夜她常做的是酒酿桂花圆子，或者，一碗鸡汤小馄饨之类。酒酿是她自己用糯米和红曲酿制，鸡汤则是她精心熬煮、滤去沉渣之后的清汤。第二天的早饭，她会煮各种粥品，小米南瓜粥、红豆粥、八宝粥、皮蛋瘦肉粥、鱼片粥，等等，不重样。配粥的小菜，样样精致。午饭和晚饭，她会烧一样大菜，比如，荷叶鸡、红烧肉、清蒸鱼、糖醋小排之类，再配两样下饭的时蔬。有时她会煲广式靓汤，有时则做北方的面食，或是饺子，或是韭菜鸡蛋盒子，或者，是本地特有的剔尖、刀削面。当然，偶尔也会煎块牛排或者鳕鱼，调制各种西餐酱汁，安慰一下他的美国胃。她发现，她热爱烹调。她也有天赋。她在厨房里愉快地忙活，想，原来，我是一个热爱生活的人。

周日，晚餐后，他们一起骑自行车去"1854"。他唱歌，她听。然后，有节制地，喝一杯啤酒，或者，调制的鸡尾酒。接下来，就该分手了。他总是依依不舍，说："又要做一个星期的陌路人了。"她安慰他，说："一个星期，很快就过去了，眨眼的事。"他望着她，认真地说："那是因为，你不像我爱你一样那么爱我，我觉得，一日长于百年。"

"夸张。"她回答。

那是他们的习惯吧？这么轻易，就说出了"爱"这个字眼。她却说不出口。这一生，她没有对任何人，说出过这个重如千钧的字。但她感到某种隐忧。他认真。这让她隐隐害怕。

他总说，他不知道自己身上，究竟是有六十四分之一还是一百二十八分之一的中国血统。但是看他的脸，你一点也不会看出丝毫端倪了，不会看出那遥远的故事或者传说。但这位高祖，对他的影响，却是巨大的。所以，他去台北学中文，所以，他踏上了祖先留过足迹的遥远而神秘的土地。他是一个喜欢远方的人，喜欢冒险和传奇的人，他不喜欢一眼可以看到终点的人生，不喜欢那种中产阶级的平庸生活，所以，即使在大学里担任外籍讲师，他也会选择在周末的酒吧里唱歌。他这些年，几乎游历过了半个世界，也涉猎过许多的职业，可骨子里，他仍是一个单纯的人。

这是他和她，最大的区别。

从四五岁来到这个城市，几十年，素心再也没有离开过。她在这个地方，读小学，念中学，在工厂做工人，后来上大学，毕业后，留校任教，所有重要的事情，所有的经历，都发生在这个小小的城阙。她去过的地方，十分有限，至今，她还从未跨出过国门一步。但是，她知道，她一个人，在这方寸之间的经历，却远比他复杂、浑浊、血污、晦涩。

他说："姚，什么时候，我们能一起去旅行？"

她回答："不知道。"

他们并排躺在床上，依偎着。她抚摸着他胸口上的文身。那文身的图案，没有戾气，很平和。是一棵苹果树，枝繁叶茂，上面，结着小小的红苹果。她数过，那苹果，一共有十二个。他告诉她，他每到一个国家或者地区，就会找一家文身店，文一个苹果在那树上。

"可是在这里，在中国大陆，我还没有找到一个文身店。"他遗憾地说。

九十年代初期，中国大陆，至少，在素心的城市，还真没有这样一个文身的地方。她安慰他，说：

"你反正不会在一个地方，待很长久的，等你到了一个新地方，再补吧，"她说，"那样你就可以同时文两个，避开十三了，不是更好？"

"这里，是我停留过的第十三个地方，命运既然这样安排了，我接受，"他回答，"何况，我在这里，遇到了你，如果，你不能跟我走，我就哪里也不去了。"他笑笑，"真要再找不到文身店的话，我就自己动手，文一个最大最红的苹果在上面。或者，我自己开一个文身店，你觉得呢？"

他经历的一切，原来，都文在了身上。多么明了的人生。素心笑了。

　　"你笑什么？"他回头看她，"笑我幼稚？还是，你对文身不以为然？"

　　"不，我是羡慕你。"她回答。

　　她真是羡慕他。一切，都可以晒在阳光下。她想说，她也有文身，只不过，是刀刻的，横砍竖剁，文在心里，文在五脏六腑之上，没人看得见。她也害怕别人看见。那可不是什么好看的图案。

　　这种时候，她就觉得，她比他，不是只大了四岁，而是，大了一生。大了一个太平洋。

　　她并不把他的话，当真。比如："你不跟我走，我就哪里也不去了。"这样的话，她想，或许，他跟不止一个"苹果"说过吧？可他最终还是朝着一个新苹果而去。这让她觉得，他们在一起的每一天，都有可能，是最后一天。他终将离去。这块两山之间的小小盆地，不会是他的归宿，不会羁绊住他的脚和心。这样想，让她感到，他们在一起的每一天，都更珍贵，更缠绵，更放纵和醉生梦死，她把它们当作，末日的欢乐。

　　她送他的那件衬衫，她从没见他穿过。有一天，她问起他，是不是衣服不合适？他则回答说："不，很合适。我是要在一个最重要的日子穿它。"

　　她不知道对他而言，什么是"最重要的日子"。

　　也许，是道别的时刻。

　　冬天到了。素心的城市，寒冷而干旱。西伯利亚的寒流，

带来的，不是雪而是一场接一场的大风。许多个夜晚，西北风呼
啸，如狼群哀号。白天，大风卷起沙尘，城市一片混沌和昏暗。
她想，在这样的地方，他坚持不了多久。这就像末日的景象，而
他，则是需要阳光和大海、温暖和湿润的南方的生物。

圣诞节到了。这个城市，刚刚接受了这个来自远方的节日，
有了一点微弱的节日气氛。一些大商店和时尚的酒吧之类的场
所，装饰起了圣诞树。一些不是教徒的年轻人，在平安夜，会
携着女友去教堂围观圣诞弥撒。这天，十二月二十四日，不是周
六，白瑞德不需要去"1854"唱歌，素心决定做一顿圣诞大餐，
来陪他一起过节。

傍晚，街灯亮起来时，久旱无雪的城市，竟然飘起了雪花。

没有火鸡。素心就选择了一只肉质肥嫩的三黄鸡，她提前一
天腌制了它，用了各种她喜欢的中国调味品，也用了一些西餐的
香料。中西混搭，这是她的创造。她在鸡身上刷了蜂蜜，放入烤
箱。她分两次来烘烤它，中间，还要取出托盘再刷一道蜜。这样
烤出的鸡将金黄明亮，香气四溢。

他踏雪而来。带来一瓶酒和鲜花。

脱下臃肿的羽绒服，里面，竟然是一件西装，深灰色，衬
出了贴身那件银蓝色的真丝衬衫。她从没见他穿过西装，也从没
有见过他如此郑重其事的装扮。看上去，他就像一个新鲜的陌生
人。她望着他，说：

"有点不认识你了。"

她替他理理衬衫的领子，又说："你说的重要的日子，原来就是平安夜啊！"

他笑笑。

他插花，她做饭。主菜是烤鸡，前菜则有：水果沙拉、银芽蛋皮拌粉丝、熏鱼、四鲜烤麸。一道汤，是奶油蘑菇浓汤，主食则是扬州炒饭。中西混搭的一道圣诞晚餐，摆上桌，再配上刚刚插瓶的红玫瑰，鲜明如画。

酒早已开瓶，醒着。这是他传授给她的知识。她不懂红酒。在她的记忆中，最好喝的葡萄酒就是本地出产的"清徐红葡萄酒"，能和它媲美的，则是这个厂出产的另一种果酒："青梅酒"。那记忆，不是停留在味蕾上，而是流淌在血液里。那是她，她们的青春记忆……不能想。她告诫自己。姚素心你早已没有资格回忆。

对面那个人，很熟练地，斟酒、晃杯、闻、品。他的神情，比往日，多了几分庄重和沉默。她望着他，想，看来，他不仅仅是为了节日，才穿那件衬衫的。他有话说。说什么呢？也许，他的开场白是这样："你愿意跟我走吗？"她自然不可能跟他走，于是，一切，顺理成章。

她在心里笑笑。

该来的，来吧。她想。

他们碰杯。喝得很节制。前菜吃过了，他没说那句话。汤喝过了，他还没说。"叮"一声，烤箱的定时器响了，她去厨房，把香气四溢的烤鸡，捧上来，边走边说："主角登场——"他惊呼一声，说："太美了！"

她用餐刀分割，将一只鸡腿分给他，自己则切了一只翅膀。他迫不及待地咬了一口，说："这是我吃过的最美味的烤鸡！"她笑笑，回答说："我姑且信之。"他从餐盘上抬起头，说："你不信我说的是实话？"她答道：

"信。我只是，想起了从前的一个朋友。"

"这个朋友，他也说过，你的烤鸡是他吃过的最好吃的烤鸡？"

"不，他从来没吃过我做的饭，那时候，我还不会做饭呢。"她又笑笑，"他说的是我母亲。他总说，我母亲做的饭，是他吃过的最好吃的。"

"不对吗？"

"对，没什么不对，"她回答，"只是，后来我知道了，他在别人的餐桌上，也会对别人的母亲，说同样的话。"

他望着她，说："我想，以你的智慧，是不难分辨什么是真心实意，什么是礼貌和礼节吧？"

"那时候，太年轻了，还真分辨不了。"她回答。

"那，现在呢？"他笑着问。

"现在，"她望着他，说，"你觉得呢？"

他不笑了，放下了手里的筷子，说：

"姚，你想不想听我唱歌？我想给你一个人唱首歌。"他这么说，"我新写的。"

"哦？好啊！"她回答。

"用中文写的，"他说，"这是我第一次用中文写歌，写得不够好，都是大白话，你别嘲笑我。"

他起身，去沙发上拿起了吉他。走过来，坐下，转轴拨弦，清清嗓子，突然就开了口：

　　　　这个城市的夜晚，有点荒凉

　　　　这个城市的星月，不那么明亮

　　　　这个城市的河水，流淌不动

　　　　这个城市的春天，常常被沙尘埋葬

　　　　这个城市，没有我爱的风景

　　　　这个城市，陌生又满身沧桑

　　　　它每一条街巷每一个角落都藏着一句话

　　　　告诉我这里是遥远的异乡

　　　　可是，我爱这个地方

　　　　我这么说，你会相信吗？我秋天般的姐姐？我的月光？

　　　　我爱这个地方

　　　　就像，爱一个伤痕累累的自己

　　　　就像，爱一个残缺的希望

　　　　姐姐，我的姐姐

这是因为，你在这里

你在的地方，你呼吸的地方，你疼痛的地方

就是我，千里万里，寻找的

生死场

他唱完了。

每一句，每一个字，她都听见了，她都听进了耳朵里和心里。他给了她一个圣诞礼物，只是，这礼物太意外，也太沉重。她眼睛里变得雾蒙蒙的，对面的人，都看不清了。他放下吉他，从西装口袋里，掏出一样东西，他走过去，拉起她的左手，把那东西，套在了她的无名指上。那是一枚——戒指。

他单膝跪在了她面前：

"姚，嫁给我吧。"他说。

原来，原来，这才是他说的，最重要的日子，求婚的日子。

眼泪没有憋住，终于，滚落下来。

他伸手，拭去她的眼泪。一把，又一把。她透过泪水凝视那戒指：那是一枚老物件，一枚蓝色的宝石，不知是银还是金子镶嵌，样子古朴、沉稳、来历不凡。他说："我离家时，我妈妈给了我这件东西，这是我家祖传的一枚戒指，她对我说，你可以四海为家，浪迹天涯，但是，不管你在哪里，不管什么时候，你只能把它，戴在一个你爱的，并且值得你爱的姑娘的手上，你告诉她，从戴上它的那一刻起，她就是我们这个古老家族的一个成员，一个孩子了。"

她听他说过，他们家，属于美国南方一个古老的家族，这个家族，并不富贵显赫，却历史悠久，从法国南部移民而来，曾经备受尊敬。她久久望着那个小小的宝石，它蓝如最深的深海，她珍惜地、留恋地抚摸它。他说："指环里面，刻着我们家的姓氏。"她褪下来，凑着灯光，看到了镌刻在里面的字母：Smith。这几个貌不惊人的字母，组合起来，就是一声惊雷：一个绵延了数百年的家族，赫然地，在她面前，如山而立。

她把它，重新戴回手上，抬起头，泪眼迷蒙地望着他，笑了。

平安夜，他们缠绵。她激情四溢。那是癫狂般的欢愉，惨烈的欢愉。他说："你今天，和平时有点儿不一样啊。"她回答："以前，我是你的情人，今夜，我是你的妻子。未婚的妻子。"他动情地，抱紧了她，说："你想要个什么样的婚礼？"她反问："你呢？"

他忽然说起了家乡。说起乡村的小教堂，红砖和石头的一座建筑，朴素，安静。他说这座教堂，见证了他们家好多代人的婚礼。小时候，家里有人结婚，他给新人当花童，就是在这小教堂里。他在这里受洗。他们家的孩子，都在这里受洗。他们家人的葬礼，也大多在这里举行。多年前离家时，并不知道自己爱它。他离它越远，它在他心里的样子，就越清晰。后来，他甚至会在梦里看到它，他想，它藏得可真深啊，原来他是一直携带着它，浪迹四方。

"姚，"他说，"我现在最想要的，就是把你带到它面前。你愿意吗？"

她点点头。

他笑了。她给了他一个如此完美的平安夜。他睡得很沉。很香。到早晨，她一早起来给他做早饭，他早晨有课，而她那天，则恰好没有。她煮了小米粥，真正的沁州黄，煎了荷包蛋，热了几个他爱吃的叉烧包。他吃得很匆忙，她看着他吃，说："别急，慢点，还有时间。"

他说："姚，我们这样，有点像老夫老妻。"

她笑着回答："是啊，我们在一起，已经三个月了，三个月零三天，很久了。"

"你记得这么清楚？"

"那天，是中秋节，九月二十二号，周日。今天，是圣诞节，十二月二十五号，周三。很好算。"她说。

"哦，到周六，还有三天呢，好漫长。"他说，"周六，'1854'见。"

她笑笑。

他背着吉他，开门。正要出门时，她叫了他一声："白瑞德！"

他回头，"嗯"了一声，问道："什么事？"

她说："没事，再见！"

　　他跑过来，亲了她的额头一下，说："周六见！"转身而去。

　　许久，她站着，一动不动。

　　周六，他和往常一样，晚饭后，来到了"1854"，却没看见她。在她常坐的那个位置上，坐着别人。他有些奇怪，想，是什么原因让她迟到？轮到他上台了，她却还没出现。他唱得心不在焉。好在，本来也就没什么真正的听众，而那个最真心的听众，不见了踪影。唱完，他一分钟也没停留，骑车直奔她家而去。

　　她不在家。

　　他按门铃。毫无回应。他敲门，里面，没有任何动静。似乎，那是一座无人的废墟。

　　他不知道发生了什么。

　　他等她。起初，站着，后来，就靠着门坐下。走廊里，没有暖气，坐久了，彻骨的寒冷。他的羽绒服，变得如同纸一样无用。他想，出了什么事？他一直想，出了什么事？他想不明白，他只能等。

　　整整一夜。

　　她彻夜未归。

　　天亮了。太阳出来了。走廊里，有人开始出出进进。旁边房门里出来一个老妇人，看见他，说："你是在等这家的人吗？昨天傍晚的时候，看见她拉着箱子出门了。"

出门？她会去哪儿？是她父母出什么事了吗？他昏昏沉沉，下电梯，骑车，回他的公寓。他就要冻僵了，冻死了。他咬牙，拼命骑车，努力使血液在他身体里，解冻，流淌起来。努力使自己的意识，起死回生。看见公寓了，到了。他撂下车子，脚步踉跄地进门，被看门的大爷叫住了。

"白老师，有你的东西。"大爷说，拎出一个纸袋，"昨晚上，有人让我把这个交给你。"

纸袋里，是一个小手包，她常用的东西，桑蚕丝的质地，黑色，一无装饰，只有一个暗红色的中式盘扣，盘成小小的极精致、魅惑的一粒。平时，她用它来装一些润唇膏、晕车药、喉糖一类小零碎，随身放在她的书包里。有一次，他看到了这包，说：

"好性感。"

她笑了，说："好奇怪的评语。"

现在，这个手包，黑色而魅惑地，诡异地，传达出了一种不祥的气息。

"她人呢？"他慌乱地问。话一出口，他就知道自己问得有多蠢。

"早走了。是昨晚上的事啊！"大爷回答。

他拎着纸袋上楼，开门，回房间。他隐约猜到了手包里是什么。他打开它，里面，还有一个抽带的小锦囊，银蓝色，绣着一棵兰花，清雅，暗香浮动。他解开来，把里面的东西，倒在手心里，蓝色的宝石，像一颗眼睛，像一个天问，凝望着他，悲风万里。

还有一封信，折成心形。

他打开了它。

亲爱的：

此刻，你一定不知道发生了什么。我其实也不知道。

爱你，所以，心乱如麻。

这无价的传家宝，那么美，是最美的一滴泪。来自最蓝的大海，最深的苍穹。让我深深自卑。

我从没想到，你，一个不羁的、追求无止境的自由、生来就是"在路上"的异国青年，有一天，会把这样一枚戒指、一个承诺、一个地上天国，戴在我的手上。对我说，跟我走吧。

多幸福。假如，这一切，发生得早一些，早十八年。多好！

你描绘的小教堂，你的家园，是诗篇啊。你说，你要把我带到那里去，可是，那是上帝的地方，此生，我不能跟你，不能跟任何人，肩并肩，站在上帝面前，心无愧疚地，说，我愿意。我早已没有了那资格，不是因为我满身创伤，而是因为，我罪孽深重。

我不能让你的姓氏，刻在戒指上的姓氏，被罪玷污。我不能让你带回家的"东方"，如此不堪。

我只能逃。慌不择路。

上苍待我不薄，它让我做了你一夜的妻子。戴着你的戒指。你说，你和平日不一样，是，因为，我知道，那是我们最后的汹涌的欢愉，末日的欢愉和壮烈的死。那是我的告别。

珍重，爱人！我会好好活着，你也要好好活着，熬过去。咬咬牙。

你翻译过我的小说，《玛娜》，也许，那并不仅仅是一篇虚构的东西。这样说，是为了，它或许能帮助你，忘记我。

永别了！

他哭了。他在心里说，傻瓜，我早就猜出，那是你的自传，你的人生。你为什么要说破？我并不需要真相……

第三章

/ 一 /

犹豫了许久，三美还是决定，去看看安娜的母亲。

三美自己的父母，均已过世。曾经，最亲密的朋友中，唯一还在世的长辈，就仅剩下安娜的母亲了。

她和丽莎住在一起。

二十世纪七十年代末，知青返城的大潮中，丽莎带着两个女儿回到了母亲家中。她和丈夫成贵离了婚，在城里一家国营制药厂，当了工人。

起初，她们一家三口，和母亲，还有她的弟妹们一起挤在昔日的老房子里。好在，弟弟伊凡从铁路建设兵团回城后，招工进了铁路局，做了列车员，跑车，经常不回家，且单位上有集体宿舍。而妹妹多多，则参加了1978年的高考，考上了南方的一所大学，除了假日，不回家。所以，那所老屋，住祖孙三代四口人，还算安稳。

几年后，安娜母亲的学校，落实政策，盖了新楼房。安娜母亲分到了一套三室一厅的新居。这套房屋，房改时，算福利房，他们买下了产权，如今，丽莎和母亲，就住在这套早已破落不堪的旧单元房里。

丽莎一直没有再结婚。

丽莎永远都是她母亲的心病。

一度，安娜母亲就像祥林嫂一样，逢人就说："有合适的人吗？给我家丽莎介绍个朋友？"丽莎冷眼旁观，纹丝不动。无论她妈给她介绍什么人，她一概不见。她对她妈说："你别枉费心机了好不好？你就是给我介绍个阿兰·德龙、介绍个唐国强来，我也不要！"

安娜母亲气得无语，半晌，回答说："你以为你是谁呀？还阿兰·德龙？"

丽莎说："我是谁？我是两个孩子的妈，是农民赵成贵的前妻，是个忘恩负义的负心小人。我知道得非常清楚，不劳你提醒。"

是，不用提醒，她也清清楚楚地知道，自己做了什么。回城和成贵，二选一，她选择了回城。她说："我得给我的女儿们奔前程。"

成贵没有阻拦。成贵只说了一句话，他说："走吧，大势所趋。"

成贵的回答，让丽莎无厘头地，想起一句八竿子打不着的诗词："最是仓皇辞庙日"，什么叫"大势所趋"？这就是。

　　两个女儿，那时，一个四岁，一个两岁，她拖着她们，回到了娘家。她从教她们说普通话开始，引领她们融入城市，融入新生活。直到她们没有家乡口音之后，她才送她们去幼儿园。大女儿莽莽，像她，所以，从五岁起，她就把她送去了舞蹈班。小女儿菽菽，像父亲，于是，她就送她去学钢琴。她倾尽全力，教养她们，想让她们去实现父母所没能实现的人生，完成父母所没能完成的梦想。她省吃俭用，替她们交各种昂贵的补习班费用，买各种资料。她几次卖血，凑够了钱，给菽菽买了一台"星海"牌钢琴。好在，和母亲一起生活，母亲的薪水远比丽莎要高，家里的吃穿用度，母亲几乎全部承担了去。丽莎嘴里不说，心里却觉得无比愧疚，骂了自己一千遍无耻。

　　可是，她越是觉得自己愧对母亲，就越是对母亲没有好气。

　　头几年，母亲到处给她张罗对象，她说："你是多嫌我们娘仨吧？想扔包袱，早点打发走我们是吧？跟我们要什么心眼儿？"

　　气得母亲抹眼泪，说："丽莎，你说这话，不亏心啊？"

　　她亏心。所以，她才抵赖。

　　母亲极其疼爱这两个小外孙女。孩子们也特别亲姥姥。对她们的妈妈，则是畏惧的。丽莎就是那种传说中的虎妈，又是"寡母抚孤"，所以对女儿们非常严格、严厉。每逢星期天，她休息在家，监督莽莽练功，就像从前旧科班里的师傅们一样严苛：手里一把鸡毛掸，站一边，看她压腿、开胯、下腰，动作稍不到位，她的鸡毛掸子就是嗖地一下。菽菽练琴，也是一样，她坐一边，织毛线，只要菽菽一出错，她的毛衣针，就噌地戳到了孩子的手背上，戳出血印。菽菽的眼泪，噗哒、噗哒，落在琴键上，让姥姥心疼不已。

背过孩子，姥姥和这狠毒的母亲理论，姥姥说："你怎么是这样一个暴君？"

这个母亲回答说："家传啊！因为我自己的妈是个独裁者啊。"

一句话，把姥姥噎了回去。这一生，这句话，就是套在姥姥头上的紧箍咒——她断送了那个十二岁、酷爱舞蹈的小少女，一生的梦想和幸福。

她无语。

她只能加倍地疼爱被这狠毒的妈妈苛待的孩子们。一日三餐，她精心操持，做她们爱吃的饭菜。给她们买喜欢的玩具、图书、零食。晚上，和她们同床共枕，一边一个，揽她们入怀，柔声细语，给她们讲故事、唱歌、听她们莺声燕语地诉说小小心事。不止一次，小菽菽这样问她说：

"姥姥，你这么好的一个人，怎么就生了那么坏的一个女儿呢？"

她努力不让自己的泪水，滑落。她对孩子说："宝贝儿，妈妈不坏啊，妈妈这么做，是想让你们以后，能过幸福的生活。"

"我不想过幸福的生活，"菽菽回答，"我只想要一个和你一样爱我们的妈妈。"

"妈妈爱你们的，"她搂紧两个孩子，说道，"妈妈和姥姥一样爱你们，只不过，爱和爱的方式不一样。从前，你妈妈小的时候，姥姥也一样，以为是爱你妈妈，却不小心做了错事。"

"什么错事？"

"你们的妈妈，想当一个舞蹈演员，姥姥没有答应，"她轻轻地说，"姥姥害了你们的妈妈。"

"我恨跳舞。"荞荞忽然斩钉截铁地说。

"我恨钢琴。"菽菽也狠狠地说。

她更紧地，把两个孩子搂在怀里，她们软和而清香的小身体，嫩芽般的小身体，让她无比心疼。为什么每一代人都不幸福呢？为什么每一代人都活得这么不幸？她无语。许久，她努力让自己平静下来，说道：

"荞荞，菽菽，有一天，你们会爱上你们现在恨的东西，因为，它们美，"她这样说，"美，值得你们牺牲，牺牲掉你们的童年。"

她这么说，不是说服孩子，而是在说服自己。她努力让一件无比功利的事情，变成审美。她只能这样来解救她的宝贝。

她们坚持了下来。

荞荞十二岁那年，考上了北京舞蹈学院附中。丽莎要送她去北京上学。荞荞说："姥姥，我要你也去送我。"姥姥当然十分、十分愿意，自然也不能把菽菽一人丢下，于是，一家四口，浩浩荡荡，登上了赴京的列车。

丽莎说："荞荞，下一个目标，就是北舞的本科，努力啊。"

丽莎又说："蔌蔌，你要向姐姐学习，你的目标，是中央音乐学院附中。"

姐妹俩谁也不回答。

列车在旷野中行驶着。这是小小的荞荞熟悉的大地。从十岁开始，母亲就在寒暑假和节假日，带着她，往返在这条铁路线上，去北京上北舞附办的补习班。沿途的风景，那些山脉、河流、平原和村庄，那些平常或奇怪的站名，早已是烂熟于心。此刻，她紧挨着姥姥，和姥姥一起看着窗外的景色，忽然有了完全不同的感觉。她觉得有什么东西在她小小的心里，涌动着，她不知道那是悲伤还是高兴。

"姥姥，"她轻轻地叫了一声，"姥姥，你知道我现在想什么吗？我在想你说过的那句话。"

"什么话？"

"美，值得为它牺牲。"她回答。

说完，眼泪，慢慢慢慢涌上她的眼睛，然后，大颗大颗地，滚落下来。

三年后，丽莎的工厂宣告破产，丽莎下岗。其时，荞荞初三，而蔌蔌则已经是中央音乐学院附中的初一新生。于是，四十几岁的丽莎没工夫抱怨命运的不公，她立即做出了去北京打工的决定。起初，她在五环外，租了个小房子，然后，四处找活儿干。她去大饭店的后厨洗菜、洗碗，去小饭馆给人端盘子，也在商场里应聘过清洁工，打扫厕所。最后，她入了家政这一行，算是稳定了下来。本来，她做饭的手艺就不差，又参加了培训，学习了一些儿童营养餐知识，上户，开始做全职家政。

起初，她上户的家庭，是小家庭，年轻的夫妻俩，带一个孩子。做熟了，渐渐上手后，她下了户。几次上户、下户之后，她开始做别墅，工资翻了不止一倍。她已经不需要租房子，客户家里的地下室，有她的工人房和自己的卫生间。她几乎没有什么需要花钱的地方，她把挣到的每一分钱，都花在了两个孩子身上。尽管如此，也是不够的。要不是母亲的暗中相助，凭她一个做保姆的打工者，要供养两个在京城学艺术的孩子，谈何容易。

这家客户，男主人做红酒生意，在波尔多地区有自己的葡萄园和酒庄。女主人则是一个设计师，有自己的工作室。他们都拿外籍护照，所以，家里有两个孩子。孩子一个上学，一个在幼儿园，另有育儿嫂接送照料他们。丽莎的工作，主要就是做饭。主人极其好客，朋友众多，常常设家宴，一来就是十几号人。冬天，在大餐厅设宴；夏秋之际，天气晴好时，聚会就办在花园。一来二去，丽莎烹饪的手艺，日臻完美。她发现自己原来很善于学习，比如，主人带她去饭店吃过的菜肴，她回来自己琢磨，就能复制出来。她还能从电视里、书本里学习，渐渐积累了好多的拿手菜式，粤菜、川菜、淮扬菜，法式、意式大餐，甚至西式烘焙，蛋糕面包，样样出色。她的厨艺，使主人家的几个亲密朋友，赠了她一个尊称：大神。

常常，在主人家宾客散尽，她收拾完残局，精疲力竭地躺倒在地下室的小屋里时，她会在心里说：

"荞荞，莜莜，妈妈和你们一样，在拼命。"

尽管同在京城，孩子们却从来都不去看母亲。丽莎每月有一天，会休假进城。她一大早出门，坐公交，乘地铁，辗转数个小时，去看她的孩子们。她给她们带去些肉丁炸酱、炸小丸子、卤蛋之类易于存放的小菜，再领她们去某个干净又实惠的小饭馆打打牙祭。那时，银行卡这一类东西还没有普及，所以，最要紧的，是要把一个月的生活费交到两个孩子手里。荞荞和莜莜，尤其是荞荞，对她，永远疏离、客气而冷淡。她心知肚明，并不强求。奔波一天，回到郊外别墅，偶尔，夜深人静，她在地下室里辗转反侧，会突然涌上一阵辛酸。她讨厌多愁善感，于是她恶狠狠告诫自己："余丽莎，你生来不是个慈母，你是个债主！"

是，她是债主，债权人。她们是负债者，她们欠她：欠她一个美好的人生。她要让她们偿还给自己一个美好人生。

几年后，历经千军万马的厮杀之后，荞荞如愿，考取了北舞的本科。她狂喜。荞荞把录取通知书拿给她看的时候，说了一句：

"欠你的，我会一笔一笔还清。"

她说："好，我等着。"

那是荞荞第一次来她打工的人家。高考过后，暑假，荞荞在家乡陪姥姥度过了一个安静的假期。那是十几年来，她唯一没有被各种加强班、补习班、辅导班所侵占、霸凌的假期。她每天，陪姥姥到附近花园晨练，傍晚，在小广场上和姥姥散步，看人家跳广场舞。她陪姥姥逛菜市场、逛超市。姥姥做饭，她在一边静静地看。生活原来可以是这样的。静谧、简单、心心相印。录取通知书寄达的时候，她把信封交到了姥姥手里，说：

"您来打开吧。我想让您第一个看到它。"

姥姥戴上眼镜，郑重地，把"录取通知书"展开，举到了荞荞面前，说：

"第一个看到它的，应该是你，宝贝。"

荞荞凝视着这张重如千钧的纸片，泪光闪烁。她凝望了它许久，说：

"这是我卖了自己的童年、少年，得到的礼物。"她抬起眼睛，看着姥姥，"姥姥，要不是您的那句话，我坚持不到今天。"

"哪句话？什么话？"

"您说，有一天，你会爱上你现在恨的东西。"

"你爱上了吗？"姥姥问。

她突然抱住了姥姥，号啕大哭。她哭了许久。她抽搐着、泣不成声地说道："谢谢你，姥姥，我，我爱舞蹈……我恨我爱它！"

姥姥把这可怜的孩子，紧紧搂在了怀里。

赴京报到那天，姥姥给她买了一大早的飞机票，为的是机场离她母亲打工的人家很近。姥姥叮嘱荞荞，一定要把通知书，给她母亲看看。于是，荞荞来到了位于顺义杨林附近的这个叫作"棕榈湾"的别墅小区。

荞荞原来计划，让母亲看一眼通知书，就去学校报到。但没想到，这家的女主人，非常热情，一定要留她吃午饭，说："荞荞，你知道你妈妈多高兴吗？阿姨也高兴死了。你妈妈想请几天假回家看你，可我们这里实在走不开。正好你来了，今天中午，让你妈妈多做点好吃的，咱们庆贺一下！吃完了，阿姨开车送你和你妈一块去学校报到。"

这个自称是"阿姨"的女人，看上去十分年轻，十足的艺术范儿。她的热情是真诚的，这点，敏感的荞荞分辨得很清楚。她犹豫着回头，碰上了母亲期许的、几乎是乞求的眼睛。这眼睛撞疼了她。她心一软，答应了。

母亲做了四菜一汤。节制，并不隆重：她懂，这毕竟不是她们自己的家。但，主菜是荷叶鸡。那是姥姥的看家菜，传给了母亲，也是荞荞最爱吃的菜肴。这道菜，不是什么了不起的珍馐，却绝对是美味。做它，很费工夫，首先，鸡要用各种作料提前腌制24小时，方能入味。也就是说，妈妈在心里，是早就有心想留她吃这餐饭的，却不能自己开口。

她鼻子一酸。

男主人下楼吃饭了。看到餐桌边的她，愣了一愣。

"哦，迈克，这是荞荞，余姐的女儿。"女主人急忙介绍，"新科大学生，北京舞蹈学院的，这可是千里挑一哟！"

叫作"迈克"的男主人，失神地、紧紧盯着眼前的女孩儿，似乎，没有听到妻子的介绍。

"迈克？"女主人诧异地提高了嗓门儿。

"嗯？噢——对不起，"男主人醒过神来，可是他的眼睛，仍然没有离开女孩儿的面孔，"我认错人了。"他说。

"谁？认成谁了？"女主人问。

"很久以前，很久很久以前，我认识的一个女孩儿。"他回答，回头看了一眼丽莎，"余姐，开饭吧。"

"噢。"丽莎赶紧动手，为大家盛饭。吃饭时，她忍不住悄悄打量了男主人几眼。他有心事。丽莎想。因为，这么多年，她从没有见过这个稳如磐石的男人、这个绅士失态过。

是什么事呢？丽莎并不想深究。

/ 二 /

三美到来时，丽莎刚刚为母亲洗好了头发。

安娜母亲，罹患阿尔兹海默症多年。如今，早已不会走路，不会说话，不会和人交流。坐在轮椅里，一张没有表情的脸，眼神呆滞。

丽莎在她耳边说："妈，你看，三美来了！还记得三美不记得？安娜的朋友。"

毫无动静的一张脸。

"妈，是——安娜的朋友啊。"丽莎这样强调。

那张脸，如同千里冰封的河面，看不到一丝松动、融化的迹象。

丽莎望着三美，苦笑着，摇摇头。

丽莎在京城做家政，一直做到两个女儿相继硕士毕业，且都有了工作。荞荞留在了北京，留校在北舞任教。而小女儿菽菽，则去了南方深圳，进了一个新组建的交响乐团，后来，就在这座国际新城里成了家。

她总算舒了一口长气。

年迈的母亲，电话里，对她说，回家吧，丽莎，该回家了。

其时，母亲已经七十五岁，一个人，独自守着他们的老屋，守着日渐衰败下去的三居室。丽莎的弟弟伊凡，在这城中，有自己的家。他几次提出，要接母亲同住，母亲谢绝了，母亲说："我一个人，自在。"

余家最小的女儿多多，后来更名为阿霞，终于遂了故去父亲的遗愿。阿霞此时早已定居澳洲，也几次三番邀请母亲去探亲，母亲说："飞那么长时间，我飞不动了。"

大家心知肚明，母亲守着旧居，是在等她。等她的丽莎。

丽莎回家了。

母亲说："丽莎，你真的回家了？"

丽莎说："是，回家了。"

"不走了？"

"不走了。"

过几分钟，母亲又问："丽莎，你真的回家了？"

丽莎说："是，回家了。"

"不走了？"

"不走了。"

就这样，从早到晚，反反复复，要问无数无数遍，无穷无尽。

有一天，弟弟伊凡，带着弟媳来探望母亲和大姐。母亲背过他们，走到厨房，扯扯正在做饭的丽莎的衣袖，小声问道："跟伊凡来的那个女人，是谁啊？怎么一直坐着不走啊？"

丽莎的血，忽一下涌到了头上。半晌，张口结舌，说不出话来。

"她是谁啊？"

"妈，她是你的儿媳妇啊！是伊凡的老婆，是你的孙子哲飞的妈呀！她嫁到咱们家，快三十年了，你怎么会不认识她？"

母亲恍然大悟，拍拍脑袋，说："噢——你看我，怎么糊涂了？"

那是一个信号。一个开始。

丽莎知道，母亲出问题了。大地动摇了。

原来，母亲，一直是丽莎的大地啊！沉默而坚实的大地，支撑着她，背负着她，任她践踏，任她掠夺，取之不尽，毫无抱怨。但是，此刻，地动了，山摇了。丽莎忽然明白了一件事，一直以来，她从不是一个人，单打独斗，和这个世界厮杀。她一直有个最强大、最无私、最默契的后援。

她带母亲看病，结论是残酷的：阿尔兹海默症。

丽莎不甘心。她们跑遍了省城的各大医院，也去了北京。丽莎和荞荞半夜去协和、去宣武这些声名赫赫的地方排队挂号，怀了莫大的希望，但，结论是不能更改的：目前，这个病，人类无力回天。

荞荞哭了。荞荞说："为什么这么不公平？为什么是姥姥？"

丽莎没哭。没抱怨。她顾不上。她知道，她人生的又一场战争开始了。

只是，这是一场没有希望、没有前途、注定失败、注定伤心欲绝的战争。

她眼看着她的母亲，在她面前，迅速地、一日千里地蜕变，失去记忆，失去思想和行动的能力，变成一个沧桑的、鸡皮鹤发的婴儿。

有一天，她给母亲洗脸。母亲仰着头，痴痴地望着她，突然沙哑地叫了她一声："妈妈——"

她一下子，泪崩如雨。她抱住了母亲，抱紧她，就像抱着一个小婴孩，说："我在这儿，我在这儿，我在这儿……"

现在，她是她的孩子了。

陪护她，照顾她，服侍她，成了丽莎晚年生活的全部。

她给她做饭，一天五顿，变着花样，精心料理。她把母亲固定在轮椅上，推进厨房。她一边做饭一边絮絮地和母亲说话：

"妈，我这些年，给别人做饭，真是做够了！你知道不？他们有人叫我'大神'。其实，我做饭的基因，得益于你，对不对？咱俩，都属于有'美食家'的天赋，只是，命中注定，你和我，都做不了有钱有闲的'美食家'，只能做掌勺的大厨，咱们俩，都像《红楼梦》里的晴雯，心比天高，身为下贱啊。"

她给母亲洗脸、梳头、理发、洗澡，服侍母亲大小便，给她剪手指甲、脚趾甲。她还跟着电视、网络学会了按摩和足疗。她一边做着这些琐事，一边和母亲说话；她把这一生积攒下来的话、一生没和母亲吐露的话，一五一十，全都倾吐出来，她变成了一个话痨。

而母亲，已然没有了回应和说话的能力。

"妈，你知道，当初，你让我改嫁，给我介绍对象，我为什么不答应吗？我不能答应！这辈子，我只想做成贵的老婆。我愧对他。

"我知道，当初，我把成贵带回家，你，还有全家人，都以为我是胡闹，是任性。你们都看不起他，觉得他配不上我，觉得我们不是一路人。其实，你们谁也不了解成贵，他比我聪明，书念得比我好，可是因为家境，他没有能念高中，不过那时候，就是他读了高中，到高二也就到1966年了，照样念不成。可他还是耿耿于怀，他喜欢念书，就像，我喜欢跳舞。

"在我最难过、最熬不下去的时候，成贵给我唱歌，就是那些山歌，《黄土地》里把它们叫作'酸曲儿'的。他特别会唱酸曲儿，他唱，我听，我就知道，这世上，有人和我一样，伤心、难过，世世代代，有人和我一样，伤心、难过……"她说不下去了。

第二天，继续往下说。

"有一天，他唱了一个《樱桃好吃口难开》，说：'樱桃好吃口难开，有了心事哥哥呀你慢慢儿来；烟锅锅点灯半炕炕明，酒盅盅量米哥哥呀不嫌你穷。'我听到这儿，打断了他，我说：'成贵，这唱的是咱们俩，你敢娶我不？'成贵说：'你敢嫁我还不敢娶？丽莎，你不是说着耍笑吧？'我说：'是耍笑。你不敢耍笑一回？'成贵笑了，回答说：'咋不敢？你耍笑着嫁，我耍笑着娶，咱就耍笑着过。'我说：'兴许，耍笑着过一辈子？'他回答：'咱不海誓山盟。一海誓山盟，就不是耍笑了。'果然，是不能海誓山盟的。

"他智慧。

"妈，我一直说，要不是为了两个孩子，我不会离开成贵。这话，不完全是真的。我不是个自然之子，不是个田野的孩子，不是大地的女儿。我就是个城市动物。我欢喜、依恋城市。我真的、真的受不了那种面朝黄土背朝天的辛苦劳动，受不了汗水掉地上摔八瓣儿、土里刨食的日子，受不了农村的脏，受不了遍地的猪粪牛屎，受不了那种两块石板架在茅坑上的厕所，到夏天，满地爬的都是白花花的蛆虫。我忍，我熬，因为，我没有别的出路。但是，知青回城了，大潮汹涌，我怎么能不动心？城市在召唤啊！我全身上下每一个汗毛孔都在接收着那呼唤、那诱惑。可我知道，我回城，就是一个家庭的破裂，我没有能力把成贵带回城市啊！那时候，不是现在！又不能出来打工，农民的两只脚，从生到死，就拴在那一块土地上……我对成贵说：'我得回城，我得给我的女儿们奔前程。'你猜成贵怎么回答？成贵说：

'行，丽莎，咱本来就是耍笑，只是耍得大了点，耍出了俩闺女。闺女交给你了，你得答应我一件事，你要把俩闺女好好培养成人，我死而无憾！'

"他说得轻轻松松，我听得悲痛难抑。我哭了，我说：'这辈子，对不起你了，下辈子吧！下辈子我做牛做马，报答你！'他说：'好，下辈子，我想办法托生在城里，咱们再做夫妻。'我回答：'好，下辈子，咱们还做夫妻，你当陈世美，也坑我一回！'……其实，那时候，我心里就明白，这辈子，我永远都是成贵的老婆，前妻，我不会再嫁给任何人了。一个人，干了忘恩负义的事，还希望人生美满，那可就太贪心了！

"后来，成贵结婚了，找了一个带孩子的寡妇。他给我寄来的最后一封信，告诉我，他要去下煤窑了。我回信，告诉他，千万注意安全。但是，他不安全，那种乡镇的小煤窑，窑顶塌方、冒水、瓦斯爆炸，是家常便饭！他运气不好，赶上了，一块大石头砸死了他……我是很久以后，才知道了这噩耗。我没跟你们任何人说，因为这里，没人真的在乎他。我也没告诉荞荞和菽菽，她们那时还小，荞荞十岁，菽菽才八岁，可是对爸爸已经没什么印象了。我自己一个人，夜里，跑到咱家附近的十字路口，给他烧了纸钱。我在心里对他念叨，我说：'成贵，你要地下有知，就显个灵，让我见见你。'话音落地，只见一张刚刚点着的纸钱，突然就在我眼前旋转，冒着火光，转、转，像火陀螺一样。我又点一张，还转，再点，还是转，火光飞旋，嗞嗞响着，好美！我泪崩了！我知道他来看我了！我在夜深人静的十字街头，号啕大哭。我说：'成贵，你放心走吧！孩子们有我！我不会白坑你一回……'"

她就这样，絮絮地说、说，把她的大半生，一点一滴，说给失智的母亲听。有时，她想，在母亲意识里，这些诉说，像什么呢？像风声？像雨声？像海浪的声音？像蚕吃桑叶？像聒噪的背景音乐？她不知道。她只是说、说、说，这是她欠母亲的。从前，在母亲那么想听她诉说的时候，她沉默如铁。现在，她可以放心地说了，因为，无论她说什么，无论她的诉说是喜是悲，都再也伤害不到母亲。

三美按响门铃时，她刚好给母亲洗好头发，电视机开着，里面在重播一个选秀节目。那是一个草根选秀，她一边给母亲吹头发，一边望着电视屏幕，说：

"成贵没赶上好时候啊！要是他能晚走些年，也许，我现在在电视里看的就是他了！……还真不是吹牛，我看了这么多草根歌手，没一个，唱歌能赶上成贵的。你没有听过，他唱得那才叫原汁原味，才叫走心——"

门铃响了，门铃说："你好，请开门。"

门铃不常说话。家人有钥匙，而来访者，几乎绝迹。

三美走进来，丽莎想到一个词：蓬荜生辉。

尽管，三美并没有浓妆艳抹，更没有大牌裹身，可她的到来，还是让这个破落的家，显得亮堂了起来。丽莎由衷地说道："三美，这么多年不见，你都没怎么变化，好年轻啊！"

三美回答："丽莎姐，怎么可能不变？人家都说，我们这些外面的游子，要比国内的同龄人，老许多呢！"

三美没法说，丽莎姐，你也没怎么变。可她说不出来。丽莎变得太多了！从前，丽莎在她们这些小女孩儿眼里，真是星星一样耀眼的存在啊！在三美还没有认识安娜之前，就见识过舞台上的丽莎。见识过那个绰号"抓天儿"的女神。那时，在她们这些孩子眼里，她们和她的距离，就是人和星星的距离。她不仅美，而且，冷冽妖娆。

如今的丽莎，肥胖、臃肿、衰老。苍灰色的头发，稀稀拉拉，像秋冬的枯草，盖不住头皮。她穿一件肥大的黑色T恤，上面有清晰的汗渍，如同尿碱一般醒目。下身是一条碎花家居裤，一望而知，是那种廉价的地摊货。可是轮椅上的安娜母亲，却收拾得清清爽爽，一身银灰色家居服，雪白的头发干净蓬松，像雪山之巅上晶莹的白雪。

"阿姨——"三美轻轻叫。

丽莎俯身，贴在她耳边，大声说："妈！三美来了！还记得三美不记得？安娜的朋友。"

母亲抬头看看来人，脸上毫无动静。

"妈，是——安娜的朋友啊！"丽莎这样强调。

仍旧是木然的一张脸。没人知道，她的意识，是沉入到了怎样黑暗的深渊抑或是怎样巨大的神秘之中。三美蹲下来，蹲到轮椅前，握住了阿姨的手。她轻轻抚摸那双老羊皮纸一样干枯、年代久远的手，辛苦了一生的手，说：

"阿姨，我是三美，子美的妹妹。我姐子美，和安娜，是最好最好的朋友，当年，她们俩一起，去了建设兵团。那时候，我姐，常来您家里，我也经常跟随我姐，来您家玩儿。我喜欢你们家，那个年代，你们家，和别人的家，有点不一样，我记得你们家的餐桌，特别好看，上面还有玫瑰花……我还喜欢吃您做的饭，我和我姐，也不知道在您家里吃过多少次饭！那时候不像现在，什么都不缺，那时候，是什么都缺！供应那么紧张，可是我们来了，您总给我们做好吃的。您包的饺子，曾经，有朋友说过，是他吃过的最好吃的饺子……我也一样，我也觉得，那是我吃过的，最美味的饺子——"她眼里闪出泪光，她把脸，轻轻贴在了阿姨的手上。

屋里很静。岁月的河水，岁月的深河，无声流淌，浸泡住了她们。浸泡住了一切。

许久，丽莎抽抽鼻子，强笑着，说道："别提那张桌子了，我们家，值钱的家具，就那么一件，早就让伊凡搬回自己家了！搬回去自己用也行啊，谁知道，叫他给卖了！"丽莎笑得很无奈，"我父亲留下来的东西，一样也没了。这个家，没有一点我父亲在过的痕迹了……"

七零八落的生活啊。三美想。

那天，丽莎执意要留三美吃饭。丽莎说："三美，你还没吃过我做的饭呢，我做饭，一点不比我妈差。"

丽莎又说："你姐子美，只要回这个城市，总要来我家，看我妈。"

三美眼圈红了。

丽莎做了四菜一汤。小酥肉、芫爆鸡丝、家常豆腐和一盘青菜，汤则是鱼丸汤。那鱼丸，是丽莎用鲅鱼做的，细细地剔去了每一根鱼刺，嫩而鲜美。丽莎先喂母亲吃完饭，服侍她躺下休息。然后，端来热汤，才和三美，坐在了餐桌旁。

"丽莎姐，你真不容易啊。"三美望着一头热汗的丽莎，由衷地说。

丽莎笑笑。"习惯了，也就不觉得辛苦了。"她一边给三美盛汤，一边说道，"来，三美，尝尝我的手艺，这鱼丸，我费了点工夫。"

三美尝了一只鱼丸，眼睛亮了："丽莎姐，这是我吃过的，最好吃的鱼丸！没有之一。"

丽莎骄傲地笑了。这一笑，隐约地，让三美看到了从前那个丽莎的一点点痕迹。

两人慢慢吃着，说着。丽莎说她的两个女儿。那是她骄傲的源泉。趵突泉一样突突喷涌。她打开手机，让三美看她们的照片。三美看着荞荞，吓一跳，脱口说："天哪！真像安娜呀！"

是，三美想，假如，安娜能够活到三十多岁，就应该是这个样子。她望着手机里的那个人，心里默默地说："你好啊，安娜，我看到你三十多岁的样子了！"她觉得心里一痛，眼睛模糊了。

"你没见过十几年前的荞荞，那才更像她二姨呢！"丽莎说，猛然想起了什么，"哦，我曾经做过一户人家，那时候荞荞刚考上大学，报到那天，她先去让我看通知书，那家的男主人看见了荞荞，像看见鬼一样惊讶，说，太像他从前认识的一个女孩儿了。我起初也没在意，后来，他们离开了北京，去了香港。临走，他问了我一句，说：'你认识安娜吗？'我吓一跳。他告诉我，他说，他是安娜的朋友。天，怎么会有这么巧的事啊！"

三美瞪大了眼睛。三美说："你说的这个人，叫什么名字？"

"迈克，"丽莎回答，"我不知道他的中文名字。"

"姓呢？姓什么？"

"彭。"丽莎回答。

三美一下子捂住了嘴。

| 三 |

彭在看到那个少女的一刻，想到的是一个宗教的词汇：复活。

安娜复活了。

心里万千惊涛，而脸上，却没有一丝波纹。他早已、早已练就了这样瞒天过海的本领。

姓余，来自安娜的家乡，有一个酷似安娜的女儿，他几乎立刻就明白了眼前这个保姆、这个所谓家政员，是什么人。

从前，听安娜说过她的大姐，那时安娜说起那个姐姐来，十分无奈，说她是她们家最好看、最骄傲、最光彩照人，也是最倒霉、最任性、最难缠的一个孩子。他无论如何也不会把眼前这个妇女，这个人过中年、任劳任怨的保姆，和那个安娜描述的传奇姑娘联系起来，尽管她聪明干练，烧一手无人可及、媲美米其林大厨的好菜。

他还知道，安娜家孩子的名字，都出自屠格涅夫的小说。

当初，妻子从中介所把她领回家时，介绍说："迈克，这是余姐。"所以，他从不知余姐的名字。在他们家，她只是"余姐"，足够了。余姐，明天有客人来吃饭，你多备点菜。或者是，余姐，这个周末，天气好的话，我要在花园里举办烧烤聚会，麻烦你准备一下。仅此而已。

那天晚上，他以不经意的口气，问他的妻子，说："余姐叫什么名字？"妻子回答说："丽莎，余丽莎。名字倒挺洋气的，不像一个保姆的名字，是吧？"说完，她诧异道："你怎么想起来问这个？"

他回答说："随便问问。"

这一夜，他失眠了。

他想，原来，安娜早已来到了他身边，可他竟浑然不知。于是，她复活。她提醒他，死，并不是灰飞烟灭。

第四章

/ 一 /

他一路奔逃，朝南。

他没有像往常一样，乘车逃票。保险起见，他规规矩矩买了车票。只是，他迂回前进。石太线、京广线、陇海线，最后是成昆线。他的目的地，是中越边境。他想越境到越南去，到丛林里，参加越南游击队。

就像传说中的一些热血知青那样，去到抗美援越的前线。

他并不热血。他只是慌不择路。而他能想到的最安全的逃亡之地，非此莫属。

/ 二 /

　　三美一直在犹豫，此行，返程时，路经北京，要不要去见素心。

　　她非常想她。

　　她不能原谅她。可是，她想她。她没办法让自己不想这个狠毒的女人，这个坏女人，这个……失散多年的亲人。

　　哪怕，只是看她一眼。

　　她在网上搜索有关作家安娜的消息。还真有。近期，在鼓楼西剧场，会上演由她编剧的小剧场话剧，那话剧的名字叫《完美的旅行》。曾在乌镇戏剧节首演，评价不俗。

　　她在网上订购了戏票。也预订了酒店。

　　曾经，交到姐姐手里的那套小房子，十年前，在姐姐的女儿小酒窝结婚时，卖掉了。卖它的钱，给了酒窝，让她在望京一带换了套两居两厅的大房子，那钱，付了首付。酒窝在长春念了大学，学了平面设计，如今，在北京一家公司打工，算是北漂一族。姐姐子美，因为在国企工作，早早就离岗内退，为了供小酒窝读书，和姐夫一起远到深圳私企打工。那时，酒窝还小，就留给爷爷奶奶照顾。不想，没几年，姐夫就在一天深夜，突发心梗，医院无力回天，剩了姐姐孤身一人，在遥远的南方，在酷烈的南方，坚守了多年，一直到，酒窝大学毕业，在北京找了工作，酒窝说：

"妈，回来吧。该我孝顺你了。"

她带着丈夫的骨灰盒，去投奔女儿。

她真是感谢妹妹，多年前，给她留了这么一套小单元，虽然老旧、虽然破落，可，地处京城黄金地段，三环之内，生活便利，离地铁口几百米距离。她们母女俩，不需要花钱租房，省了一大笔开销。她过了两年轻松的日子，买买菜，做做饭，还剩下大把的时间，干什么？跳舞啊！她兴高采烈地加入了广场舞大军。她们这个社区的舞蹈队，去区里参加广场舞大赛，居然还得了奖。

女儿在京城，站稳了脚跟，恋爱了，谈婚论嫁了。可是，女婿也是一个北漂，南方人，从农村苦读出来，没有后援，白手起家，靠他们两人自己的力量，想在大北京置业买房，有如登天。她想，总得帮孩子们一把。于是，和美国的三美商议后，卖了旧的小房子，给他们置了一个新家。那个家，是高层，有电梯，南北通透，客厅餐厅相连，看上去宽敞、明亮。子美甚至能想到，将来这个洒满阳光的房间里，孩子的小脚丫噔噔噔跑来跑去，是多么"岁月静好"的画面。

房子装修停当，一切，尘埃落定，待孩子们乔迁进去，子美就回到了山西的家乡。

酒窝说："妈，你别走，你跟我们住。"

子美说："宝，别傻了！好好享受享受二人世界吧！这是你这辈子最好的时光，没几天！我可不掺和。"

是，真是没几天。一生中难得的几天，她替女儿珍惜。

仅仅两年，酒窝怀孕了，生下了宝宝。于是，她又赴京，给他们带外孙。

大北京的房价，一路狂飙，让人惊心动魄。他们庆幸之余，又开始遗憾。酒窝说，当初，三美姨妈的那套小房子，现在，是学区房，价值早已翻出不知多少！而现在，他们的新居附近，则没有好学校。

酒窝说："早知道不卖那套房子就好了。小就小点，挤挤，坚持几年，到孩子小学毕业，再出手，多好啊！或者，那时候，张口和三美姨妈借点钱，付这套房子的首付，那套房子，出租，用租金还房贷，多好！等孩子上小学时，就可以搬回去了。"

子美听了，说："酒窝啊，人不能太贪心。"

酒窝回答："心有多大，舞台就有多大。"

如今，酒窝的孩子，八岁了，上小学三年级，姥姥天天负责接送，负责一家人的早餐晚饭，负责洒扫庭除，忙得没有时间、没有精力再去跳广场舞了。

而三美，往来北京，也只能住酒店。

子美说："三美，真是对不住你啊！"

三美知道姐姐心里的歉疚，她回答："姐，你说什么呢？酒窝也是我的孩子啊！"

三美自己，没有孩子。她不要。她在美国结婚时，已经年过四十，丈夫是个东欧移民，波兰人，有过婚史，和前妻育有两个孩子，离婚时，孩子跟了前妻，他付赡养费，每月，和孩子有一天相聚的时间。如今，两个孩子早已成年，各奔东西。他们的日子，很安静。

三美想，我的生命，到我为止。

越活，越看世界，越觉得，人类没有希望。

《完美的旅行》，在鼓楼西剧场，只演一周。接下来，有一个巡演，在南方的几个城市。

三美在网上选择的场次，不是开幕，也不是闭幕，她选择了演出的第二天，也就是她飞回美国的前一晚。

因为怕堵车，她提前了两个多小时来到了剧场，取了票，顺便就在剧场前厅的咖啡厅解决晚饭。她点了一份肉酱意粉，一块小提拉米苏蛋糕，一杯柠檬红茶。前厅里，没有几张桌子，空位不多。她端着餐盘四处打量，发现角落里一张桌子上还有空位，她走过去，问对面正在埋头吃意粉的一位男士道：

"对不起，可以坐这儿吗？"

男士抬头，一边回答说："哦，当然可以。"

她愣住了。

隔了几十年时光，而她，竟然一眼就认出了他。

他疑惑地，打量着她，打量着她，许久，试探地，说道："三美？"

她回答："是我。"

她努力让自己的语气，云淡风轻。可是她端餐盘的手，不听话地，在抖。

"是我，"她回答，"你怎么在这儿？"

"你呢？你怎么也在这儿？"他反问。

突然，他们明白过来，都笑了。

她放下餐盘，坐下。说："好久不见，彭。"

他也说："好久不见，三美。真是太久了。"

是啊。三美想，差不多，一生一世了吧？

"听说你在香港，是吗？"三美努力平静地这么问。

"是，在香港，"彭回答，"我听说，你在美国，是吧？在美国大学里教书？"

"是。"三美回答，"我猜，是丽莎姐告诉你的吧？我也是听丽莎姐说，你在香港。"

丽莎这个名字，让他沉默了片刻。

"你来看戏？"他问。

"是，"她点头，"正巧赶上了。我明天一早的飞机，飞美国。你呢，来北京公干？"

"不，"他回答，"我是路过。也是巧，赶上了这戏。"

他说得，轻描淡写。可是。三美真切地知道，来看这出戏，在他，绝非一件轻松的事。那是一种曾经沧海、感同身受的默契。

"你，也很久没见她了吗？"他问。用"她"来代替了那个名字。

"二十八年了。"三美脱口回答，"二十八年没见了。"

显然，他有些意外。他不知道发生了什么，使昔日这两个亲如手足的密友，这样旷日持久地隔绝。不过，他不问。而且，隐隐地，他有些猜到了原委。

"你在美国哪个州啊？"他岔开了话题。

谈话变得轻松起来。他们彼此说了一些自己的境况。边吃边聊。三美说自己曾经很多次到香港开会，却不知道他就在那个城市。他说：

"下次到香港，我给你当向导。我领你看一个你不知道的香港。"

"好啊。"三美说，"就这么愉快地说定了。"

他笑了。说："知道吗三美？我刚从你们家那边过来。"

"哦？"三美一挑眉毛，有些惊讶，"你去山西了？"

"对，"他回答，"我在那边，准备建一个酒庄。"

"酒庄？"三美忽然恍然大悟，"对了，丽莎姐说过，你

是做红酒的，你在法国学了酿酒！"她有些不可思议地望着他，
"原来，你真的去学酿酒了！"

他微笑不语。他想，看来，她知道一切。

"你的酒庄，是建在清徐吧？"三美问。

"对，清徐，"他回答，"古时候，叫梗阳，那里有中国内
陆最古老的葡萄种植园。"

"那真是太好了！"三美有些兴奋，"这次回家，同学们聚
会，还说起清徐葡萄酒呢，也许，作为一款葡萄酒，它远不够高
大上，可那是多少人的青春记忆。"

是。彭承畴想，那还是一个姑娘的梦想。

"等你的酒庄落成，第一批葡萄酒问世时，可要记得告诉我
啊。"三美说。

"我一定邀请你，"他笑了，"只是，山高路远，你要有耐
心啊。"

"我有。"三美回答。她听出了那话外音。那不是一件容易
的事，她当然知道："对了，你的酒庄叫什么名字？"

"薇安。"他望着她，这样回答。

三美一下子静默了。薇安。她懂了。那是——小薇和安娜。
他生命中的伤痕。

铃声突然响起来。那是宣告入场的铃声。

/ 三 /

　　一个女人和孩子，乘坐绿皮火车旅行。不知道他们要去哪里。沿途的风光，没有显著的标志，只有大地、河流、树木和庄稼。有飞鸟。有船帆。有磨坊。似乎，是北方，又似乎，是南方。

　　女人不到三十，很年轻，而孩子，八九岁。显然，他们不是母子。孩子很兴奋。

　　孩子：阿姨，我们这是要去什么地方？

　　女人：东北，长白山，你的家乡啊。现在，我们可以去那里了。

　　孩子：是——去看爷爷吗？

　　女人：对。

　　孩子：阿姨，你不是说，我现在，还不能见爷爷吗？你不是说，还要等我更大一点儿，更强壮、更坚强一点儿，我们才能站在他面前吗？

女人：（爱怜地、摸摸孩子的头发）不错，孩子，可是，我们没有那么多时间了。我们等不及了。

多媒体天幕上的背景，有了变化，渐渐呈现出连绵起伏的平原、大片大片盛开的达子香、木刻楞的房屋、美轮美奂的白桦林、红松林……孩子兴奋地瞪大了眼睛。

孩子：阿姨，我看到它们了！你看！白桦树、松林、木刻楞！哦——爷爷！我回来了！爷爷，你在哪儿啊？

女人：拉住我的手，跟我走。

一条小路，通往松林深处，路的尽头，是一座——坟茔。

女人：（对着坟茔深深鞠躬）老人家，我没有见过您。可是，您对我来说，一点儿也不陌生。您的孙子，给我讲了您太多太多的事情，我甚至能闻到您身上关东烟草的气味，我还用您亲手做的桦树皮碗喝过水……我是在火车站"捡到"您孙子的，那时，他偷偷从城里他爸妈家跑出来，身无分文，要去东北找您……他不知道您已经不在这个世界了。幸好，我在候车室碰到了他，我是他父母的朋友，我不能看着不管。我领他回来，告诉他，旅行的方法，回到家乡的方法，有许多种，比如——想象。

灯光转暗，再亮起时，可以看到，没有火车，没有风景，只是一间普通的房间，二十世纪七十年代中期，内陆小城中最常见的房间。而多媒体天幕上，是一张铺天盖地的中国地图。

孩子有一个极其普通的名字：刘刚。

女人：刘刚，你准备好了吗？我们现在，就要出发了。

孩子：阿姨，我们去哪里？东北吗？长白山吗？我的老家，东京城吗？

女人：不，刘刚，我们现在，还不能去那里，因为，爷爷出远门了，还没有回来。我们现在，去南方吧！那是阿姨的老家，你不想去看看？中国很大，很辽阔，有许多美丽、神奇、壮观的风景，你不想去认识认识它们吗？

孩子：（犹豫地）那……好吧。

剧情就是这样开始了。原来，完美的旅行，就是——想象之旅。这个叫刘刚的孩子，离开他最亲爱的爷爷，从家乡一个叫"东京城"的林区，来到内陆这座工业之城，和陌生的父母、兄弟姐妹开始了新生活。他讨厌城市。讨厌陌生的家人。讨厌这里的一切。他想从这样的生活中逃离。他逃家，在火车站候车室，他幸运地碰到了父母的朋友，他母亲的闺密。她说服他，带他回家。

苦恼的父母十分感激女人。

女人说，你们要是相信我，就让孩子在星期天，来找我。我带他旅行。他不喜欢这个沉闷的平庸的城市，不喜欢这里的生活，那，我们就给他一个世界。

就这样，他们的旅行开始了，女人和孩子，在独身女人的小小房屋里，开始了一个长长的、美好的精神之旅，想象之旅。女人是个极有天赋的女人，她用她的想象，用她故事性的语言，为孩子，描绘出了一处处远方的风景，一个个美丽的城市和村庄；描绘出了那些壮阔的名山大川、沙漠草原，以及，那些人类文明的瑰宝。她让孩子打开郁闷的心胸，抬起头，越过这灰暗的小城和蝇营狗苟的生活，去注视和拥抱世界。孩子渐渐改变了，变得开朗、生动、活泼、健康，当然，也越来越迷恋这种旅行，越来越爱女人。

"妈妈——"有时，他会脱口这么叫。

"叫错了，刘刚，"女人会这样郑重地告诉他，"我不是你的妈妈，我们是，旅伴。"

母亲：你听见了没有？他，他居然叫她妈——

父亲：他一时口误……

母亲：口误？你口误会把什么人叫"老婆"吗？妈！他叫她妈，那我呢？我是他的什么？我是他的什么？

父亲：我说，你别胡搅蛮缠行不？这一年，要不是忆珠，小刚能变成现在这样子吗？人家诚心诚意帮我们，难道你不希望小刚快乐吗？你希望小刚像当初那样，一心只想逃跑，跑出去当个流浪儿？当个小混混？

母亲：快乐？谁快乐？我看是她快乐！她抢了我的儿子她当然快乐！我就说嘛，她怎么会有那么好心？她一个没生养过的人，怎么会心甘情愿不怕麻烦替别人照顾孩子？这是黄鼠狼给鸡拜年呐！她居心不良，她，她一开始就惦记着我十月怀胎的儿子——

父亲：她可是你的同学、你的朋友、你的闺密！你就忍心这么去曲解人家的善意？

母亲：人家？听听！听听叫得多亲昵！你心疼了？哦——我想起来了，当初，在学校，你可是追"人家"没追上啊！怪不得呢，是不是你们俩有预谋啊？是不是你们俩商量好的呀？你心疼她，形单影只，要平白送她一个儿子啊？还是先给她个儿子，然后再把你自己也拱手奉送？

父亲（愤怒地）：你——你个疯子，你不可理喻！

事情就是这样发生了微妙的改变。

不仅仅如此，一些流言，开始在女人周围，像黑蝙蝠一样昼伏夜出。好事的人们，猜测着他们的关系。话说得很不堪。脏，下流，无耻。到处喊喊喳喳，嘀嘀咕咕，阴风四起。剧情开始朝着暗黑的深渊滑坠，不可阻挡。有"好心"的人当面提醒那个原本就妒火中烧的母亲，提醒她，说，多长个心眼吧！小心孩子吃亏。就连明智的父亲，也开始有些心慌。他想，无风不起浪，难道，真是有什么不妥？

母亲和女人，在她们还是少女时就相识相交，她不会相信她能对一个孩子做出那种坏事，可是，她无法平息自己的妒忌和怒火。她，儿子的生身母亲，怀胎十月，生养下的血肉，搁在怀里怎么都捂不热的孽子，怎么就会被她迷惑？她是用什么魔法，偷了她儿子的心？掠夺了她儿子的爱和信任？她不能忍受的，是这样悲惨的失败。

她来警告女人，让她远离自己的孩子。她也警告孩子，不许他再跨进女人的家门。

孩子追问，为什么？孩子的一双眼睛，逼视着她，那是一双让她不寒而栗的仇恨的眼睛。她儿子的小身体里，瞬间长出一个她的仇人。这让她崩溃。她歇斯底里地，冲着儿子大喊大叫，儿子不说话，掉头而去。

儿子去找女人。

但是女人不在家。女人的家门上，挂了一把铁锁。女人在躲避着孩子。

孩子守在女人的门前。那是一排青瓦房中的一间。门前，有一棵槐树，孩子靠着槐树，等他的阿姨，等他的旅伴，等他的亲人。天黑了，下雨了。是秋雨。绵绵的秋雨，打湿了孩子的衣裳、头发、身体。孩子在雨中，在渐深的夜色中，站着，等他的阿姨，等他的伴侣和亲人。夜深了，那一排瓦房，一盏一盏的灯，都熄灭了。每一扇窗户，都像瞎了的眼睛。孩子落泪了。

雨中，一个穿雨衣的人来到了他面前。

女人：刘刚？你怎么……还在这儿？

孩子：（抬起头，悲伤地）你去哪儿了？我以为，你不会回来了——

女人：（努力抑制着难过，平静地）这么晚了，你怎么还不回家？瞧，你都淋成什么样了？走，我送你回家。

孩子：（爆发地）不！不！不——告诉我，你去哪儿了？你说过的，我们是旅伴，我们会在一起！你为什么撇下我了？

女人：不错，我说过，我们是旅伴，我们会在一起。可是，不是永远。刘刚，所有的旅伴，都不会永远在一起的。我们俩，已经走过了那么多的地方，走完了属于我们的旅程。以后，你会有新的旅伴，和你同行，你会不断遇到新的旅伴。孩子，这就是旅行和……人生。

孩子：（突然扑到了女人的怀里，紧紧搂住了她）不，阿姨，我不要别人，我只要你！我们在一起，那么好，那么——幸福！对，就是这两个字：幸福！我觉得很幸福……我不再害怕，不再孤独，不再伤心，不再觉得这是一个陌生的地方，因为这个地方，有你！阿姨，你为什么不喜欢和我在一起了？

女人：（忍不住也紧紧抱住了孩子，眼泪流了一脸）不，孩子，我没有不喜欢，而是因为，我们的旅行，到终点了。

孩子：你骗我！我知道，是我妈不让我们在一起了！对吧？那个坏蛋！我恨她——

女人：（一把捂住了孩子的嘴）刘刚，不许胡说，你妈妈爱你，你不懂，她是在保护你！

晚了。他们都没看见，不远处，父亲和母亲，撑着伞，站在那里，目睹了这一个场景。

父母强行拖走了孩子，场面惨烈。母亲把他反锁在了里屋。半夜里，突然听到里面传来很大的响动。母亲急忙打开房门，看到了可怕的一幕：孩子把自己吊在了屋梁上。他踩着桌子，桌上架着板凳。那响动，就是他踢倒板凳发出的巨响。

母亲冲上去，爬上桌子，抱住他挣扎的双腿，拼命托举，一边像母兽一样大声尖叫。

孩子救下来了。

第二天，更加惨烈的一幕，在这个宿舍大院里发生了。二十世纪七十年代，很多的大院，都被称为"向阳院"。这天，在这所向阳院里，组织了一场批斗大会。这个批斗会，缘起于孩子母亲的告发。母亲哭诉孩子被女人猥亵。流言就这样被证实了。人们义愤填膺，特别是女人，特别是母亲们。她们冲上前去，打她，揪她的头发，用最脏的语言骂她。她们羞辱她，扯开她的衣服，让她洁白的胸膛，袒露在光天化日之下，她们朝那个洁净的地方呸呸地吐着口水。有人不甘心，拎来一壶热水，朝那隆起的小山丘，浇了下去……

当晚，女人，服大量安眠药和止痛剂，自杀身亡。

舞台沉入黑暗。渐渐地，一束追光，网住了一个人。囚住了一个人。那个母亲。

母亲：（独白）你走了。忆珠，你解脱出苦海了。你赢了。从此，坠入深渊的，是我。你终究是夺走了我的儿子，他从此将视我为这世间最大的仇人。我十月怀胎的骨肉，在产床上挣扎了三十多个小时，难产，侧切，缝了十六针生下的这个儿子，我眼看着他的身体里，生长出了一个仇敌，他像树一样，从孩子的头颅里破土而出，眨眼就浓荫蔽日，遮没了我儿子。那浓荫里的每一片树叶，都滴落着仇恨的汁液。我不怪他，不怪他，甚至，我也不怪你，不再怪你。我比任何人都知道，你的无辜，你的清白，你的善良！可是我疯了！原来，作恶，是一件这么容易的事！原来，一个普通人和一个罪人之间，只有这么一念的距离！一念的距离，就分出了天堂和地狱！忆珠，我送你进了天堂，而我，坠入了地狱！

人生有多长，我的惩罚就有多长。我已经把我的手，洗破了，可是，我还是洗不干净我手上的鲜血，那是你的血，我看不见它们，可是我总是闻得见血腥，呛鼻子的血腥，躲藏在我手里，与我如影随形。我摆脱不掉这气味，除非，我拿刀剁了我的手……剁了它，忆珠，你能原谅我吗？

哦！不！我在说胡话，我在发烧，我在说梦魇。忆珠，我永不对你，说，"请原谅"这三个字，我不说，我不说，我不说！和罪恶相比，这三个字，太轻佻，它们算什么？算一张当票？用它，赎回自己的罪孽，赎回自己良心的安宁？大恩不言谢，那大罪呢？所以，忆珠，我在地狱里，我不说，请原谅——请原琼——请原谅——

忆珠，你听见了吗？

（多媒体天幕上，出现了女人的影像。女人和孩子。在疾驰的列车上，灿烂地微笑。风光如画。）

响起歌声：

> 绿皮火车行驶在地图上
>
> 身上披着四季的清香
>
> 你好，长河的落日，山巅上的朝阳
>
> 你好，你雄浑的北方，我温婉的南方
>
> 我们从一个
>
> 一个叫作"孤独"的车站出发
>
> 那一刻
>
> 我就是，你春花烂漫的原野
>
> 我就是，你香气四溢的故乡
>
> 孩子，我亲爱的小旅伴
>
> 这列车的终点站叫作——天堂
>
>
> 绿皮火车行驶在地图上
>
> 车轮碾过人间的悲伤
>
> 别怕，城市的冰冷，生活的嚣张
>
> 别怕，你酷烈的北方，我残忍的南方

我们从一个

一个叫作"自由"的车站出发

那一刻

你就是，我对这世界的承诺

你就是，我柔情似水的希望

孩子，亲爱的小旅伴

这列车的终点站叫作——天堂

（幕落）

/ 四 /

掌声中，演员谢幕。导演谢幕。最后，编剧谢幕。

是她。素心，也是安娜。站在那里，站在台上。深深地，鞠躬，向着往事，向着岁月，向着活着或者远去的故人。

然后是一个小型的座谈会，观众和演员、和导演、和编剧的互动。这是小剧场惯例。观众的问题，大多围绕演员和导演提出，她坐着，倾听。

然后，观众离去。演员、导演，相继离去。空荡荡的小剧场里，只剩下了他们三个人。她坐在舞台上，他们，则坐在台下各自的位置，那是前排、很前排的位置。他们默默坐着，台上台下，彼此相望，不说话。

横亘在他们之间的，是时间的滔滔大河。

终于，她笑了，说："你们来了，真好。"

三美说："素心，戏真好。"

她回答："我写每一个戏，总是设想，你，你们，还有，死去的人，坐在台下。我每一个戏，都是在写给你们。"

"我听懂了。"三美回答，眼睛里闪着泪光，"素心，我听懂了。"

"彭，你老了。你居然也老了。"素心望着那个男人，微笑着说。

"我怎么可能不老？"他微笑着，反问。

"和我想象中老去的你，完全一样。所以，我一眼就认出了你们。"她说，"彭，能给我一个你的地址吗？我有东西要快递给你，一样，非常重要的东西。"

"好，"彭回答，"我们加下微信，我把地址发给你。"

他们掏出手机，操作，加了微信。

"彭，"她收起手机，望着台下，说道，"你不问问我，是什么东西吗？"

"不用问，素心，我知道是什么，"彭安静地回答，"从一开始，我就知道，从四十四年前，我就知道，你，不会让人抢走它的。"他说，"我也知道，为保住它，你一定，付出了惨烈的代价，对吧？"他眼睛里突然现出泪光。

素心没有回答。

素心不回答，是她不能自抑。她一开口，就会泪崩。她不能、不能掉泪，她不能让他们同情。那是她最后的尊严。

　　我永不会对你说出这三个字：请原谅！请原谅！请原谅——安娜，你听见了吗?

2018年10月7日星期日草成于京郊顺义如意小庐

晴空如洗

2018年11月15日二稿

2019年3月7日再改于母亲逝世五七之后

后记

···

记忆的背影

拿到《花城》（2019年第4期）新刊，许久不敢打开。

有点害怕。

怕里面的文字让我自己失望。

这五年来，我的生活距离文学、小说之类，遥远了些。最经常出入的场所，就是医院、医院，还是医院：北京的，山西的。山西那边的医院里，是我的父母，北京，则是我的丈夫。

起初，在最焦头烂额的时候，绝望的时候，偶尔，会有一些电话或者微信，谈约稿或者什么活动的事。我往往都要愣怔好一会儿，才能反应过来人家在说什么——那已然是另一个世界的事了。正常的世界，凡俗的世界，温暖的、亲爱的、鸡飞狗跳热火朝天的世界。只是，不再和我有关。

我在世界的那边。

我的父母，一个罹患阿尔兹海默症，一个则是脑梗中风。曾经，他们都是精明强干的医生，是聪慧的、经历坎坷、内心世界丰富的男人女人，但是在晚年，疾病使他们成了漆黑的、没有记忆的人。那真是可怕呀。我记得，母亲曾经多么努力地想打捞她的记忆，挽留它。她和我们出行，坐在车上，不厌其烦，像个学说话的孩子一样，大声地，念着车窗外她能看到的所有路标、招牌、广告牌等等，一个字一个字艰难地蹦出口。那种时刻，我愤怒地想叫，想喊，无助得想死。而其时，我并不知道，最深的黑暗、最深的绝望，还在不远的前面等着我呢：她终将遗失一切，遗失她的一生。

有数年时间，她躺在病床上，近似植物人，不会说，不会动，甚至不会吞咽，全身插满管子，鼻饲管、尿管、氧气管、呼吸机……我们把她残忍地托付给了现代医学。这个受托者，冷漠却兢兢业业地行使着它的责任，有时甚至是在炫耀，炫耀它的强大和没心没肺。看，你活着，在喘气，还要怎样？

这种时刻，恐惧，几乎使我窒息。眼前这个被羞辱、被折磨、被摧残的暗黑躯体，是什么？是谁？母亲，还是我？还是世界尽头的真相？

我没有太多的时间了。无数次这么想。记忆完全有可能比我的身体先死。

没有人有无尽的时间，永恒的记忆。

那么整个人类呢？作为一个有灵的物种，地球上的族群，它有没有最终失忆的一天？或者，它干脆"进化"到不再需要记忆？

尽管，渺小如我，我仍然珍视我生命中某些时刻，某些印记。爱它们，或者，恨它们。

我往回走。走进青春的深处。也是人性的深处。

我必须溯流而上。水冷刺骨。疼痛刺骨。但是别无选择。

起初，这个长篇，不叫这个名字，叫《玛娜》。这是一个音译,当然也可以把它写作"吗哪"。它是《旧约》里的故事,摩西带领犹太人出埃及,行走在旷野之上,没有粮食,没有吃的,于是上帝就让旷野中长出一种植物,有白色的小果实,可以食用。这白色的救命果实就是吗哪或者玛娜。摩西和他的族群,历经几十年,就是靠着这种叫吗哪的东西走出了旷野。但是这个白色的吗哪,这水灵的果实,只能随摘随吃,按需所取,吃多少摘多少,不能把它贪心地带回帐篷之中,据为己有。它在帐篷中过一夜,就迅速变质、腐烂、臭不可闻。

而我小说中的主人公,一个因爱情而盲目和痴狂的少女,就是窃取了原本不属于自己的东西,整个余生,被罪恶感所折磨和惩罚,陷入深渊。只有一次,仅此一次,她把吗哪带回到了帐篷。可变质的,不仅仅是白色的小果实,还有她灿如春花的生命。

当然,我也同样不敢心存贪念,以为我的文字就一定比我的生命长久。我知道,一定不会有多少人看到它们,阅读它们。我只是在模仿我母亲,就像她疾病初起时所做的那样,望着车窗外一闪而过的风景和各种招牌,大声地依恋地念出它们的名字,在终将失去它们之前拥抱它们,和它们告别。对它们说,谢谢你们给了我一个丰富的过往。

这是我写《你好,安娜》的初衷。

2019年7月18日于京郊顺义如意小庐